主编 南豫见　漯河作家精品文库

未完成的虚构

WEIWANCHENG DE XUGOU

张喜梅 / 著

河南人民出版社

图书在版编目(CIP)数据

未完成的虚构 / 张喜梅著. — 郑州：河南人民出版社，2015.1
(漯河作家精品文库 / 南豫见主编)
ISBN 978-7-215-09325-6

Ⅰ.①未… Ⅱ.①张… Ⅲ.①散文集-中国-当代 Ⅳ.①I267

中国版本图书馆 CIP 数据核字(2015)第 019197 号

河南人民出版社出版发行
(地址：郑州市经五路 66 号　邮政编码：450002　电话：65788068)
新华书店经销　河南省瑞光印务股份有限公司印刷
开本 680 毫米×960 毫米　1/16　印张 18.5
字数 291 千字　　印数 1—10 000 册
2015 年 8 月第 1 版　2015 年 8 月第 1 次印刷

定价：40.00 元

漯河文学新高度

韶 华

我一次又一次打开各种有关漯河的史册,正史、野史、民间杂记,均觅不到或汉赋或唐诗或宋词或元曲或明小说或清散文的记载。截止到新中国之前的文学典籍上,没有小说、散文、诗歌的有关传承。偶有只首片句,聊以宽慰,多属官员的打油诗,远离民生疾苦,与文学不搭界。中原腹地,贾湖骨笛、字圣许慎的故乡,与建安文学的发祥地许昌毗邻,漯河的文人墨客都哪里去了?漯河史上没有文学,没有作家、诗人。如此结果匪夷所思,令人忧伤。

漯河文学经历了漫长的空白带。淘尽千古诗文弄者,这就是历史,破灭了多少人名垂青史的梦想。在此期间,沙澧河是哭泣的,流淌着兵燹战乱、饥馑贫困、民不聊生,而文学需要一张安静的书桌。

五星红旗唤起了漯河文学。六十五年弹指一挥间。漯河文学在各届党政领导的支持下与时俱进,从无到有,从小到大,由弱至强。如今的漯河作家群拥有国家级会员1人,省级会员103人,市级会员近300人。他们或小说,或散文,或诗歌。这一盏盏精神的灯火,汇聚成波光潋滟的星海,为广袤的漯河涂抹上亮色与鲜活,温馨情感,慰藉人心,提升着城市的格调与品质。文学的优劣不取决于团队规模,也不取决于高规格的会员人数,而是以本地区文学作品的品质所决定。南豫见编剧的电视连续剧《日出日落》与《生死较量》,1996年与2000年分别在央视一套与八套黄金时段播出以来,一直稳居全省18地市电视剧创作的制高点;芦雅萍的长篇小说《少林方丈》获省第七届"五个一工程奖";南豫见的长篇小说《百年恩公河》相继获得省第八届"五个一工程奖"与省五届"优秀文艺成果一等奖",迄今十八个地市的作家无人超越;南豫见的中篇小说《皇天后土》1992年获"莽原文学奖"以

来,至今仍然是十八个地市中篇小说创作的最高奖项。在诗歌领域:王志学的歌词《我爱你祖国》获河南省第四届"五个一工程"奖;南豫见歌词《热爱生命》1998年获"河南省颂中原音乐大赛二等奖"(一等奖空缺);谢安顺的《漯河赋》与《水之歌》横空出世连获省委宣传部大奖;卢子璋诗歌"月光掠过山的脊背"、"梧桐",李景超诗歌《大师及大师的作品》、《木槿花》相继在国内获奖;在文学评论界,李兴华的评论集《阅读与欣赏》、《神奇的第六感觉》与王剑的文章在全国重要期刊频频开花绽放,多次斩获国内重要奖项;网络文学方面:孟焕军《上网成为一种生活方式》、王剑散文《读博:打量世界的优雅方式》2010年获中宣部"全国文明上网共建和谐网上征文"铜奖;李江涛散文《小毛驴返乡》、南豫见散文《漯河文学60年》、王剑散文《傍晚,漫步在城市的街道》、孟焕军《漯河广播与时代同行》同时获得2009年省委宣传部"沧桑巨变看河南"网络作品大赛文学类作品一、二、三等奖。据此可以理直气壮地说,在漯河厚重文化土壤上凸起的文学高地,已成为全省十八个地市的文学制高点之一。

　　市政府厚德载物,资助出版本套10册"漯河作家精品文库"。打头的《漯河文学地图》,出自南豫见之手,约50万字,图文并茂,聚焦全市作家的纷呈亮点,在"序言文萃卷"里,收录了为17位作家新著所作的序文;"作家素描卷"中,将数十年为50位作家的"画像"集中展览。星汉灿烂,若出其里。一册在手,即可浏览漯河文学的地容地貌,维度走向,风物人情,辉煌成就。此书还回顾了作者本人创作的心路历程,"从改写右派文学"(著名评论家李洁非语)的《生命原则》;到"一部中国人百年的心灵史"(香港媒体语)的《百年恩公河》;再到"中原大地隆起文学青藏高原"的《红色劳改营》(香港媒体语);再到"一部值得尊敬的精品力作"的《家族荣誉》,这几部连续重拳出击的长篇小说,代表了漯河文学蔚为壮观的辉煌成就。孟焕军的长篇小说《花红柳青》,在社会急切呼唤重拾信仰、恢复秩序的声浪中,两位在城市打拼的男女草根大学生,用他们高贵的人品,精彩地诠释了纯净拒绝污染、善良不会被绑架。这种一灯破万暗的艺术效果,当是《花红柳青》这部长篇小说值得尊敬的重要原因。张喜梅的散文集《未完成的虚构》,分九辑约20万字,以不同的篇幅不同的题材讴歌了亲情、友情、爱情,字里行间洋溢着文学的魅力,让人不忍释卷。张翠华的散文集《沙澧千秋画》,饱含对生活的热爱,表达了作者的独特感悟,书写漯河历史文化的灿烂,对于宣传漯河,提升漯河文化软实力必将起到积极的作用。王剑的评论集《冷

火焰》,收入文艺评论文章72篇。全书视角独特,笔锋犀利,全景展现了省内外的作家生态和文学思潮。马永红的散文集《我的村庄》,从一个乡下孩子的视角,以朴实无华的笔触,描摹了一幅幅黑白照片,充满浓浓的乡土气息,四季更迭,鸡鸣草长。卢子璋的长诗《忏悔,在许慎墓》,从大沙河的文化源头检索,从西周写到许慎文化园,写出了我们应遵循的精神命脉。精心打理了塑造伟大字圣许慎的浓郁平原文化,泣血拷问了大平原文化的兴盛与沦落,并呼唤大平原文化的再度振兴。李景超的诗集《贾湖骨笛》,美轮美奂,有果实的甘甜,有阳光的温暖,有苦难的挣扎,有命运的抗争。是一部贾湖人奋斗史,也是一部人类的沧桑史,是一部极具挑战性的精品力作。小小说集《我的职务该咋填?》,是柴全伟二十年创作的精品大汇总,也是作家把故事结构和小说语言溶入作品的展现,颇具趣味性、可读性和回味性。《莫红小说选》主要收集了近年来莫红发表的蚂蚁小说,小小说和中篇小说。蚂蚁小说是今年流行的小说文体,以短小、凝炼和结尾出人意料著称。

65年来,三代漯河作家殚精竭虑,呕心沥血创作的成果,前无古人,成为屹立在历史空白地带的文学高峰,被世人钦敬关注。本套"漯河作家精品文库",作为漯河文学的优秀成果,必将成为一张炫目的文化名片,广为传播,走入寻常百姓家。她竖起的文学新标高必将载入史册,薪火传承,启迪激励后人。努力吧,漯河作家们,用你们频频亮相的精品力作,回报260万勤劳、勇敢、朴实、善良的漯河人民。

在此受漯河作协主席团的委托,代表全市近三百位作家并以我个人的名义,谨向市委、市政府及对这套精品文库做出过辛勤努力的同志由衷致谢。

是为序。

(序文作者为中国作家协会书记处原书记、著名作家)

目　录

上编　一只飞蛾在歌唱

第一辑　时序散文诗

雨 ·· 2
海思 ·· 3
迷途 ·· 4
小溪,歪脖柳,他 ·· 5
钟声 ·· 6
秋盼 ·· 7
在那遥远的小山村 ··· 8
真情永留 ·· 10
独立苍茫 ·· 12
孩子,让我说(五则) ··· 13
又见花儿开(外一篇) ······································· 15
云中月 ·· 16
傍晚时分 ·· 17
桃花 ·· 18
还我 ·· 19
雨夜 ·· 23
等待 ·· 25
寻找 ·· 26
周末 ·· 27
未完成的虚构 ·· 28
夕阳下的斜坡 ·· 39
五点十分的小鸟 ··· 40

好事不如无	41
小鸟,飞向何方	42
一只飞蛾在歌唱	43
一个黄昏	44
花开见佛	45

第二辑　时序散文

那片蛙鸣	47
把儿歌还给孩子	48
收礼送礼及其它	50
教保姆识字	51
失去的与找回的	52
夜赏桃花雪	54
一瓶汽水	56
背后	58
追思大槐树	60
何当共剪西窗烛	66
1987年,夜晚与老鼠为伴	68
背影	70
我的咖啡	72
迷失与回归	74
然后	75
枯者是,荣者是	77
第一次吃燕窝	79
执着与放手	81
过江隧道	82
旋转餐厅	83
人的"鸡眼"	85
把演讲变为朗诵	86
生机	87
生命与美	88
施与与得到	90

毒药·香水·女人 …………………………………… 91
雪以及记忆的残片 …………………………………… 92
找寻生活中的香气和滋味 …………………………… 95
好雪片片 ……………………………………………… 100
一盆水仙陪我家过年 ………………………………… 101
读书随处净土 ………………………………………… 102
一位妇女在城市的背街上哭了 ……………………… 103
无心之茶 ……………………………………………… 104
幽径无人独自芳 ……………………………………… 105
秋雨中,沿着沙河走 ………………………………… 106
老子和农人 …………………………………………… 108
北京的雪和漯河的羊屎蛋 …………………………… 110
月圆月缺非真相 ……………………………………… 111
尘埃 …………………………………………………… 112

第三辑 同题散文

从来(一) ……………………………………………… 115
从来(二) ……………………………………………… 116
河边少年(一) ………………………………………… 118
河边少年(二) ………………………………………… 120
炊烟(一) ……………………………………………… 122
炊烟(二) ……………………………………………… 123
天上人间(一) ………………………………………… 125
天上人间(二) ………………………………………… 127
山岗上(一) …………………………………………… 128
山岗上(二) …………………………………………… 130
跋涉(一) ……………………………………………… 131
跋涉(二) ……………………………………………… 133
繁华(一) ……………………………………………… 134
繁华(二) ……………………………………………… 135

第四辑　游记
　　泰山游记…………………………………………………………… 137
　　烟雨西湖…………………………………………………………… 140
　　寂静的群山………………………………………………………… 142
　　宁静与喧闹………………………………………………………… 145

第五辑　读书
　　读书与人生………………………………………………………… 148
　　没有意义的交谈…………………………………………………… 150
　　今夜，我的灵魂在飞……………………………………………… 154
　　短诗………………………………………………………………… 157
　　对草原的耳语……………………………………………………… 160
　　当一个人无家可归的时候………………………………………… 162
　　意义………………………………………………………………… 167
　　最后一堂人生课…………………………………………………… 169
　　从"酒神精神"到"日神精神"………………………………… 174

第六辑　音乐随笔
　　守月亮……………………………………………………………… 176
　　抵抗………………………………………………………………… 178
　　孤独悲情的狼……………………………………………………… 181

第七辑　人物
　　黑马夜行…………………………………………………………… 186
　　漂亮女科长………………………………………………………… 191
　　天鹅梦……………………………………………………………… 194

下编　雪落平原

第八辑　诗歌
　　雪落平原…………………………………………………………… 202
　　中秋雨……………………………………………………………… 203

冬夜里的一小盆炉火 …… 204
今夜,七月初七 …… 205
那个夏天 …… 206
秋风渐凉 …… 207
我不会死去 …… 208
一只蟋蟀落在我的眼前 …… 209
雨 …… 210
芳香 …… 210
有一种声音"蝈蝈" …… 211
这个夏天 …… 212
冬天的雨 …… 213
徒劳 …… 213
守望 …… 214
致命邂逅 …… 215
你会来的 …… 216
一逝而过 …… 218
趟水 …… 218
满满的 …… 220
读朋友山水画 …… 221
立春(正月初二) …… 222
清晨,坐在凉台上吹风 …… 223
多好啊 …… 223
天堂里的花开了 …… 224
请你不要 …… 225
一串红 …… 226
顺着月光爬到天上 …… 226
霎那 …… 228
写一写 …… 229
一地落花 …… 231
谷雨之夜 …… 231
天黑了 …… 232
十五 …… 233

做一个顺从的人……………………………………………… 233
我看到了房顶上的积雪…………………………………… 234
谷雨………………………………………………………… 235
风吹尘世…………………………………………………… 235
进入暮色…………………………………………………… 236
脚崴了……………………………………………………… 236
在春天……………………………………………………… 237

附录：日记片段(2003年7月——2003年12月) ……………… 238

上　编

一只飞蛾在歌唱

第一辑　时序散文诗

雨

一

淅淅沥沥,又下雨了。

无法言喻我对雨的兴趣,尽管每次下雨都要淋湿我一身衣服,都要遭到母亲一次训斥,但这些丝毫不妨碍我对雨的喜爱。

在我孩提时代,我就爱跟雨嬉戏:雨打着我,我追着雨。跑呀,跑出大门,场院;追呀,追出村口,大道……雨,洋洋洒洒,掠过房屋、阡陌,竟在村头的小溪里停住了步,水面上顿时绽开了朵朵小花,我给她起名叫"水菊"。我呼哧呼哧跑到溪边,坐在青石板上……

忽而,我也变成了一滴儿雨,轻轻落到溪水里,像一个小小的音符落在了磁带上一样,随着大自然的旋律欢快地跳跃起来。我追着溪水,溪水带着我,奔流不息,直到大海。

二

当我被地球驮着,转了十几年以后,我想:雨,应该是少女的泪水,因为她美丽而遭践踏,因为她多情而被遗弃,因为她温柔而受欺凌;因为她热情而被误解……这时,我就想到了闪电和雷。那耀眼的一闪,是夜行人的手灯吧?它告诉少女该怎样对待那不幸的遭遇;"咔嚓——轰!"这是对罪恶和妖魔的惩罚哟!

所以,每逢雨天,我就把心中积淤的烦恼、苦闷和那咸咸的泪水,随着雨水洒掉。伴着闪电狂奔,和着雷鸣振奋,一程又一程,在人生的道路上,留下了我的脚印。同时我也发现,雨后初晴的世界是那样的美,好像看到了奔驰着骏马的草原,似乎找到了海边宁静的港湾,仿佛登上了五彩缤纷的云……

三

我喜欢雨,我羡慕它直爽、无私的性格,它不留恋空中的琼楼玉宇,不被眼花缭乱的彩虹所诱惑,无所畏惧地扑进大地的怀抱。

孩子们看到下雨,告诉伙伴:"雨也会吹泡泡呀。"

老农望着天空,两眼眯成一条线:"正是种瓜的季节,天晴后,刚好趁墒种瓜。"

艺术家惊呼:"好一幅大自然的泼墨山水。"

音乐家赞叹:"这是《生命交响曲》。"

……

呀呀!难道没人咒雨吗?

有的,有的,那淋湿了的纸鸢,那残败了的娇花,那冲决了的堤堰……

然而,雨依然悠悠地下着,宠辱皆忘。

写于 1984 年

(本文为处女作,发表于 1984 年《洛神》,当年被《散文选刊》收选。)

海　　思

朦朦胧胧的,在我的脑海里,总出现壮观的碧蓝碧蓝的大海。我是在平原长大的,二十岁了,既没见过山,又没见过海,我是从图画、书本、电影及爸爸的口中知道的。

自从知道海的名字后,我就盼望见到真正的大海。在我的梦幻里,海水晶莹透明,像蓝色绸缎一样鲜亮,像公园里的湖水一样平静。太阳出来了,从金色鳞片缀成的"海布"上跳出来了,海顿时变成了五光十色的神秘宫

殿,宫殿里有珍珠、玛瑙、珊瑚,还有美人鱼……

有时,我甚至构划着:有一天,我坐在海边的沙滩上给朋友们写信,给爸爸妈妈写信,告诉他们我在海上所做的崇高而又艰巨的工作,我将表情庄重,用拿笔的手托着下巴,带着激动和喜悦,也带着淡淡忧郁和不安,告诉他们我要远航了,一走将是几个月甚至一年。

冬去春来,一年又一年,岁月的浪涛冲洗着我美好的愿望。幻想总归是幻想,永远也不能与现实生活相吻合。但二十多年来,我知道了信任和真诚,友谊和爱情,也知道了欺骗和利用,诬陷和中伤;知道了胜利所付出的艰辛,也知道了跌倒后再踏上一只脚的滋味。我在惊喜和惶恐中生活着,想躲避一个个迎面而来的生活大浪,但总是无法躲开,结果一直没有学到驾驭生活的本领。

可是,生活却给我很多启发和诱导。对海我再也不敢那样浪漫地去想象了。因为,我已深深体会到,自然界的大海和生活的大海有很多相似之处。大海里有珊瑚,也有暗礁;生活中有鲜花,也有毒草。大海有大海的性格,平静的时候温顺得像绵羊,发怒的时候,它会怒吼着挚起万丈波涛。

很遗憾我没有见过真正的大海,但在生活的海洋里,我生命的小舟已经漂泊了二十个春秋,在漫长的人生航行中,我虽然畏缩过,但毕竟没有搁浅,没有沉沦。现在,我正聚精会神地维修着被暗礁撞破的小舟,缝补着被狂风和暴雨撕烂的船帆。我确实有远航的欲望了,不是幻想,不是狂妄。虽然我知道迎接我的仍有暗礁,狂风、暴雨和大浪。

我要驶向大海,驶向朝霞满天的明天!

写于 1984 年

迷 途

心中的小鹿,禁不住那姹紫嫣红的诱惑,在一个雾蒙蒙的早晨,她悄悄

来到了这散着幽香的微笑前。

采下了,心中的花!

簪在发间,眯起了双眼,眼前出现的是:欢快的青鸟,迷人的光环,湖中倒映的月牙,山中潺潺的清泉……

雾儿散了。

风儿倦了。

她想回家了。

任凭她怎样转悠,可总找不到回家的路呀!

写于 1985 年

小溪,歪脖柳,他

故乡的小溪,是一首抒情的歌曲,唱出了他童年的心声。

小溪旁的歪脖柳,是一个绿色的音符,跳跃着他青年时的记忆。

童年,沿着小溪,走在小河堤上,和小伙伴儿们一起嬉闹着,吹着柳笛儿,去歪脖柳下拾春姑娘丢下的脚印,拾父辈的希望和辛勤。折几枝柳条,编成伪装帽,玩起了"捉特务"的游戏;拧一条柳辫子,掺进歌声,掺进笑语;叠一艘纸船,装进一个美妙的童话,带着刚刚织成的梦幻,随着溪水向远处漂去。

少年,顶着火辣辣的太阳,坐在牛背上,背着割草的小筐,去歪脖柳下拾夏天的阴凉,父辈的汗滴。跳到溪水里,洗带泥的小脸,带味的汗水,把疲劳溶进水里,干起了水仗,捉起了"水母鸡"。把洗净的青草装进草筐里,把父母的夸奖和鼓励装进心里。

青年,踏着落日的余晖,蹈着黄昏的朦胧,他和她来到歪脖柳下,听鸳鸯的鸣叫,谈梁山伯、祝英台的悲剧,看星星惬意的眼睛,让溪水述说爱的真谛。溪水里常常漂起他们无拘无束的笑声、歌声、争论声。他们呀,这是一对快乐的小精灵。

……

他长大了。从童年、少年到青年,他已走进了生活的海洋。两年前,为了祖国的需要,他离开的家乡,告别了小溪和歪脖柳,来到祖国的北疆,开始了他的戎马生涯。但是,那清清的小溪,那碧绿的歪脖柳,仍拴着他的心,拴着他的灵魂。

那梦里的小溪呀!

那眷恋的歪脖柳!

写于 1985 年

钟　　声

古老而神奇的钟声响在他的记忆里,像进军的号子,回旋、缭绕;像醉人的音乐,动听、悦耳……

记得那钟是乡村学校共有的财产。学校的旧址是一所寺院,那钟曾是寺院里的神钟。在他的记忆里,它是神圣的,即使是最淘气的孩子也不敢轻易去碰它。

那个钟悬挂在他们教室门前的一棵梧桐树上,他就是踩着钟声长大的。清晨,钟声响了,伴随着袅袅余音,走进学校的大门,他怕晚到一步,蹉跎了珍贵的晨光;傍晚,钟声落了,和着伙伴的说笑,追逐着色彩斑斓的云,带着收获的喜悦回到家里。就这样,天长日久养成了习惯,一天听不到钟声,他心中就隐隐有些失意。

带着这样的记忆,他离开了家乡,从此也就离开了他的乡村学校,再也听不到梧桐树上那古老神圣的钟声了。

不过,钟声常常牵着他的思情回去,回到那使人销魂的小学校里。

可是,那年他真的回去时,钟却不见了,梧桐也不见了。踯躅在杂草丛生的校园里,看到的只是一间间无玻璃、无桌凳的空荡荡的教室,和他上学时相比,显得格外冷清、萧条……

奇怪的是,每当他想家时,在梦里常常会听到熟悉的钟声。

今天,他又回来了,希望真能听到那很久没有听到的钟声。让他惊异的是,当他走到学校旧址的时候,一间间草房不见了,泥垒的土墙也不见了,一幢漂亮的三层楼房耸立在他的眼前。楼前的铁栏杆上悬挂着八个闪闪发光的大字:为中华崛起而读书。院墙也是标准的青砖砌就。当他的视线落到原来挂钟的那片土地上空的时候,只听"叮铃铃……"响起一阵急促的电铃声。这时,只见大大小小的孩子们随着铃声登上了楼梯,飞进各自的教室。

如果说当年的钟声是一个跳跃的音符,那么现在,这清脆的电铃声则是一曲进取的乐章!

也许,家乡的人们知道他的怀念吧,他们又在学校里栽上了梧桐。他相信,这些小树会很快地长大,在不久的将来,就会升起浓浓的绿云。心中即将泯灭了的对那钟声的记忆,而今又神奇般地复活了……

写于 1985 年

秋　　盼

炎热的夏天就要去了。

窗台上,他精心修剪的那盆菊花,几个铜钱大小的花骨朵已悄然挂在枝头。盼望已久的秋天就要到来了!

记得他临走的那段日子,秋雨绵绵,连空气都湿漉漉的。

大雪刚停的冬晨,他敲响了她家的大门:"小妹,上学去。"她踩着他的脚印来到学校,用冻红的手翻开课本。雨过初晴的春日黄昏,他领她来到村外的草地上,野花朵朵,她数着花瓣,像数着一个玫瑰色的梦;他吹着口哨,像吹着一首绿色的交响曲;夏天的中午骄阳似火,他们来到槐荫下,听着知

了的鸣叫,火热而纯真的心里,充满了憧憬和向往。当秋风带着果实诱人的甜香和收获者的笑声飘来的时候,他们长大了……

秋日的花园里数菊花开得最鲜艳,这时,他来了,捧一束五颜六色的菊花,说是从花圃中新买的。他挑出最红的一朵,戴在她耳边的发卡上。她陶醉了,深深地陶醉在果实累累的深秋里,陶醉在他带有剽悍气息的怀抱里。

"秋天为什么要走?"她问。

"因为秋天是收获的季节。"他说。

"那就采撷吧,为何要错过时机?"

"果实是别人的,我们的秋天还没有到来。"

他走了,离开了温馨的家,离开了那朵又红又大的秋菊,到很远很远的地方播种属于他自己的秋去了。

"秋天,收获的季节,我会回来的。"他说。

三个秋天已经过去,他没有回来。

她也已经走进了生活的海洋,在播种秋。她还为他精心珍藏着那朵秋菊。可是,今年的秋天,他会回来吗?

一轮明月,伴她等他。

当收获的季节真的来到,秋天真的到来之际,他会带着几年的收获和秋天的快乐来到她的身边吗?她和窗台上那盆秋菊能否忍耐住生活和时间的磨砺,等到他的归来呢?

写于 1985 年

在那遥远的小山村

(一)

在那遥远的小山村,我那慈祥的妈妈已白发斑斑。

过去的事情难忘怀,

妈妈曾给我多少吻,

……

小程琳那甜润的歌声,又一次唤回她对小山村的记忆。

十年了,原想已把小山村给遗忘了,听了这支歌,她又一次断定,在感情里,小山村永远不会从自己的心中消失。

人常说,童心没有悲伤,但是,自从她记事起,她就是地主的后代,"地主娃子"是她第二个名字。在那什么事情都说不清的年代里,爸爸早死了,妈妈耳聋又多病,参加批斗她连面都没有见的地主爷爷的会议,当然是她的事情。她恨妈妈为啥要生她,恨村干部为啥那样凶。年仅十六岁的她,疲倦了,总想离开小山村去远方,过与人平等的生活。

因为她虽是地主的后代,但她毕竟不是地主。当她接到远在外省工作的姨妈来信和路费时,就偷偷上了汽车,上了火车。

……

(二)

但是,当她真的离开小山村,来她姨妈家当保姆时,她却突然觉得有些失意,感到孤独、陌生、寂寞、惆怅。总想她那多病的母亲,想她青梅竹马的牛哥,还有那和她一块拾蘑菇的山妹子。

光阴荏苒,十年弹指即过,她亲手抱大的表妹已经是小学三年级的"大学生"了,姨夫给她找到了临时工作,她已经适应了城市的生活,按照城市的生活方式幸福地生活着,虽然中间也有淡淡的忧伤,但"地主娃子"已成为遥远的过去。

(三)

近来,她越来越觉得不安,其实,她早已过了不安的年龄,就连姨妈也说:"赶快给你找个婆家"。

她听说妈妈的头发全白了,但她的病却已经治好了。她又听说五年前,牛哥为给妈妈采药把腿摔瘸了。最近,从报纸上得知,昔日和她一块拾蘑菇的山妹子如今成了养蘑菇专业户了。

妈妈告诫过她,不论走到哪里,不要忘记自己是小山村的女儿。牛哥也真诚地说过:以后会好起来的。

她要回去!

她要回到当年逼迫她出走,却终不能忘怀的小山村,回到妈妈身边,回到牛哥身边,回到山妹子的队伍中去。那里虽有她的痛苦,更有她的欢乐,她的爱情。

小山村毕竟是她生命的根!

(四)

母亲会期盼她的,牛哥也会原谅她的,小山村的人们都会欢迎她回家的。因为十年前离开那里是为了追求,十年后再回那里仍是为了追求。

  在那遥远的小山村,
  我那可爱的小燕子可回到家门?
  女儿有个小小心愿,
  再还妈妈一个吻……

写于 1986 年

(本文发表于《河南农民报》,获《河南农民报》年度优秀作品一等奖)

真 情 永 留

今夕何夕?今年何年?

这种感叹起自杨君多年前留下的一张便条:"我去农委采访。有事请打电话:2214。"

看着这只有四位数的电话号码,我总觉得有点不对劲,这种不对劲,像老太太搽胭脂似地怪,像孩子找不到妈妈似的着急……现在的电话号码已经升到七位、八位了呀!

那是哪一年？我领着一个三岁的男孩，坐在沙河边的草地上，看满天的晚霞，看蝙蝠翩翩飞翔，听远处火车从桥上开过的隆隆响声，听身边的小虫子在轻轻吟唱……一阵河风吹过，我怕冻着孩子，说："咱们回去吧。"从草地上站起来，小男孩仰着脸，不好意思地对我说："阿姨，我尿裤子了。"

那又是哪一年？我大概只有八岁吧。我用手推车推着比我小六岁的妹妹顶风走了四公里路去找在公社中学教书的父亲。我趴在教室的门口听父亲的声音阵阵传来，我轻轻喊了声"爸爸"，爸爸就从教室走出来了。然后，父亲给我们姐妹俩买了一个又大又白的馒头，并对我说："快回去吧，你妈找不到你们又要着急了。爸爸还要上课，不能送你们。"我看着父亲的脸懂事地点了点头，可父亲一转身，我的泪就哗哗地流了出来……

如今，那个如诗如画的黄昏哪里去了？那位尿裤子的小男孩哪里去了？那个又白又大的馒头哪里去了？那位一转身就流泪的小女孩又到哪里去了呢？

时间的延续是任何人也不能抗拒的。不论是花开了还是花谢了，不论是燕子飞来了还是飞去了，不论是生命的诞生还是生命的终结，我们最终都要面临一个可怕的事实，时间的流逝！

然而，悠忽千载，时间又是什么？时间是零。那么，永恒不变的万事万物的根本又是什么呢？那只有是感情了。感情无所谓伟大与渺小，只有真实与虚伪，一颗敏感心灵所维系的，是一份执著的真诚。真情默默无声地存在，静悄悄地拥抱着世界、维护着世界。唯有真情可以绕过嘀嗒嘀嗒的时钟，并对它说："你过去吧，我留下。"

再看那个只有四位数的电话号码，还是电话号码吗？那个又白又大的馒头，还是馒头吗？

雪落无痕，百载留情。在这辞旧迎新的时刻，我想说，让我们用真情去拥抱生活，拥抱世界吧！

写于1987年

独立苍茫

独立苍茫,看云起云落,心中的那份感觉像一年前那个有月的晚上看的一本好书,高洁典雅;是湖边仙鹤的闲庭信步,是月光下茶桌旁几位文友的轻说漫谈。

有这么好的心情,是因为此刻心中没有任何杂念,实在不容易。有时候心里乱糟糟的,愈是破旧肮脏的路面,路人愈是不讲究,随地吐痰,随地扔垃圾;宽敞干净的大路上,路人似乎一下子也文明了。孩子把世界上的人分为好人与坏人。孩子们真好,简单明了,一看便知。人如果像孩子所分的那样多好。人不只是好人与坏人,还有好中有坏,坏中有好的人,想来想去怪复杂的。那人是谁?提起他人们咬牙切齿的;那位又是谁,提起他人们眉开眼笑的。某某结婚了,某某离婚了,某某生子了,某某去世了,某某升官了,某某出事了……人们闲着或忙里偷闲着,传播着一个又一个消息。人们浮躁着或激愤着,干出一些让人不可思议的事情。

独立苍茫,前不见古人后不见来者,只有自己的一份好心情,不去迎合,不去征服,就这般舒舒畅畅的。人,只有超越这些陈谷子烂芝麻,才能得天地之道,才能达到天人合一的境界。

独立苍茫,岁月沉重的叹息和迷惘,填满我的脚窝,在我深深的缄默里,蕴藏着多少妖媚的浪漫和壮美的人生。我们追求梦想的光荣和辉煌,用汗水;我们实现光荣而辉煌的梦想,用泪水。因为我们把这一切都看得太崇高太凝重。

独立苍茫,呼吸清纯之气感受自然深情,使我的脑海里滔滔不绝,一个画面接一个画面地闪现。

人生不易,让不易的人生在善良的氛围中熠熠生辉!
人生短暂,让短暂的人生在善良的关照中永存世界!

写于1988年

孩子,让我说(五则)

坐在孩子面前

孩子的魅力在于:

不论你痛苦还是无奈,孩子都爱围着你,给你唱那首年岁久远的儿歌,那首儿歌是你也曾经唱过的呀!

你不知不觉便沉浸在孩子的意境中,与孩子一起哼唱起来。

于是,你的心就在缤纷的花朵中,和蜻蜓一起飞翔。

阳光下,你那几缕伤感、委屈,被孩子的歌声和蜻蜓的羽翅稀释得荡然无存,仿佛世界上根本就没有什么事情发生。

在孩子面前,你完成了一个透透迤迤的生命旅程。因为,孩子赠与你的那份慰藉,足可以让你置身于每一个躁动的日子,享受一生。

我家的小姑娘

穿着我给你买的小裙子,扎一对冲天的羊角小辫。在你的身上,我看见了我的血在汩汩流动,看见了血涌到你绯红绯红的小脸上。

于是,你在我的眼中就楚楚动人起来。

你有尽善尽美的庄严,你有无穷无尽的纯真,你的举止优雅无比,你的小脸美如天仙,你的眼睛明亮似星星……

欺骗和狡诈,痛苦和艰辛,在你身上找不到星点踪迹。

剩下的,唯有真,唯有善,唯有美。

真善美,才是你的境界呀!

告诉我,我的宝贝,在我眼中,你为什么如此天使般完美?

看 月 亮

我问孩子:

天上的月亮为什么一直跟着你走?

孩子回答:

月亮怕我晚上看不清路,给我照路呢。

我突然张口结舌起来:

我们大人,是否也应该像孩子一样去看月亮?这样,我们和自然不就更加亲近了吗?

于是,月亮在我心中变得很大很大,是黄色的,好像开在我家篱笆边的一朵安静的向日葵。

看孩子们打斗

这几个孩子,是在打斗吗?

泪水,挂在他们动人的脸上,在阳光下熠熠闪光。

然而,不等我去劝解,他们却又笑作一团。

我想:

也许,对于孩子们来说,打斗也是一种性情之天真的表达,是一种最好玩的游戏。

幼儿园里的孩子

在那里,我只感到花朵、蝴蝶和蜜蜂,正在传达一个清净世界的境界,正在赞美和歌唱人生的趣味。

在那里,我只看到孩子、小兔子、大灰狼和所有的小动物正在有趣地游戏在一起,正在勾画一幅美轮美奂的自然风光。

自然和孩子,和谐地融化在一起。

写于 1995 年 5 月

又见花儿开(外一篇)
——教师节写给杜渊若老师

值得珍惜的美丽时刻到了:花儿开了。

又见到春天的马车走在大道上,洒了一路叮叮当当的铃声。

园丁见证着人间的精美,花开时刻,温暖照亮整个天宇。这温暖叫他对每一位陌生的孩子流泪,为春天任何一件小事激动。

他走在花园里,注目着每一个花蕾;他走在森林里,为小小的树苗施肥浇水;他走在大路小路上,每一位行人都向他行注目礼……

他感慨万分,欣喜万分。

春天呀,将怎样把你留住?

花儿呀,将怎样才能对得起给你青春和韶华的园丁,怎样报答他给你的华美和地位?

花朵对于季节应该是忠实的,我们分明听到杜鹃颤巍巍的倾诉。

让风儿捎去……

回忆之门又忘了上锁,梦中的红烛在漆黑的夜里亮起来了,闪闪地照着前面曲曲折折的路。

你谆谆的话语注入我的身心。

有多少个清晨,从梦中醒来,是你吹亮了我满眼的混沌;有多少个黄昏,你把我悄悄留下,点燃我奋发的自信。你解答了我那么多的迷惑和不解;你教会了我如何生活,如何进步,如何做人。

将半掩的窗推开,将思念之门推开,让风儿捎去我的崇敬,我的谢意。

风儿吹起,*丝丝*,*缕缕*……

写于 1996 年 9 月

云 中 月

月亮从片片云朵中冲出来了。

秋风萧萧,小虫子在草中弹唱着单调的歌。他领她来到了小河边,看云,看月,听风声,听小虫子唱歌。

他说,这一天天非人的日子使我很累;他又说,世界上哪里还有真诚和信任,哪里还有光明和美好;他还说,人的尽头便是死的故乡,与其这样不人不鬼的活着,还不如早日躺在故乡泥土温暖的怀抱里……

云把月亮遮住了,她的眼前立即一片灰暗。

他继续说,该有个归宿了吧,我真是太累太累了;该有个无风的港湾了吧,我真的需要休整。他说,沧桑的生活埋下那么多难言的隐痛,现实的故事让我相信,隐痛不会过去桅杆不会有,何况白帆!

云儿散了,月亮露出她动人的笑脸。

她说,在大自然的清新与甜蜜面前,人人都应该是平等的,泽及一切的大地母亲,会保护他肩担重负的儿女;那已占有绚丽风光的月亮不是也经历过暗淡无光的岁月吗?只要你在,生命在,天空不会缺少明丽,田野照样清新。

秋风萧萧,小虫子在草中弹唱着单调的歌,他们手拉手走在夜的小路上,云儿依旧,月亮依旧……

写于1996年10月

傍 晚 时 分

在深夜,当我从梦中突然醒来,当一只不知名的小鸟在窗前鸣叫。亲爱的,请你坐过来,离我近点。你知道,多年前的那个不眠之夜,我们就是这样坐着,唱《童年》,唱《孤馆寒窗》,唱《橄榄树》……今天,请你坐过来,让我和你一起回忆傍晚时分的一些记忆。

你知道,多年前的那个黄昏,那个叫陶然亭的公园的一座坟墓前,你领我辨析墓碑上高君宇与石评梅的冰雪情谊,帮我理解白居易"更待菊黄家酿熟,与君一醉一陶然"诗句中的"陶然"……你知道,多少年前的开封,那一条小路上的相逢,我们坐在拉着钢筋的大车上,夕阳被路边的杨树打得碎碎的,金子一样洒落在我们通红的脸上……你还知道,多年前的那个傍晚,一只花喜鹊在河边的麦田里起落,我赤着脚和你一起在田埂上疯跑,那风声和喘气声好像还在耳边……

你知道,那一瞬太快,转眼灰飞烟灭。那一瞬,是青春,是年少,是青春年少留下的最后一点亮光。

亲爱的,什么也别说。请你坐过来,离我近点。直到黎明在你坐过的地方慢慢出现。直到大风把我连同周围的尘埃一同刮走!

写于 1996 年 11 月

桃　　花

这桃花……

我渐渐平静下来。我平静下来是因为见到这桃花,见到这莹洁而温润的桃红。

从漯河往西驱车15华里,就能来到沙河环绕的龙城镇,就能看到一眼看不到边的桃园。只一眼,我便被这里的桃花醉倒了,便被那桃花攫住了整个灵魂。

醉倒我攫住我的,是那种"夹岸桃花沾水开"的飘然情趣,是桃花那清丽洁净温温润润的感觉。

太阳在沙河中泛动着耀眼的涟漪,打鱼的小船已在沙河中滑动,因负重而休养生息的农人开始了春天的耕耘和播种。他们影影绰绰地在桃园中出没,以梦的姿态泄漏整个生命的种种情形。

这是很辛苦的,也是很幸福的。

我知道,在桃花与时间、春风与心灵之间撞击不可避免,勤劳而智慧的农人心头常被杂草缠绕、被石头压抑。然而,一到开春,一到这桃花盛开的季节,他们就举行盛大的桃花会,让桃园的那股暖风流畅地穿过心间,让压抑的心情在三月的阳光下晾晒。

三月的桃花在春风里轻轻摇晃了一下,开了。看桃花的时候,我感受到了我与土地和季节的距离,就像牧羊人与草的距离、草与生命的距离、生命与土地的距离。那是一段目之所及、心之所倚的最温馨和美的距离。望着桃树那银灰色的躯干,望着枝头那美极艳极的桃花,我尽力用心灵去感悟这令人心旌摇动的时刻。此时,阳光在桃树的枝头晃来晃去,也在我的心头晃来晃去……恍惚中,我好似看到长衫曳地的陶渊明,看到桃花中那片村舍,听到那里的鸡鸣犬吠。然而,定下神来细看,那分明就是我的村庄,那在村头走来走去的就是我的婶子大娘。

告别桃花是很苦的。很苦,是因为走不脱那一片嫣红的纠缠。脚步沉沉,怀想也沉沉。说到底,是我太珍视这桃花了。桃花对果农很重要,对我也很重要。

我渐渐平静下来了,平静下来完全是因为又看到了这桃花,又看到依旧娇艳温馨的这一片桃红。

这迷人的桃花呀⋯⋯

写于1998年4月

还 我

还给我,那支童年的柳笛

柔嫩的柳枝在村头的小河边抽出了鹅黄色的小芽,用手一折就能闻到春天的芬芳。制作柳笛是件多么简单而又开心的事呀,折、拧、抽、切、吹⋯⋯只一分钟,甜甜的苦苦的柳枝的香味就跑到嘴里,滴滴答答的声音迅速响在小河边、田埂上,心情也顿时被清纯朴素的乡村风味点染,成为一首清新飘逸的小诗。即使做不成柳笛,做一个柳条飘带、编一顶柳枝帽,也会使幼小的心灵产生强烈而又单纯的喜悦,感受到与大自然的默契与交流。

"蝴蝶蝴蝶采花蜜,飞来飞去不停息⋯⋯"正像这优美童谣所唱的,吹着那支柳笛,我曾和许多小伙伴一起,赤足走在大平原的田埂上,追逐蝴蝶和蜻蜓。我们个个都有一张沾满泥土的小脸和一双会抓石子、捉知了的灵巧小手。我还有两个乱糟糟的小辫子,一件粗布方格格小上衣。

那时,父母很少为我们买玩具,因为那时就没有多少玩具,也因为玩具对我们一般家庭来说太奢侈、太昂贵。我们充满创造力和想像力随地取材:泥巴、树枝、瓦片、石子、鞋子⋯⋯大自然里有无穷无尽的玩具,大自然是游戏的乐园。

现在的孩子大都有电视、电脑、钢琴为伴。他们有纤尘不染的小手、修剪得干干净净的指甲和白皙的小脸,举止文雅、礼貌。他们被迫学着各种功课,进行着各种各样的"素质"教育。孩子无忧无虑,不需要竞争、不需要挣扎的短暂的童年,总是过早地结束了。成长的过程不再是一种享受和乐趣,而是一种疲惫、负担和折磨。

他们没有了柳笛,没有了那支与阳光、清风、河流、蓝天、白云联系在一起的柳笛,那支可以在田野上边跑边吹的、吹起来悦耳动听的柳笛。他们没有了梦,没有了童话,没有了天真和童趣。

请还给我,那一支童年的柳笛。

今天,我可以将它传给我的孩子,传给她一颗没有束缚、没有羁绊,快乐而又自由的童心,让她能够以一种从容不迫的心境来拥抱生活、拥抱未来,拥抱这个多姿多彩的世界。

还给我,那首《游子吟》

枯燥、烦闷的中学生活对我来说留下的只是苦难的回忆,那些苦难在我的挣扎下都过去了,且从记忆中升华,成为一种坦然,成为我以后人生追求的一种铺垫。

在成长的道路中,我们确实经历了许多华丽与哀愁,我们总是凭着浪漫与遐想生活着;也幸亏有那么多的浪漫与遐想,使我们经历那么多考试、补习、复读,还能生机勃勃地长大。

浪漫与遐想如同星星和月亮,让我们紧张的头脑获得舒缓。

你我坐前后桌,你总是哼着小曲带着满脸的阳光打发着单调的学习时光。在你的眼睛中时时能看到清纯轻松的光芒。

那时男女是不说话的,但我们却不。交换书刊、唱歌、讲故事。一天,你用低沉的嗓音哼起了刚刚流行的歌曲《游子吟》:"都说那海水又苦又咸,谁知道流浪的悲痛辛酸,满腹的仇恨,满腔的愁怨,啊,游子的脚印呀,血泪斑斑……"那伤感的曲调和歌词一下子打动了我伤感的神经,可能是少年不知愁滋味,也可能是那首歌正好符合我当时的心境,我有了要学会的强烈冲动。你把歌词工工整整地抄下来偷偷给了我,我也就跟着你哼唱起来。你在前面一句一句地唱,我在后面一句一句地学。

你给同桌讲故事的时候,我就能够听到;我给同桌讲笑话的时候,也故意让你听到。

我们的交往,是一股清新的风,清爽自然。

我们朴素得如同原野上两棵临风而动的小草。

一场考试过后,我们分别了,一别就是20年,音讯全无。

这20年,我们经历了太多太多的事,经历了太多的曲折和磨难。我们奋斗着、追求着,用自己的不懈努力实现着自己的人生价值。我们从毛手毛脚的少年变成有头脑有文化、成熟而又理智的人。时间塑造了我们,也考验了我们;时间让我们失去很多宝贵的记忆,也使我们悟出了许多人生的真谛。

然而,滚滚红尘中,心灵总有感到孤独、困惑、疲倦和脆弱的时候。我们渴望为心灵寻找一种寄托,呼唤着友情,呼唤着灵魂与灵魂之间的相知和共鸣,并且渴望这种呼唤得到回音。

但是,在以物质和金钱为人生价值的现代,人与人的关系也逐渐蜕变,物质的交易、财富的角逐、利益的纷争,充斥在我们的生活之中。人与人之间的信任、理解和关心也在日渐减少。尽管人们渴望获得灵魂间的共通共融,获得生命价值的共同认可,但心灵却在日渐退缩。为了免受伤害,人们都学会了自我保护,增加了隔膜和防范。将真情压抑,将心灵封闭。

一位朋友曾感叹道:茫茫人海,竟找不到一个信得过的倾诉对象。

孤独,成为现代人的通病。

在今天,代替《游子吟》去寻找友谊的是显示身份的名片,是酒肉宴席;代替理解去回应呼唤的是谄媚,是奉承,是卖弄学识,夸夸其谈,是逢场作戏……

请还给我,那首伤感而又动人的《游子吟》。唱起它,可以去寻觅那美好、高洁、超然物外的友情;可以去寻觅那种敞开心扉,给人温暖与抚慰,催人奋进,予以鞭策的关爱;可以去寻觅那种在情感之间碰撞出和谐的火花,在心灵之间架起的桥梁,在智慧的天空里结伴遨游的沟通;可以去寻觅焚烧百年孤独的"我"与"你"的相遇。

让我们重读伯牙与钟子期的故事吧,让我们再听听那动人的《高山流水》,抚摸一下那把摔碎了的古琴。

还给我,那首《上耶》

"上耶!我欲与君相知,长命无绝衰。山无陵,江水为竭,冬雷震震,夏雨雪,天地合,乃敢与君绝。"

18岁,我是怀着怎样的心情去读这首爱情诗的呀。

还记得许多许多年前下的那场大雪,一场罕见的大雪,我站在雪地里,等骑自行车的邮递员,等一封来信。每天盼望,每天失望。等有一天,天晴了,雪化了,我不再等了,那封信,那封厚厚的信突然来到我的面前。

多少年过去了,现在我仍能感到当时那种企盼,那种苦涩,那种惊喜和激动。在绚烂耀眼的思想的光环中,我仿佛重新回到了那个年代,我再度沉醉于那类似爱情却又绝非爱情的缱绻的情爱之中。

那时我对爱情的理解只有四个字:忠贞不渝。

爱情如同阳光,光芒四射。

一匹白马向我跑来。

一个月之后,他走了,并且一去不回。

18年转眼即逝。我成家立业相夫教子。丈夫宽厚、善良,女儿聪明灵巧,生活温馨而又平实。

没想到,18年后的一天,他突然从天而降,戏剧化地出现在我的面前。我还以为,这是哪个浪漫故事的续集,其实,我错了,少男少女所谓的爱情,只是菜汤上浮动着的油星而已。短暂的青春更只是开春时分屋檐下挂着的冰凌,很快就融化得没有了影子。我们像陌生人,各怀心事,互相猜测。他带着玩世不恭的态度与我说话:"爱情?都什么年代了还谈爱情?爱情到底是什么东西?"

史登·柏格说:"要寻找一段理想的爱情,等于在一间黑房里寻找一只黑猫。许多时候,我们以为还有一丝希望,殊不知,原来黑猫早就从窗口跳出去了。黑房子里面空空如也,什么也没有。"

爱的年代已经不复返了,可我那齐肩的头发和他的名字依旧飘在我的记忆里。原来,旧梦是不能重温的,一旦重温,旧梦便破碎了。

我应该感谢那段感情经历,尽管它是失败的。它迫使我冷静理智地思考并最终明白自己的需要和追求。

曾经那么多的花前月下,都已成为沧海桑田;那么多的海誓山盟,都已成了过眼云烟。时间会冲淡一切,那些年月弥留下来的痕迹,甜的、苦的、欢乐的、伤怀的……在年月转换之间,那些该忘的、难忘的,往往都会被一种无形的力量所摧毁。生命是奇妙的,有些事在冥冥中早已有了完满的安排。岁月能够改变一切,这种改变会像一堵墙一样阻隔人心,使曾经息息相通的两颗心灵变得遥远、陌生乃至完全隔绝,偶然重逢之后,便会发现珍藏在心里多年的美好记忆,早已被无情的改变击碎,再也无法复原。

千年前,那《上耶》中刻骨铭心、入骨入髓的爱情永不再现了吗?罗密欧与朱丽叶、梁山伯与祝英台的故事已成为永远的爱情神话了吗?

四月,我分明听到杜鹃那颤巍巍的鸣叫。一双梁祝幻化的蝴蝶在我眼前翩翩飞翔。

请还给我吧,那首千古传诵的《上耶》。

写于 1999 年 4 月

雨　　夜

她知道,这肯定不是一个短暂的情绪,雨夜带来的喜悦不是歌唱,而是皱纹深处的安宁。

这个雨天,这个普普通通的雨天,她像获得爱情一样获得了快乐。包括她那小小的房间,它里面的气息和微弱的光,包括一本书和一支忧郁的曲子,包括她此刻的心情。

雨夜最适宜沉思和回忆,思绪漫无边际。雨时而停时而下,窗外有雨打芭蕉的吧嗒吧嗒声,从屋檐一滴一滴地落下。她坐在小屋里,遥想江南的清新和凉爽,真想背上旅行包做一次逃遁。

沉浸在有雨的夜里,千万不要说话,最好的方式是用感觉濡湿失眠者的微笑。她举起手,举起已经被岁月忘记的手,抚摩雨夜中所有动人的微笑。在这种时刻,她会有一种巨大的感动,弥漫在心中。她没有扔掉生活,没有扔掉爱。她想:我会尽一切力量勇敢地走下去。一切都变得很重要了,度过的所有白昼和黑夜,所有的感受和细节。这个夏天之后,她将重新开始新的生活,恪守生生灭灭的自然规律。这其实出乎她的意料。可是命运说,去吧,这是注定的。于是,她用整个夏天进行思考,灵魂之间的对话和交流。生命的杂质被沉淀,只有灵魂飞升。让稍纵即逝的情节成为故事供她缅怀,让思念变得富有诗一般的光彩。她敛眉低首双手合十,遥向茫茫无际的东海。

雨夜最动情,最有韵致,听着沙沙的雨声,人和自然和谐地融化在一起。有多久了,她太看中白昼,又太忽视黑夜,特别是有雨的夜晚。她似乎不适宜这样的夜晚,蒙尘的心灵难以承受雨打芭蕉的意境,害怕雨声打伤敏感的神经——夜深人静,心神仍在奔突和浪游;一个喜欢晴天朗照中的人,很可能正在灵魂的黑暗与迷茫中挣扎。这样迷惑和困顿的时光,需要情感的支持和承当。

一颗充满了狂热的心开始萎缩、冷淡,紧紧地关闭了。因为缺乏爱的滋润,它显得那样干燥,那样冰冷,看上去蒙上了很厚很厚的尘埃,尘埃像一具坚硬的盔甲,包裹着这颗冷漠枯萎的心灵。它只有用自己生成的一些鲜血来维持它的跳动和温热,而那血越来越少,越来越冷……甚至,她只能拼命地喝水,虽然这水无法与血相融,可是,血管里的血太少,只能用水来补充,才可以维持脉冲和生命。

现在好了,灵魂随着雨声翩翩起舞,在这个世界上找到了最自由的表达,身体随小风潜回生活的热流。过去和未来,畅达和坎坷,笑靥和眼泪,一遍又一遍在她心底和眼前录制和重播,曾经的喜悦和哀恸随着淅淅沥沥的夜雨而灰飞烟灭。命运为她驱散了阴郁,恢复了宁静。她不但看到了流星的陨落,也看到了宇宙的永恒,懂得了什么是伟大和平庸,理解了爱和慈善的力量。她知道,生命除了生存的道理之外,还有别的意义。她听见时间在回忆和幻想中悄悄筛落,看见生活之花一点一点地绽放。

她听到了自己的心跳。

心跳如一股湍流把沉淀在灵魂深处的渣滓冲向远方。同时,内心真正的生命,精神的生命则在大自然和至纯的热情的吹拂下苏醒了。所有一切都变得重要起来。如果心不再张望什么,是不是仅仅因为视野里已经被希望填充?命运是不是在这时彻底变得明朗起来?她感到活力的源泉开始在内心激荡,因为感到这点而快乐,又为了不能把它显示给别人而遗憾。

雨夜如歌,因为这雨是一次有声的心灵相约。口头的约定可以一再遗忘,书面的誓言可以一炬成灰,而心灵之约则是永恒的绝唱。

走在雨夜中,雨落在她的头上、衣服上,也落在她的心上。一种惊喜弥漫在她的周围。她虔诚地承受这一天地之精灵的庄严之吻。一种温暖和理解,幸福和满足。她好像获得了生存的动力和激情。原来,有些东西,只有在没有灯、没有月亮、没有眼睛的雨夜,才能看得清楚。

写于 2000 年 6 月

等　　待

　　不知道从什么时候开始相信命运了。总认为，人的生命中是有种种隐秘和玄机的，人与人的交往也是莫名其妙的。人生看似无法聚拢的散沙无所关联，而时间却在无法察觉中改变现实的局面。我思考着那些琐碎的细节与自己到底有某种因果联系——那"等待"两字是否在告诉我什么？

　　我想能够有所等待也是好的。等待，是对耐心的修行，是人的一种品格。在等待中，发现自我，反思自我，规范自我。或许等待就像那片飘落于地的树叶，茂盛过后就这样静静地等待着大地的拥抱。如果我们善于观察，就会发现，细微的生命也显得崇高。我们必须顺从生活的需求，在清澈明净的内心深处找到庇护。不管等待多久，都要坚持着，忍受一切。在漫长的等待中回味所拥有的，体会此时此刻的心境。在煎熬中，战胜痛苦、孤独和寂寞。经历的越多，挣扎得越艰难，越能排除灵魂的浊物。在煎熬中熬出甜蜜，熬出苦香，以增长我们的耐性和智慧。

　　等待就像是在漫长黑夜里行走，没有星星和月亮，只有自己的脚步声相伴。希望往往就在你看不见的黑夜里生根发芽，然后破土而出。很多时候，你会被泪水和大意迷住双眼，无法辨认希望的小苗已经出现。就像一棵落叶树，原以为它已经死了，眼里只有凝固的欲哭无泪的忧郁和无奈。谁知到了春天，它却在那枯枝上发出了嫩嫩的绿芽，给你一个出其不意的惊喜。如果没有耐性，就会放弃，会离开，但你万万没有想到，希望的出现就在你放弃之前，在你离开之后。

　　远行总有尽头，等待没有终止。走着走着，就可能不期然遇到了寒冷中的篝火，沙漠中的清泉。因此，我不肯转身而去。因为我坚信：在我生命的旅途上，有耀眼的火焰和碎银……

写于2003年7月

寻 找

一滴泪击碎夜晚,我在找寻自己的梦。

我相信梦和爱的力量,我决不妥协,我只管等待,只管发出声音,发出我的呼唤。在我活着的时候,这声音受到冷落,在我死的时候,这声音也只能回响在坟墓的上空。我知道,生命是有灵性的,我至死不会放弃记忆中的故园。

不可反悔的规则最残忍,而我的心最仁慈,它允许我一次一次的迷失,允许我颓废沉沦,允许我永远迷失。我的声音是迷失者的声音,就像每一棵不能收获的种子深埋在黑暗中轻轻颤栗——那是生命的最后悸动。我一个人站在荒野,主持生命的葬礼。生命只有一次,让我宽恕一切,期待神灵为之动容。让我沉醉、痛苦、忘我。可是只有一次,这泪水早该流出。

此时,窗外正下着雨,我的脸在皮肤下颤抖。我手足无措不知如何掩饰。让风雨掩盖我,掩藏起我的脸。我还要更多的表演。我的眼光在你脸上颤抖,是你给我光又夺回它。

早上,夜神拽着我的双脚,我全身战栗,不是因为寒冷,而是又走上那条小径。昨夜的星辰,迅速冷却,茂盛的黑发,已化成灰烬;鲜红的嘴唇,已滴尽了血液,充满弹性的肢体,就要随风飘散……

突然想起歧路亡羊的故事。

杨子的邻居家跑丢了一只羊。邻人立刻率领亲戚朋友们去追寻,还来邀请杨子的仆人一同去。杨子不太情愿地说:"瞎!跑丢了一只羊,何必要这么多人去追寻呢?"邻人解释说:"你不知道,那里的岔路太多了!"过了一会儿,邻居带人回来了。杨子问道:"羊找到了吗?"邻人说:"跑丢了。"杨子又问:"这么多人怎么会找不到呢?"邻人答道:"岔路之中又有岔路,我站在岔路口,不知道应该选择哪一条路去找,所以就回来了。"杨子听了这话,忽然神情忧愁,变了脸色,好长时间不说话,整天没有笑容。

我的一个又一个日子,也丢了,留下一段空空的时间,我也站在岔路口,不知道应该选择哪一条路去找。我害怕吵醒我的梦,害怕吵醒那漂泊远方的平静。好像还是从前的话题,在一个胡同打转。

片刻的承诺或许用我一生的等待来偿还,虽然忐忑,黑夜里杀机四伏,但我义无反顾,迤逦前行。

大自然应该和人类的心灵相对应。为了一种等待,为了等待一种暗示的到来,才历尽沧桑在那儿等待了千万年。我知道,时光的流逝可以消泯一切,无来,无去,无住。而在一切消泯之前,现在可以做的是自己努力成为一个真实诚挚的人,听季节的风雨,在每一个角落里徘徊。

写于 2003 年 8 月

周　末

一

一周就这样过去了,一颗迷惘的心也渐渐迷朦起来。窗外有汽笛鸣响。我还是跪在地毯上,在目光看不到的地方,我的心在凝望。每一句话语后面,都是沉默的回响。

黑夜追赶着一头死神,在周围疯狂。当宿命越过虚无的栅栏,你被内部的闪电照亮。你必须留下我的呼吸,你必须在我心里居住。死亡是疯狂的,天空无底。你要赶快回来,你要让它来不及疯狂。

二

我盘坐于此。最初是一场微雨,后来下了一天小雪。前天,阳光明媚,一场大风,扫去了窗台上的积尘——我也把屋子收拾停当。昨天早上,有虫子把我咬醒,以为我的亲人都要回来了。我打开了计算机。今天,寒流又一次袭来,手里的咖啡渐渐凉了。随后到论坛里,和南来北往的游客谈话,报纸版面,诗歌流派,城建败笔。刚才准备写日记的时候,一阵不期然的私语里,仿佛有了刹那的醒悟:天堂和地狱原来是一个地方。

写于 2003 年 11 月

未完成的虚构

1

你拉着我的手,沉入黑夜,倾听黑夜的教诲和风的奏鸣。你把那轮鲜亮的红月亮装入我寒冷的记忆,让思绪的原野开满鲜花,散布于整个山谷。就是从那里开始,你把红蘑菇种植在富饶而潮湿的心上。欢乐盖住了自己的脸,思想漫无边际,无处不在。

天使吹着口哨,我踏着"一二一"的节奏,走在春之林中。

2

赤脚走在春之林中,顺从刺,扎进脚中,顺从你,被你吻过的唇。红蘑菇的毒汁浸入心中,让无辜的颤栗和罪过,留下美丽。让风吹,让雨淋,让遥远的奇迹发生。

我顺从:大颗的泪珠,挖掘骨髓里干涸的水。

3

越是冷清,越是幸福。

整夜整夜坐在专门为自己设计的小木屋里,烛光摇曳,那有着篱笆和向日葵的山脚下,木门吱呀吱呀地响。

静听风的呜咽,虫的低鸣。

七月的炎炎烈日下,竟下起纷纷扬扬的大雪。你在烈日下走着,你在雪地里走着,你在雨林中走着,你在沙漠里走着——一张扭曲的脸,痛苦片刻,

微笑片刻。

哦,你是篝火,你是太阳,可你光明的照耀竟是那么的黑!

4

你在哪里?你在哪里?

你会在今晚消失么?你将遁向何方?

你还在那里,制造自己的欢乐。左打一个嘴巴,右打一个响指。

沙子在眼中耐心地磨,麻雀瞪着黑亮的小眼睛。

怀揣灵犀,对抗黑暗。

语言分解成尘土,音符断裂成梦呓,在这场无限的浩劫里,我扮演了一个不该扮演的角色。现在我清醒地目睹了这一切,成为虚无世界里虚无的见证。当我发现这个错误,来不及思考,来不及改变方式,也不想再做任何解释。这个巢,美丽的传说。这梦,这些残缺的图画和曾经闪烁真理的心灵也许就是最好的秩序。我一下子跌落进去,在梦的边缘走投无路。

灵魂有它特殊的记忆,不能描写出来,也不能向人道及。

空守着破碎的诗篇和梦幻,我找不到一个缝隙可以逃出去。

让我拒绝那片段的回忆,让我抹掉遗留的痕迹,让我揭开那个奥秘吗?

5

不,不,"人生到处知何似,应似飞鸿踏雪泥。泥上偶然留指爪,鸿飞那复计东西。"

还是让我祈祷吧!

向飘逝在山谷中的鸟鸣致敬!

向微风和黑夜,向波涛滚滚的草原致敬!

那令人神往,遥远而神圣的归宿。

让我借助风和夜的力量,来拯救关于你的无力的想象。来参与灵魂的洗涤或者死亡。我将追随着那片树叶,那粒翻滚的石子,走入地下,走入灵魂,走入世界的最深处。

可是,为什么,为什么我的祈祷如此无力?

6

夜神拽着我的双脚,全身战栗,不是因为寒冷,而是又走上这条小径。

昨夜的星辰迅速冷却,茂盛的黑发,化成灰烬;鲜红的嘴唇,滴尽了血液;那充满弹性的肢体,难道就要随风飘散……谁又能将风雨摧落的果子,重接上枝头?谁又能使披头散发的游魂,重新附体?

这就是我命中注定的悲哀?

在缝隙的光里,只有你知道。

我来过。

7

我来过。我把冰凉的身体轻轻搁在想象的木屋里。

门,砰然关上。

门,砰然关上的时候,灵魂出窍,脱离了自己的肉体在空中飘起。

我留在这里已经很久了,世界的声音遥远而飘忽不定,记忆在萎缩,死神已经威胁了我无数个夜晚,白色而柔软的生命还在我身边滞留,不肯离去。孤独让我陷入虚空。野草疯长,稗子疯长。不喊叫,也不挣扎。覆盖我,覆盖我吧。让我回归黑夜,回归沉寂的泥土和那场漫天的大雪,回归到最纯粹的风里。

你遗忘了我,遗忘了你身后执着友善的皑皑雪夜。你辜负了我,辜负了星前月下深深咒。

风儿吹动我的长发。心如焚。

8

今夜很冷,我突然和你脸对着脸。仔细辨认,一切都转过身,血液对着我一跃:你死了?或者你正手持着刀,白着眼向我一步步走来……键盘敲响麻木的神经。

你气宇轩昂。

你气宇轩昂,旧有的一切连同它的诗意永远翻过去了,翻过去了。

哦,哦,我像个诚实的孩子,来不及在这个世界上进行因与果的思辨。

我的脸在皮肤下颤抖。时刻想着你又怕失去使我的一切举止像一场表演。是临近散场的时候了,我手足无措不知如何掩饰。让雪掩盖我,雪落的可真是时候。雪,你不要停,掩藏起我的脸。我不能死,我还要更多的表演。我的眼光在你脸上颤抖,是你给我光又夺回它。

我和我的一生,我和我的哭泣就埋葬在这儿。写一写黑暗,听一听坚强

的风声,在那宏伟的想象里永远定居。

寂寞和苍白将在哪一个世界重现?让我登上缥缈的悬崖顶端,恐惧地回望这场铺天盖地的灾难。

这是我的语言么?为什么它们遥远得如同刚刚死去的春天?

亲爱的,看着我,把你的手放在我落满灰尘的额头上。

写于2004年9月

说明:《未完成的虚构》以网名"chongmama"(虫妈妈)在"超星读书社区"发表,shreeywilde、VIVO等网友写了读后文章,作者及时进行回复。

引子:

第一眼看到这好文,是VIVO从QQ上发给我的。我正在看帖,但是还没有看到这里来。他让我感觉一下这好文字,还很着急,说他说了大话,夸下了海口。他特别拣出几个句子,想必也是他感受最深之处。

诗人最敏感的总是诗的形象,相比之下,我似乎不那么受引诱于意象的诡谲,奇语的惊艳,爱看的是可以找到无数种表达的心灵的源头。也更为之执迷。VIVO的评叙还未就绪,我这个算做是他的前行吧!既包含有他所予的启发。

回 声 一 弦
shreeywilde

不可多得的珍贵的文字,不加以回应是一件使人不安的事,纵使领略不到真正的内在的深沉,说说基于自己浅显的生活,文字的爱好得来的些许印证也是可以使自己欣然的。

其实,真正的作者,她的天赋使之创造出美的原则,人群俗众的喜恶并不能作用于她自己的追求与理解,反过来是人们力图去跟随她的创作,解释其中的弦声雅意。美的力量是无穷的,不可竭尽的,愈追随愈阔大。使人暂脱离有限而掣肘的生命,进入到新的没有拘束的想象或者激情、博爱的境界中。这些同时也是创作的魅力,与爱好文字的人生的诱惑所在。

作品要么是作者的,要么是与作者相反的,这其中的连接,没有必要去确定或只取一种,作者是自由的,读者的解读也是自由的,从中获得的解脱与安谧则是一致的。所谓虚构,本身是一种虚构,真实不一定比虚构更真实。一切,目的可能是在于使人进入艺术的世界中,最终承认艺术品所具有的独立生命。文字的艺术,攫取人生某一瞬间使之呼吸可闻、脉动可触的神力,一但它成立,成为作品自身,它就是自足的,超越于个人经验而可以为无数种生活代言。

《未完成的虚构》便能够带给我们这种为许多人享有并建立新的意义的可能性。它是纯粹心灵的呼唤或者呓语,它用光彩夺目的意象与灵魂的动作,使我们走入了它所处的境界与挣扎。唤起我们的回忆,激发我们的挚情,并在那种种美或痛的象征中发泄了我们的旧日的伤怀乃至压抑。它是模糊的,含隐的,但是每一种不确定都带给我们理解的可能,我们通过这漂移的指示组建起自己生活中所能包含的意义完整性。它就像一曲无声的心灵的舞蹈,使人震撼,使人不得不跟随从而获得不曾想象到的超越的力量。

读者从中超越了,作者亦然。从自己的创造中获得解脱是一件自然恐怕也是无以拒绝的事,经历乃至想象带给人的炼造总需要一个归依,恍然之间已是流浪他乡的羁旅的诗情从此开始了它的寻找,要发现一条回家的路,要献祭于自己的家园之根基。创作,痛苦的自我的呈现的报偿,难道不正在于此吗?

这个为千百年永恒的主题服务的家乡又得了一份鲜活的种子,种子找到了它的家。痛苦者走过了千山万水的朝拜之旅,终于领取了她注定的幸福。从此,何去何从,都是自由。

从文字中得到涅磐——这是未完成的虚构带给我的。

谢谢这样美好的文字,谢谢充满伟力的虫妈妈!

回复 shreeywilde

shreeywilde,谢谢您!让我如何回复您呢?浅显的文字怎配先生那一弦深沉的回声!?

其实,对于自己来说,在写的时候,并没有过分追求文字的弦声雅意,也无能攫取人生某一瞬间使之呼吸可闻、脉动可触的神力,当激烈的情绪超过

语言运行的速度,我只有毫无矫饰与遮掩地去直言,只想把生命真实地呈现出来,让血液直接流淌在命定的河床里。

很喜欢先生这样的文字:"唤起我们的回忆,激发我们的挚情,并在那种种美或痛的象征中发泄我们的旧日的伤怀乃至压抑……"。我把这当作先生对我的要求,尽管我现在还不能,但我知道了努力的方向。

虫妈妈缺少伟力,尽管她能够本能地提醒和保护自己的小虫,但她却不能拯救自己。无数次寻找,无数次迷失。

一滴泪击碎夜晚,我在找寻自己的梦。

我始终相信梦和爱的力量,我决不妥协。我知道,生命是有灵性的,我至死不会放弃记忆中的故园。尽管火焰灭了,整个世界只剩下虚空,但我坚信最终能够找到回家的路。

祈愿 shreeywilde、sinovivo 以及所有的朋友自由、幸福。

愿 shreeywilde 化成一棵树,一棵简单的感情,一棵纯粹的思想。

愿 shreeywilde 指点迷津。再次表示感谢!

再回 shreeywilde

shreeywilde,什么时候?不知道你是否体味过那种心里有话,却无从倾诉的痛苦?这是精神的苦役。刚才正好看到奥地利女作家艾尔芙蕾德－耶利内克获 2004 年诺贝尔文学奖的消息。她的自传体小说《钢琴教师》拍成电影并获 2001 年戛纳电影节多项大奖。《钢琴教师》的结尾是这样的:艾丽卡一脸止水,扎了自己一刀,然后平静地离开我们的视线。爱竟成死灰,绕了一圈之后,她重新回到自己的平衡之中去。从此没有波澜,没有跌倒,没有悲伤,没有爱情,没有生命。

看到这的时候,我们只感觉到天地间的虚空,一片白茫茫……

《未完成的虚构》读后
VIVO

1

　　VIVO 一定是在自设陷阱。轻薄地许诺，此后进行评述，旋即懊悔了自己的莽撞。他不是在任何文字后面都有说三道四，评头论足的资格，常常我们只需要被感动，刹那间被悲伤或者欢喜撞击日见冷漠的心脏，然后默默领受，体认作者绚烂的寂寞和自己寂寞里的绚烂。算是一次轰然燃烧，被文字的馈赠点亮，惟知敬畏和感恩，不敢言说，所有聒噪不过是亵渎，亵渎了苦难凝结的圣洁美丽。

　　然而又要言说，以微薄之礼回馈作者的厚意。经验的沉痛、文字的卓绝早已取消了可以对称作答的可能性，是以踌躇再三，而时日的拖延无疑有天天加息的惶恐，由是勉力草草而为。

2

　　"诗言志，歌永言。"（《书·尧典》）"君子作歌，维以告哀。"（《小雅·四月》）跨越文字的重重迷宫，让我们首先目击心灵现场，可悖论在于，目击现场的不可能性。一切"本事"沉隐，呈现在面前的只是词语的歌唱或舞蹈——无心呢喃的纯净、绝望无助的沉溺，读者探寻的深度止于意象的暗示与渲染。然而即使如此，只要心灵接通，就有越过语言的表层走向心理黑洞的险径——以作者隐约指示的心境叠加读者自我的生活经验，向起初的生命真实还原。

3

　　VIVO 不敏，在此愿意把它读解为一桩甜蜜而又苦涩的爱情事件：生命原本苍白，孤单而又惶恐，但是你悄然出现，我的笑容从此同春花一起灿烂，同时埋下了和春天一起腐败的种。激流在寒寂中潜藏太久，一旦奔流，马上无比狂热，狂热地痴迷你，爱上了自己的想象，愿意一生守候，在田园牧歌里，在童话仙境中，在百草百花萦绕的小木屋。

　　爱上了自己的想象，爱情因此出离自己的想象，太意外，你撕碎了天堂。

幻想的美丽太过脆弱,经不起粗糙现实的轻轻一碰,曾经的甜言蜜语因背叛而成为了嘲讽,忍看你的远离,无法捕捉,如同无法捕捉恣肆的泪和殷红的血,任其汩汩。拼命要抓住爱情,抓住了空气抓住了虚无,从悬崖跌落,灰飞烟灭,驻留劫难。

你或许他,轻盈而又沉重,温暖而又寒冷,洁白而又黑暗,温柔而又残忍,善良而又邪恶。冬夜里的煦日,夏日里的寒流,搅拌在虚弱的胃里,胃出血,肝腑溃烂,大脑爆裂。痛。对不起,宝贝,让你给了我生命里最深的痛。

时光濯洗有关你的血迹,愿它只留下淡漠的旧痕,可是愈来愈清晰。我的回忆孤独无助,只会自动偎依着你取暖,直到锥心的痛楚让自己惊怵,却无力逃离。命定的悲哀,如果被伤害,不过是自己选择被伤害,所以无怨无悔。此生握不住你的手,唯一只能握住关于你的回忆。以悲哀取悦自己,午夜梦回的枕上,有你所不知道的泪迹,在这里,曾经的爱复活,安息。

4

然而,天下所有悲伤的爱情故事都庸常,千千万万年来如此,亿亿万万人如此,无不湮灭于历史的浩瀚无涯,唯有敏于情而又慧于心者可以撷拾磨难所凝结的灿烂珠贝,一粒粒串起。带血的百合花怒放在春风里,踏破铁鞋,一朝娩出,裸露了从前的痛楚,同时驱赶了从前的痛楚,长歌当哭,以诗泄洪,残留的仅仅是文字的璨美,迷醉作者和读者,洗濯你我的灵魂。

当思绪回归到文字本身,VIVO 又不禁对自己的一番臆测感到牵强附会、莫名其妙。"文本之外,别无它物。"("Iln'yapasdehors – texte" "Thereis Nothing Outside the Text")(德里达)文字一旦生成,它就有自己独立的命运,既不属于作者,也不属于读者。文本只是子虚乌有的自由的符号嬉戏,词语狂欢,是一系列没有所指(signifiant, signified)的能指(signifié, signifier),是文本性,文本间性,词语随意漂流,词语和词语相互追逐,指涉,照亮。文本横空出世,遗世独立,对于制作者和观赏者只有存在这样的问题,艺术品美不美,如果美,为什么如此美?

到此我们取消了此前索赜探微的工作,激发作者编织文字的生活经验无足重要,"本事"的还原可有可无。闪烁在眼前的只是精美的词语,诡艳的意象,错综百出的理解岔道以及若隐若现的文本结构。

回复 VIVO

1

VIVO,先说感谢您!

您是在拯救我支撑我吗?让我想一想,在艰难的人生之旅,在我未完成的虚构中——假如我可以把它完成的话,是不是有某种动情的、荒诞的奥义?怀疑和相信一样危险,在这令人窒息的雨声里,您在支撑浅薄而绝望的人?这都是可能的,比如秋天给夏季的回信,我不能随意宣称丛丛整齐的绝望和忧伤。

一个又一个日子,丢了,留下一段空空的时间,让我与它对话。只想超越生,直接进入了死亡的境界,进入永恒的黑夜。我默默为自己的死亡作准备。那个曾经希望"面朝大海,春暖花开"的海子哪里去了?他在最后一首诗中写道:"在春天/野蛮而悲伤的海子/就剩下这一个/最后一个/这是一个黑夜的孩子/沉浸于冬天/倾心于死亡/不能自拔/热爱着空虚而寒冷的乡村。"

2

VIVO,再来回应您。一直记得你写过的那篇文章《人生若只初相见》。"初相见的一刻,瞬息也是永恒。""初相见,西风古道里你我马上相逢,泪下如雨,此宵就在野驿古灯倾诉一生的悲凉;初相见,汹涌澎湃的人流中一眼就认出了你,世界逃逸,众声喑哑,唯一听见你轻微的呼吸;初相见,已经在菩提树下祈祷千万年,六道轮回了无数次;初相见,是尘世流离,无序碰撞的一次偶然,恰恰遇见,不远、不早,也不晚。"

千万人都可以走失,从你必经的小径上走失。惟有我,必须守候,守候在你小径的尽头,守候在那个木屋里。

我的心怎能不为寒气浸染,我要你含我在口中温暖我。唤醒我,以寒冬将要熄灭的微火。请继续这件文物的鉴定,请教我辨认这些甲骨文,请拿开挡在我眼前的冰凉的手指。我要你带我到去年绿茵茵的毯子上跳舞。我要你含着我冰凉的嘴唇,拍着我僵硬的身体对我说:亲爱的,好好的,一切都好好的。

旧有的一切连同它的诗意永远翻过去了。我像个诚实的孩子,来不及

在这个世界上进行因与果的思辨。爱情,这给人类以温馨的爱情,这宇宙的守护神,这所有有知觉的生命的灵魂;还有那因爱情而至的柔弱一切的情感。

是的,你已经答应过我,在繁华落尽之后,你要让我安祥地回到根底,自尊而绚丽,至爱而华贵。

3

VIVO,记得他说过:我也迷失过,迷失在一个荒岛上,一个"黄花绿草芳菲处,舞蝶鸣蜂在在飞"荒岛上。那个夜晚,我静听着屋后的悬崖清幽的滴水之音和夜虫的吟唱,一个人想着心事。半夜起来,看满天星斗浸染在紫色的云雾之中;黄昏时候,又看到成群结队的红色的鸟儿在夕阳之下噪闹。人与自然,交融一起,灵魂身体,已不知所在。

他还说:一个感情丰富的男人,却过着没有感情的生活,感到的不是孤独,是活埋。我一天到晚呆在书房,跟书本和古董打交道。只有在累了的时候才会到聊天室去走一走,跟人家说一些不痛不痒的话,这是我一天难得的跟人的交流。而在那里,我仍然不能放纵自己的情感,我得保持谦和和冷静。谁也没有发觉这个谦和有礼的学者,是一个感情强烈的男人。谁也没有从那些工整优雅的字里行间里,看到一颗失落的孤独的心。谁也不知道,这个好像非常快乐的人,心里蓄着一腔燃烧的感情之火。"我是人/我需要爱/我渴望在情人的眼睛里/度过每个宁静的黄昏"(北岛)。VIVO,我多么希望您是一个闹翻天的耗子,能够带给我活着的消息、爱的消息;我多么希望神秘寂静的夜晚和仁慈的月光能捎去我的问候。

4

VIVO,还想告诉您,我曾经写过,不知道我的宇宙在哪里,我只知道,每年都有几场大风刮过。我就像那没有主见的柳条,大风吹来的时候,柳条随风飘动,风一静,才停止。我怎样做才能不为风动,不受风欺?那摇摆的只是躯体,而坚强的该是灵魂呀。

不可反悔的规则最残忍,而我的心最仁慈,它允许我一次一次的迷失,允许我颓废沉沦,允许我永远迷失。生命只有一次,让我宽恕一切,期待神灵为之动容。让我沉醉、痛苦、忘我。这是我的诉说,是我生命中真实情绪的分娩。可是只有一次,这泪水早该流出。我终于明白一个濒临生命尽头的孩子,为什么在手术的时候拒绝麻药,不是因为他是如何坚强,而是因为对他来说,在他短暂的生命中,痛苦也成了不可多得的经历呀。

记得您还说过:当心有所触动,常以文词来显现和杀伐悲痛,物伤其类乎?而随之而来的言说,无关他者,只是癫狂的独语,超度自己的落魄灵魂。几家欢乐几家愁,各自的忧伤无从彼此抚慰,在相互瞻望孤寂的距离里,只以些许文字馈赠,或者可以稍微取暖,走过秋天、冬天和生命。

我想让那些稍纵即逝的情节成为故事供我缅怀,让思念变得诗一般的光芒万丈。初相见的一刻,瞬息也是永恒。

我的文字同样无关他者,只是虚构,只是癫狂的独语。这或者说不只是一些文字,驾驭文字还不是我的特长。这是我的生命,我近乎失而复得的生命。为自己写作,超度自己的落魄灵魂。仅此而已。

再谢 VIVO!

对其他网友的讨论回复:

● 谢岁月如诗先生的夸奖。

没有想到自己虚构的文字也能够引起您类似的感触,用老舍先生的话说可能就是"每一个角落,似乎都存在着一些生命的痕迹;每一小小的变迁,都引起一些感触;就是一风一雨也仿佛含着无限的情意似的。"

记得去年看先生的《醉花荫》,当看到你的一段文字的时候,自己也有无限感慨似的:"那天,突然从屏幕上传来的不再是一向工整准确,没有一丝情绪的句子,'则为你,如花美眷,似水流年'。不觉心痛神痴,眼中含泪,许是数世的孽缘,之后的那些温言细语落入我的眼中都化作了芬芳苦涩的香槟,'东篱把酒黄昏后,有暗香盈袖'。我终于醉了。"

● 是的,是血就不会有水的清静。谢谢 wufengyuqing 能够这样理解。不纯粹是向往,好像也没有太多的仇恨,有的只是绝望和灰冷,是一种沉溺,一种宿命,是披着丧衣的白蝴蝶在上下翻飞——它渴望大喜大悲之后能够炼就恬然和平和。

● 我已经把 yijiangchun 的作品推荐给我的孩子们看,喜欢你《果园》里的宁静和祥和,也喜欢《结交两颗丝瓜》里的细腻和柔软,喜欢作者的惜缘情结和不伤害一切生物的善念。

● 谢张宇绰先生翻译的文章。

之所以要向狗致敬,就是因为狗的忠义赤诚,死生不渝。同意 yanzisiqin 的观点:狗的"忠诚"天性恰好符合了部分人的道德观和伦理观。美的事物,或者善的事物,不在于它自身的美和善,很大程度上与观察者自身的观念相关。也比较赞同张宇绰先生的"爱情亲情化"观点,婚姻会把"爱情"

转化成"亲情"。如果婚姻没有"亲情"维系,大多数家庭将会解散。

●几天来,这里渐渐给予我一种新鲜而奇异的力量!今天,我平静得有点异常。我要把这一丝丝的阳光回收到我内心的坛子里,在夜深人静的时候开口说话,让它流出一地的阳光。我要在柔和的桔灯下,捡拾洒落一地的感动,捡拾"磨难所凝结的灿烂珠贝,一粒粒串起。"VIVO,shreeywilde,岁月如诗,aiting177,绿舟儿,蝶不休,wufengyuqing……谢你们!

2002年诺贝尔文学奖获得者凯尔泰斯说:"我曾经死过,因此活下来了。"

让我学着他对您说:"我曾经死过,因此活下来了。"

写于2004年9月18日——2004年10月21日

夕阳下的斜坡

过完春节,又下了一场雪,元宵节前的一天下午,和梦在河边散步,就在我们抬头朝河堤斜坡上凝视的一瞬,竟被眼前的美景震惊了:几棵柳树,几棵桐树,根根枝条,像是用铅笔画上的。

斜坡上,有斑驳的雪,冷冷的,含着凄迷。夕阳穿过树枝洒到我们的身上,如此美丽,如此温暖。就如老子所说的一生二,二生三,三生万物。夕阳下的斜坡就是太初,就是无极,就是美的本原。我看看周围,大家或来去匆匆,或目不斜视。我对梦说:我们平常是不是太过于沉湎于日常的琐事了,为什么很难发现身边的这些美景呢?

就像罗丹说的,生活中不缺少美,但缺少发现美的眼睛。我们千万不要太过忙碌而错过了人生的美好和庄严,虔诚地迎接每个黎明的到来,把握每一个小时,抓住宝贵的每分每秒。

夕阳下的斜坡,是本原之美,是极限之美。在我的眼中,人类存在和认知的极限就是上帝和自然的本体。知识可能无穷地积累和增长,然而知识

以外的世界,依然是我们的目光所不能触及的地方,就在那里,上帝安然居住。

如果,生活可以像夕阳下斜坡的样子,化繁为简,淡泊宁静,那么,日子也就变成了无喜无忧、单纯而祥和了。

写于2005年3月

五点十分的小鸟

初冬周日的下午。淡淡的下午,心情也是淡淡的。

中午小睡一会儿,就坐在计算机边,喝着茶,晒着太阳。安静、简单。对面武警部队楼上的信号塔上,有几只鸽子在飞翔。这是个很耐看的时候。母亲洗着一双袜子,父亲翻看着报纸,丈夫看着电视。

已经有几个月了,每天傍晚时分,总有很多小鸟到我们家前面马路的梧桐树上栖息,每到这个时候,只要在家,我总是站在阳台上,看鸟在我眼前飞翔。

下午五点十分,刚点上一柱香,就听到外面有鸟鸣的声音,我们一家来到阳台上。此时,成千上万只小鸟在我们眼前盘旋起舞,觉得自己仿佛也随着小鸟在飞翔。太阳快要落了,沉静而又安详,淳美的日晕落暮和红红的晚霞逐渐消退。仔细观看,除了小鸟,空气中还有蚊子、瓢虫、小蠓虫在飞。万物都按照自己的本能生长繁衍,完成生命的历程。此时,小鸟互相追逐着,歌唱着寻觅着自己的小窝,等待夜幕的降临。对它们来说,一株桐树便是天堂呀!

这种黄昏里的柔美,还有晚霞最后的一抹残红在天际夜色来临前的安详,使天地多了一份神秘。望着模糊了的一切,我心中有壮丽和充实的感觉,那是平淡淳朴和内心宁静后的感恩和知足。

很多鸟儿
在我们的头顶飞翔
这是平常生活的一幕
父亲、母亲、丈夫
和我,趴在凉台上
黄昏的光很安详
洒在我们脸上

写于 2005 年 11 月

好事不如无

2005年11月的一天早晨,出门上班,正好碰到夏先生,我问他吃早饭了没有,他说喝了一杯豆浆,半块馒头,就这么简单。我说:简单点好,吃家常饭,穿粗布衣,没有什么事。这比什么都好。他连说三个"好"之后说:"没有什么事真的比什么都好。没有想到你也能达到这个境界。"

于是他给我说了两句古诗:"庭前生瑞草,好事不如无。"

他进一步解释说,院子里长出了吉祥草(瑞草),本来是大吉大利的好事,但古人说,这样的好事还不如没有。

12月26日,夏先生用毛笔记录了此事:

赠秋心女士
庭前生瑞草好事不如无
某日早秋心女士说吃最简单的饭穿最朴素的衣无啥事此说大有禅意人生的宁静此为最当然者因书记之

乙酉年仲冬指心轩人夏春海书
写于 2005 年 12 月

小鸟，飞向何方

正月初一，早上。

鞭炮一次又一次响起，路边树上的麻雀急切地叫着，在一挂鞭炮停止的间歇里，麻雀找寻逃亡的缺口。危机四伏呀，它们盘旋了几个来回，仍然找不到逃亡的路。我和女儿站在晾台上，看着头顶盘旋的麻雀，几乎没有说话。树面对着我们，将枝干伸进寒冷的天宇。冬天的树里没有雄心，没有叶片，没有一切，只有光秃秃的躯干偶尔攀爬几声麻雀的鸣叫。我们仰视着麻雀，在大年初一鞭炮四起的上空，它们靠什么避难？

正月十五，晚上。

"咚咚"的礼炮声震耳欲聋，五颜六色的烟花在空中绽放出耀眼的光芒……从晚上8点，到9点，烟花整整燃放了一个小时。快结束的时候，我和女儿一边看一边往回走，纯洁的火焰在升腾，几乎舔到了天空。走到一棵柳树边的时候，几个人正往上看，光芒中，大家清清楚楚地看到了一只小鸟。在人们为烟花而欢呼而尖叫的时候，一只小鸟在为此而发抖。瑟瑟发抖的小鸟好像在乞求人们：不要烧焦了我们！

女儿问我：人，为什么从来不考虑动物的感受？

我张了张口，不知道如何回答她。

回到家，我给女儿读泰戈尔的《飞鸟集》：

夏天的飞鸟，飞到我窗前唱歌，又飞去了。秋天的黄叶，它们没有什么可唱，只叹息一声，飞落在那里。……在黄昏的微光里，有那清晨的鸟儿来到了我沉默的鸟巢里。

女儿睡着了。

我抬起头，幽蓝的天空，辽远而又纯净——这该是春天的晴空呵！一群又一群鸟儿从远方来了，它们欢叫着，抖动着翅膀，划过透明的蓝天。

写于2006年2月

一只飞蛾在歌唱

"倘使有一双翅膀,我甘愿做人间的飞蛾。我要飞向火热的日球,让我在眼前一阵光,身内一阵热的当儿,失去知觉,而化作一阵烟,一撮灰。"
——巴金

飞蛾扑向火,不计后果,勿需理由。

飞蛾向火歌唱。飞蛾在歌唱中死去。

它原来是一个小虫子,在一个昏沉的暮色中破蛹而出,在夜深人静的时候觅食交配,然后在漆黑的夜里不知疲倦地飞越无数障碍,穿过重重迷惘,最后终于找到自己梦寐以求的光华。它毅然冲过去,没有犹豫,没有恐惧,在升腾的火焰中,它的翅膀剧烈地颤抖,刹那卷成一团,化为灰烬。这是它短短一生中最痛苦的时刻,也是它昏暗一生中最辉煌、最灿烂的时刻。无法想象,一辈子都生活在夜幕掩映下的生灵到底是怎么样地热爱光明!火花便是它的信仰,是它所有的希冀与梦想。

盲目、执著、无畏。

飞蛾在火中熔化,最后灰飞烟灭,在火中升腾成一个小亮点。遗憾的是,很多时候,我们看到我们在火中升腾,却一直不能看到那小小的亮点。飞蛾,原来是个比喻,是个陷阱!

在这个相生相存的空间
活着
不断的兼并和冲突中
内心涌出寂静与和谐
黑夜中,一只飞蛾在忘情地歌唱
并小心飞向僻静处为它张开的大网

感觉有时是失实的
幸福和苦恼有着人为的弹性
一个影子在夜的空中浮着
时而模糊时而清晰
这是生活的现场也是天堂的情景
直到天快亮的时候突然都不见了
世界在睡梦中立即死去
白天,坐下来喝水的时候
许多傻瓜前来敲门

写于 2006 年 8 月

一个黄昏

有这样一个黄昏,月亮早早就出来了,又红又大。我和女儿穿过马路,到不远的沙河边散步。我惊叹月亮的神奇,她默然于我的惊叹。

她才十几岁,我不能责怪她。

我说:"你心里是不是空落落的没有捞摸呀?"她就笑,一直笑,重复这句话,觉得好玩。

记得我十几岁的时候,心里空落落的。我好像看见无儿无女的大姨正靠着我家的一棵树打盹。她们村里的人找不到她,也无人找她。她无儿无女,毫无牵挂。大姨在打盹,周围几十里,好像全是梦景。

我家的那棵树卖了,又种上了好几茬。大姨的坟前,不知道有人会去看看吗? 太阳落山,月亮又出来了。我拉着女儿的手,觉得这和昨天和多年前似乎没有两样。

女儿一直笑,一直重复我的话:
"你心里是不是空落落的没有捞摸呀?"

写于 2009 年 2 月

花 开 见 佛

早上5点就起床了,洗漱之后,到室外散步。太阳还没有出来,早晨的风很凉爽,路边有各式各样的花儿开放。

我想拍一朵花送给你。拍一朵黄色的野菊,小巧淡雅;又拍了一朵粉红色的月季,娇羞沉静;红玫瑰开得也好,热情奔放。还有几种叫不出名字的花,挂着露珠,含着飞虫,生动活泼。

心情就这样,随着花朵,欢愉饱满起来。

太阳出来了,发出柔和的光。我一抬头,树上的叶子和鸟鸣,也变成了花朵,柳树上,杨树上……各种树的枝头上,五光十色,绚丽夺目。

这么多的花,不知选那一朵给你,才能表达此刻的心意。心有所归,情有所依;灵魂安顿,心灵回归。"人"字结构,那相互依恋的样子,很是形象。人生的韵味,独特的生命感觉,可能就是这样的吧?一撇,一捺,翩然而降,不知所起。无可选择,也无从谈起。就像风行水上,自然成纹,波澜不惊,悲喜无形。

在这个夏天的清晨,在流动的时间背后,在这些花朵之中,体会生命的真实,思考存在的价值,拷问永恒的含义。

我们在用自己的生命来印证诗情画意:把自己置于花朵中,体会自然的力量,缘分的微妙;再把自己置于荒天迥地,在万籁俱寂中,体会无边的躁动,不绝的生命,如溪流涓涓流淌,似岩浆炽热奔放。

花开见佛。

佛在花里,更在心中。心中有佛,佛在心中。那是一种超脱生命的放纵,是朝圣路上心灵与心灵的对话;那是迦叶手里的那朵微笑之花,彼此默契,心心相印。

哦,生命中还有更多的美好等待我们去体验。让我们安住当下,顺其自然,在一人一事,一草一木中兴发感动,物我两忘。

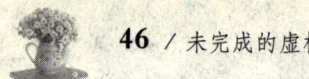

花没有寄去,花一样的心情只有用这篇短文来表达……

写于 2014 年 6 月

第二辑 时序散文

那片蛙鸣

白天,春天的阳光把人晒得懒洋洋的;入夜,下了一场小雨,有一两声孤单的蛙鸣敲击耳膜。我猛然有一种感觉,春天已在我懒洋洋的思绪中渐渐逝去。有句谚语:蛤蟆打呱呱,四十五天吃疙瘩。就是说,清明过后蛤蟆开始鸣叫,人们从听到的第一声蛙鸣,再过一个半月,就能吃上新麦子做的疙瘩面了。

是呀,那片蛙鸣好像还在耳边回响,而时光却已流逝了三十多个春秋。我的家乡三面环水。我在一个叫卿河的小村子里度过了我的童年和少年。院子前边有一条进村的小路,临路就是一个碧水悠悠的池塘。而院子的北边和西边,被一条叫做汾河的小河环抱着。河里而有鱼有虾,当然也有浩浩荡荡的芦苇。所以,一到夏季,我就几乎生活在蛙鸣的包围之中;尤其是夜晚,那呱呱呱的鸣叫成了夏夜里极好的催眠曲。

特别有意思的是,夜晚在池塘边行走,哪怕脚步不能再轻,前面本是一片欢乐的蛙鸣,却突然无声无息,仿佛欢快的乐意中出现了休止符。冷不防,脚下猛然"扑通"一声,让你心惊肉跳。有时,我故意站住片刻,青蛙以为"警戒解除"了,先是一两只试探性地"呱、呱呱"叫两声,接着"一呱百应",听后着实让人有种无烦无忧之感,特别是雨后,那一阵阵蛙鸣,使雨后的夏夜显得更加宁静、神秘和富有诗意。此时此刻就会对辛弃疾的诗句"稻花香里说丰年,听取蛙声一片"更有一番会心,也难怪五十年代老舍请齐白石以"蛙声十里出山泉"作一幅传世之画了。

后来,由于父母工作的变动,我们举家搬进了城里。离开熟悉的环境和童年的伙伴,心里非常别扭,以至于许多年之后,我还没有适应城市的生活;

而让我最不习惯的是,再也听不到那一呼百应的蛙鸣。

1992年,我到舞阳县一个叫英张的村子采访,对他们实施"小康生态工程"很感兴趣,记得有几句话现在还记忆犹新:"坑上一圈果,坑腰一圈花,水下一池鱼,水上一群鸭……"他们说,每到夏天的夜晚,村前村后蛙声不断,很是美妙。为此,我专门在这个村子住了两个晚上,虽不是蛙鸣季节,但我仍然固执地寻找童年的那种感觉。

前年清晨,在郾城一个菜市场买菜,忽听见某个角落传来一两声蛙鸣,循声看去,原来蛙声发自一只竹篓子。看见半篓子青蛙,篓子旁边还挂着一串,用铁丝串着爪子,活蹦乱跳的。有人讨价还价后说来两斤。只见卖青蛙的青年汉子拿出一把磨得雪亮的尖刀,一个个青蛙当场就被剁头剥皮,那雪白的蛙肉让人看后毛骨悚然,目不忍睹。后来,在市区的顺河街、老街等,有专门卖"田鸡"肉的摊点。而许多有名气的饭店,也增加了一道用青蛙做成的菜。

现在,城里几乎听不到蛙鸣姑且不说,由于化肥、农药的大量施用以及人为的捕杀,就连农村,青蛙也少得可怜,夜晚蛙鸣已经失去昔日"大合唱"的风采了。青蛙从古时入诗入画到今天的入盘入桌,这是青蛙的悲剧,更是人类的悲剧。所幸的是目前人们已逐渐醒悟:保护环境、保护生态平衡是我们的责任和义务。人们开始拒绝捕杀、食用青蛙等益虫和稀有动物。

我在想,那片蛙鸣是不是离我们越来越近了? 我要珍惜时光,等着那一天。

写于1993年3月

把儿歌还给孩子

出差十几天,回来问4岁女儿又学些什么歌时,她竟给我唱起了"妹妹你坐船头,哥哥在岸上走,恩恩爱爱纤绳荡悠悠……"

我在惊讶、好笑的同时还有点发窘。我的孩子怎么对这些歌曲学得这么快呢？开始是"天地悠悠,过客匆匆",后来又是"村里有位姑娘叫小芳",再后来是"春去春会来,花谢花会再开"……没想到,这首刚刚流行的歌她又学会了。这几天,我一直留心观察附近大大小小的孩子,结果是,他们和我的孩子一样,会的也大都是这些歌。

在我儿时的记忆里,妈妈一边摇着婴儿车,一边哼着小曲,小妹在婴儿车里静静地听着。她说她不是唱歌的料,但她深沉、婉转的女中音对我们姊妹五个一直是一种安慰。多少个月明星稀的晚上,母亲和我坐在床上"拉罗罗":"拉罗罗,打面面,客来了,做啥饭？蒜面条,鸡蛋汤,筷子一扒嘴一张。小妞妞没吃够,躲到地上撒泼怄。别怄啦,别怄啦,你起来吧,你快起来吧。"母亲唱完后,故意用手指头在我胳膊窝里乱点:"别怄啦,你起来吧。别怄啦,你起来吧。……"我扭动着身子躺倒在床上,不是怄,是笑得实在站不起来了。

每次陪着孩子玩,往日的儿歌就会萦绕我的心头,那儿歌歌词像是梦的碎片在我心中闪现,然后被爱的哼唱连接在一起。

现代生活的快节奏,使得父母与孩子在一起唱歌的时间越来越少。如今,我们惯于到商店买些磁带,当孩子哭闹时,就打开音响设备放一曲……孩子们听到的是动听的陌生人的声音。此外,电视上经常放些前面我所说的那种歌曲,孩子不懂什么意思就乱哼乱唱,让人听后哭笑不得。我想,如果我们扔掉那些立体声,每天临睡时候把自己儿时听的催眠曲作为礼物送给孩子,那该多好。

记得我的父亲在外地工作,我和母亲及弟妹经常坐车去看父亲。我还能回忆起旅途中,我们和母亲轮流唱歌的情景:"鸡扫地,猫烧锅,老鼠吓得捏窝窝""小鸡嘎嘎,爱吃黄瓜,黄瓜有水,爱吃鸡腿,鸡腿有毛,爱吃仙桃……"。

前些日子,我们几个好朋友一块去乡下野炊,同事的儿子带着袖珍立体声耳机,沉浸在个人小世界里。我忍不住想,在这儿,在茫茫原野上,孩子听到他父母亲歌词不全的声音会高兴的。是的,我们的歌声可能是走调的,但他们可能会传给下一代,那些高级耳机剥夺了每个孩子应该从儿时带到成年的珍贵的记忆。

父亲60岁生日那天,我们兄弟姐妹5个和孩子们聚会庆祝,那是春节后的第9天,我们好像还沉浸在节日气氛之中,也沉浸在父亲慈祥的微笑

里。我们唱了一天,歌曲使我们重又回到过去的时光……那天到晚上的时候,连我最小的外甥女媛媛也学着歌词加入了合唱。

我们伴着聚会的歌声回家,一路上,那些优美的老曲子一直在心里翻腾。回到家,我要把立体声音响拆除,我要在饭前饭后唱,洗澡时唱,放弃使用那些教我们孩子唱哥哥、妹妹、亲呀、爱呀的录音机、电视机。

"妈妈,你唱错了。"女儿的声音打破了我思考时的沉默。我回头朝女儿笑笑:"咱们再唱一遍好不好?"

路上,洒下我们的歌声,那歌名叫《拔萝卜》。"拔萝卜,拔萝卜,嘿唷嘿唷拔萝卜,嘿唷嘿唷拔不动,老太太,快快来,快来帮我们拔萝卜……"

写于 1995 年 3 月

(《把儿歌还给孩子》获中国地市报好新闻年度评比优秀作品奖。)

收礼送礼及其它

凡过节、生日,必吃,必送礼。中秋节又要到了,又要有人送礼了。

去年中秋节时,听说某局长收的月饼可以开一个月饼展销会,什么广式的、京式的、带花的、带字的、玫瑰馅的、牛肉馅的……五花八门,应有尽有。

节后,局长夫人用清仓方式把月饼转赠众位亲朋好友,与民同乐。三五天后,新闻迭起,有人在月饼盒内发现红包,有人在月饼馅中吃出戒指。

局长闻之,长嘘不已;夫人闻之,拊掌顿足;老太太闻之,血压呼哧呼哧往上升。

之后,江南某镇又传奇闻:一农妇卖菜晚归,途经一垃圾箱,见一鱼头狼藉箱外。农妇想,偌大好鱼头,拿回家喂猫多好。

回到家剁开鱼头,奇迹出现——大鱼头的腮帮鼓鼓囊囊,一下挖出五张"老人头"。

消息不胫而走,一时间,拾荒者蜂拥而至。农妇更是得陇望蜀,卖完菜,也到"重点垃圾箱点"一一巡视。自然,鱼头不复出现,连一贯丢弃的鸡头也骤然减少。

中秋在即,笔者提醒送礼的爷们不要再把钱呀、金呀、银呀、珠宝呀之类放在月饼馅里和鱼头里,提醒收礼的爷们千万不要把礼品随意送人或扔掉,同时也提醒卖菜的妇女没事到"重点垃圾箱"边转转,万一哪位送礼的、收礼的没有看到这篇文章呢。

然而,反腐败之风愈来愈紧,送礼的和收礼的千万当心。不然,下场可就不好说喽。

写于1995年10月

教保姆识字

我家保姆叫玲,没有上过学,不识字,在我家中带孩子时已经18岁。

同楼与她大小差不多的姑娘小伙子都识字,看书、写信、唱歌、跳舞,玲眼红得很。

有一次,她恳求我:"大姐,教我识字好不好?"于是,我成了她的扫盲教师。

我从邻居孩子那里找来一年级的语文书。没想到她那样用功,一有空暇就捧起书,念念有词。晚上我们都睡了,她还趴在写字台上写呀画呀,一本稿纸,半个月就写完了,上面密密麻麻布满"大、小、多、少、日、月、水、火……"

玲的理解能力很强,识字速度也快。她很善于寻找字与字之间在音、形、义上的异同,用以帮助记忆。不到两个月她就读完了一年级的全部课程。接着,我又给她买了二年级的课本。她的字写得很工整,架子摆得匀称,有棱有角一丝不苟。

这是她第一次来漯河。在这之前她最多到乡里集上买过菜、衣服鞋袜之类；来后很快就学会了我摸索多年还没有灵活掌握的烹饪技术，端到桌面上的饭菜很讲究色、香、味，几样家用电器也用得得心应手；她勤快、干净、爱孩子，在人际关系上，她很懂得看人下菜碟，很具备于公关的潜力和素质。

然而，她从小没有得到学习文化的机会，她家姐妹三个弟兄两个，除两个弟弟外，三姐妹都没上过学。她说，在她们村，像她这样的"睁眼瞎"多着呢。她说，在家也不觉得没学问有什么不好，来这里后才觉得自己像个"傻子"似的。

在她的"反面教育"下，我的小姑娘一岁七个月就能认得四十多个字。

勤奋、聪明，历来被认为是成才的两大优先条件。玲两者兼而有之，却差一点成了文盲。

一年前，我的孩子上幼儿园了。玲也回乡下结了婚。前几天，玲给我写了一封信，尽管有许多错别字，但意思我还能理解。

静夜，看着她的信，苦苦思虑，久久不能成眠。

写于 1996 年 10 月

失去的与找回的

一段时间以来，全国人民的心都紧绷着。人们时刻关注着长江与嫩江的洪水，关注着受灾的群众，关注着奋战在抗洪第一线的军民。同时，人们也激动着，为抗洪前线舍生忘死、英勇奋战的干部群众，为死守大堤、与大堤共存亡的解放军战士，为海内外中国人民风雨同舟支援灾区的巨大热情。

平淡的日子，因为平淡，有时遮蔽了人心中最动人的东西。人们的爱心与真情，往往愈是危难时刻，愈是得到充分的显现。

当 80 万洪湖军民为洪峰过境、大堤不倒而欢欣时，已经连续在洪湖大堤上奔波了 55 个日夜的洪湖市市长韩从银头脑中那根紧绷的弦仍然没有放松。他像一部机器一样不停的运转在洪湖大堤上。市民们叫他"铁市长"。

当我们通过电视看到湖南岳阳市委宣传部部长罗典苏因疲劳过度,突发心绞痛昏倒在长江大堤上时;当我们看到市长、县长、乡长与广大群众一样扛起一袋袋砂石时;当我们看到将军与士兵被洪水卷到同一棵大树上时……我们怎么不心潮澎湃、感慨万千呢?

27岁的当代"红嫂"挤出自己的乳汁为战士治疗毒蜂蜇伤;解放军某部的临时驻地,每天早晨都会发现一筐筐当地群众送来的蔬菜;60多岁的老姊妹俩早早跑到街上,花300元钱买了一车梨,送给解放军表心意;年过花甲的老大爷主动到堤上为抗洪第一线的干部、群众和解放军战士送水送饭……

河南夏邑县个体户刘庆生带着200袋面粉和在省公安专科学校上学的儿子不远千里赶到抗洪前线。他拿起扩音器说:"子弟兵们,你们辛苦了!我代表乡亲们向你们表示慰问,并把我的儿子留下来与你们共同守堤……"看到这里,我们怎么不激动万分、热泪盈眶呢?

在大洪大灾面前,抗洪前线军民同心、干群同心共抗洪魔的英勇气概得到了最充分的体现。"一方有难,八方支援"的大团结、大协作精神得到了最充分的发扬。

许多灾民说:"我们不怕,现在怕什么,又不是旧社会。"他们说:"解放军来了,看见解放军就放心了。省长、市长、县长都在大堤上,连总书记、总理都来了,我们还怕啥?"

曾几何时,有人抱怨社会的无情,人情的冷淡,发出了"人人为己"感叹。如今,大江两岸,长城内外,感人至深的人间亲情的活剧,正一幕幕上演。滔滔洪水告诉我们,危难之时,在国家利益重于一切的时候,人完全可以舍己为人,舍小家为"大家"。

长江的洪峰一个接一个地来了,嫩江的水还在肆虐,但我们不怕。空前的洪水当然会使我们失去很多,但也为我们找回很多。失去的我们会用双手去找回;而找回的,却不能再从我们的手中失去。

我们要珍惜,我们要发扬!

1998年8月

(《失去的与找回的》获中国地市报女记者新闻奖评委会年度优秀文艺作品三等奖)

夜赏桃花雪

迎春花开了,玉兰花开了,桃花也在春风的吹拂下开了。然而,天气说变就变,晴晴朗朗的天到了傍晚竟阴了下来,吃过晚饭,打开门,只见外面纷纷扬扬飘起了雪花。

三月的雪是不会隔夜的,说下就下了,也说化就化了,今天看不到明天就会无影无踪。于是,我决定约上两位好友,走出家门,夜赏桃花雪。

周末的夜晚又逢桃花雪,真是别有一番滋味。穿上胶底棉鞋,披上绵衣,走进狂舞的飞雪之中,立时,就有一种狂喜的感觉。是一种渴慕、一种牵挂?抑或是一种说不清的情愫在心中升腾?我不知道,除了雪,还有什么能在转眼之间能使世界彻底改变模样。街边的松树白了,松枝上的雪像棉絮、像云朵,一簇一簇的;抬起头,触目的路灯下,柳枝像一根根银鞭,在风中沙沙作响;最让人动心的,是那些桃花,是那风雪中的桃花。

桃花用她那娇羞的红颜迎接这洁白的使者。我和朋友闭着气站在一棵桃树旁,用心灵去体会桃花与白雪的相遇。

雪中的桃花是含泪带笑的少女,桃花上的雪是恋人亲切的拥抱。桃花在白雪的亲吻下,进入温柔的梦乡,显得那样宁静而祥和。

大爱,永远是幸福而无声的。

看着桃花,桃花也好像看着我们。望了一眼,又望了一眼。相信许多时候,一次有意无意的凝视会渗进生命里所有的日子,何况,我们在这阒无一人的雪夜用深情的目光相互取暖呢?

有些东西,仅一次就足够了。

人们通常埋首于日常生活的川流不息,不太注意偶然的心灵相遇。是的,我们在琐事中,逐渐平静、麻木了。

一夜风雪,转眼即逝,明日醒来,可能已是艳阳高照了。我们等待着一两点意外,等待着生命中震颤的时刻。

站在雪夜的桃树旁,站在城市与乡村的边缘,偶一回头,就能看到万家灯火在远处闪烁。我不知道,千千万万盏灯光中,那一盏是为我而亮?但是,闪烁的灯光却一回回抚摸着我潮湿的心房。于是,那个童年的手推车,那块柔软的红纱巾,那本卷边泛黄的《千家诗》,那次改变我命运的挥手相送……都一一在眼前闪现。

记得妈妈曾经对我说:"下雨下雪的时候,要躲在家里,别淋着。"

很久以前,我是那样迷恋月夜,迷恋月夜中那白亮亮而又含糊不清的感觉。自认为,所有有月的夜晚,都有自以为是的约会升在眉梢。然而,出乎意料的是,就在某一个夜晚,竟在莫名其妙中草草结束了一个刚刚开始的童话。我记得很清,那晚的月亮很亮,那晚的风也很轻柔。假若那晚正直大雪,假如那晚有桃花开放,一切会不会改变?至少,经过飞雪与桃花的浸润与鼓舞,它应该蕴涵更多的韵味吧。

今夜雪落,那个美丽的童话随雪而来,一步一履,从很远的地方走近,又走远了,一步步退向生命的尽头,变成心中的远景,只留下一些爱、一些恨、一些伤感,在心中慢慢磋磨。

站在雪夜的时间越久,感触就越多,疼痛就越深。

真想在雪中与桃花合影,让瞬间成为永恒;真想变成一朵桃花,与白雪尽享一夜风流。

桃花雪给了我生命中最深沉的感动。我拥着两位朋友,走在有风有雪有灯光有桃花的夜里。街上行人全部隐匿,惟有我们凌乱的脚步声。

雪越下越大,没有顾虑地尽情飘着,它抚慰着人类的心灵,还要抚慰天空,抚慰大地上的一棵松树、一朵桃花、一只昆虫,干燥的生活在雪中渐渐变得充满汁液,饱满而宁静。

我们与桃树并排站在雪中,飞雪立即白了我们的全身。我想,其实,我们每一个人,都是一棵树、一朵花、一只昆虫,一种永恒。我们将随同这场雪注入黑夜,注入黎明,注入似真似幻的梦中。

写于 1999 年 3 月

(发表于 1995 年《河南日报》,获河南省报纸副刊作品年度评比一等奖)

一瓶汽水

凌晨 2 点 49 分,我从漯河站逃也似地跳上西安开往南昌的 575 次列车,开始了疲惫而又无奈的旅行。其实,每个人的生活中都有这样的时刻,当你被各种各样的事情纠缠的时候,就有想逃的冲动。我就是在这样的冲动中踏上火车的。我的妹妹要到江西一个叫乐平市的地方出差,我因此成了她最忠实的同伴。

此时正值春运高峰时候,车上的人简直水泄不通。我和妹妹拼着力气往车上挤。一位穿铁路制服的女人在我腰上重重地打了一拳,并扯着沙哑的大嗓门喊道:"往里走,快往里走呀,关不上车门了。"

车厢内满地是泥水、果皮、塑料袋,各种气味混合在一起,有让人窒息的感觉。我们挤到 11 号车厢的中部,停住了,因为那里坐着的是几位身穿军装的解放军。

由于上车匆忙,我们只买了两张普通的车票。拿着这两张票,我们只能站着。一站稳脚,我就找到列车办公席,想补办两张卧铺。列车长告诉我们,列车严重超员,补卧铺只有等到了武昌之后。这也就是说,我们要在拥挤不堪的列车上从凌晨 2 点多钟站到早晨 8 点多钟了。我用调侃的口气告诉妹妹:持久站。妹妹用鼓励的眼光看着我:持久站。

几位解放军帮我们把包找位置放好,我买了一大瓶汽水,下定决心,站到武昌。

首先坚持不住的是一位穿军装的明明净净的青年,他站起身,对站在他身边的我的妹妹说:"你坐一会儿吧,我想站站。"我身边的几位也连忙往里挤了挤,给我腾出个座位。我和妹妹连忙道谢,麻木的腿不容我们太客气。

从闲聊中得知,他们都是江西人,在西安空军工程兵学院上学。那位明明净净的青年手里拿着一个电话号码本,号码本后边夹着一个贴有彩色照片的借书证。我拿起那个借书证看了看,照片上的他正露出一脸灿烂的笑我问:"你多大了?"他腼腆地说:"18了。""叫章磊?"他说:"是的。"

以后的几个小时里,他们轮流离开座位,或到卫生间,或去接开水……你过来他过去的。这样我和妹妹就有机会多在座位上一会儿。坐着坐着,我睡着了,等醒来时,已是早晨6点多钟。此时,车窗外阴沉沉的,好像还飘着细细的雨。我不好意思地站起身说:"真对不起,你们坐吧。"章磊说:"没关系,坐吧。"

7点多钟,我和妹妹补了卧铺票,与那群年轻的军校学生告别了。他们帮我们从行李架上拿下行李与我们说再见。我和妹妹在拥挤的车厢中穿行,每走一步,都要费很大的力气,等到餐车时,已是满头大汗了。我们正准备坐下来吃早餐的时候,那位叫章磊的明明净净的军校学生突然大汗淋淋地站在了我们面前。我大吃一惊:"你?"他手里拿着一大瓶汽水笑吟吟地说:"你们的水忘带了。"

我从章磊手中接中接过那瓶汽水,不知说什么才好。他笑了笑,转身就走。我连忙喊住他:"别走,吃早餐吧。"他又笑了笑说:"不了。"

整个旅途中,我被章磊那吟吟的微笑感动着,以至于后来回到我生活的这个小城的很长一段时间里,还时时想起他和他的那群同学。

与章磊和他的同学们再见面的机会可能没有了,但是,他的名字连同他那18岁年轻而明净的笑脸将永远留在我的记忆中。他让我感动的不仅是热情和善良,还有不求回报的微笑和行动。

不知从哪一天起,我这个自认为珍视人间真情的人,似乎已经变成了一个功利第一,真情不知排第几的人。似乎已经变成了一个凡事先替自己着想的人。像许多人一样,我平平静静地生活着,封闭着自己,淡漠着他人。真情正从我的心中偷偷地一部分一部分地流失。流失掉的还有人世间最动人的最原始的品质。

一位18岁的青年就在此时站在我面前。

我从他手中接过的不只是一瓶汽水,还有那种久违的品质。

所以,我要感谢章磊,感谢和他同样年轻而明净的同学。是他们,在我生命中最疲惫和无奈的时候点亮了我对生活的希望。36岁的我好像又回到18年前,18岁的我正和章磊一道保持着那一份生命的本色,一份能够默默关照同类而不求回报的纯真。

写于2000年3月

背　　后

　　人的行为和心态都有其特定的背景,而这种背景又是与人的生命所在相关联。

　　当他准备写这篇文章的时候,就对自己和周围的人翻来覆去的打量、剖析,对自己生活的虚况或实情进行揭示和描述。结果发现,每个人性格的形成、人生道路的选择,甚至于命运都与自己的经历有关,特别是那些不被人知的背后的经历。

　　不知道人的一生心灵要承载多少东西:幸福、快乐、痛苦、悲伤、责任、义务、情感、欲望……对她来说,最难以承载的恐怕就是来自背后的莫名其妙的伤害。她惊恐地处在这种枝蔓旁权的感觉中。

　　五岁的时候,她正在河边玩耍,一只大白鹅冷不防从身后跑了过来,在她的屁股上狠狠地啄了一口。她坐在地上哇哇大哭,怎么也弄不明白大白鹅为什么要啄她。以后的日子里,每在路上行走的时候,只要听到身后有急促的脚步声,她都要停下来,站到路的一边,等脚步声走远再接着赶路。大白鹅教会了她如何防备背后的伤害。而对他来说,沙,是他童年的三件玩具之一,还有就是泥巴和竹枝,在他的记忆里,那三件东西合起来就是孤独。长大之后他虽然再也没有玩过这三件东西,但孤独、悲凉的性格却在童年的玩具中产生了。

　　十八岁的时候,她又莫名其妙的经历了一件更为衰朽的事件,经历了一个男人对她的伤害和侮辱。那个事件之后,她患上了严重的心理疾病,脑子里出现怪诞的场景和人物,影影绰绰之中,发生的和臆想的,真实的和虚拟的,桩桩件件都在脑子中活跃。思想幽暗阴潮、虚实杂乱,恢恢病态中她仇恨男人;这样说的,却是那样想的,表里不一。因为那个低级、病态、猥琐的男人的举动击穿了她的温情和善良,击伤了她十八岁彩色的梦。往复的心事,拒人背后怪戾妄为的行止,原本交往中的平和、安详的关系完全给破坏

了。她封闭着自己,防备着他人。许许多多可以改变命运的机会都被她白白放弃,许许多多可以引为知己的朋友都被她拒绝了。

他说,我们来到这个世界,带来的是哭声,所以,痛苦将陪伴我们一生。而之所以我们还坚强的生活着,是因为我们对幸福生活的向往和追求,是因为我们的内心深处还保有着对生命的眷恋,对纯真的渴望。红尘万世,物欲世界,谁没有遭遇过背后的伤害,谁没有经历过伤心的往事,谁能真正摆脱从精神到物质的折磨和奴役?如果这些痛苦的往事只是在心底压抑、沉默,终有一天它会反噬;如果可以平静的反思和诉说,那痛苦只是回眸时的微笑……斯宾诺沙在《伦理学》中这样说:人应当运用想象和理智,变经验为预见,这样才能掌握"未来",才不致沦为"过去"的奴隶。

就这样,他们彼此打开心灵,打开了一个全新的空间,慢慢走近,慢慢交流。她终于进入了一片澄明之境,对命运的怀疑在如痴如醉的幸福面前涣然冰释。当她再去打量别人的时候,她发现,背后的支持和承当才是她生活下去的勇气和纽带。每个人都有他自己独特的价值和独特的世界,都有属于自己的独特的声音。人,只有用一种坦然和大度来对待生命中的苦难,才能从背后的欺诈、背叛和谎言的陷阱中拔出来,才能得到真正的信任、依赖和快乐。

是的,不论发生什么事,不论走到哪里,只要想起故乡、父母和亲人就会有一种特别的安慰和依赖;还有朋友,他们总是站在不被人知的身后,有的甚至永远不被人知,默默关注着你,为你鼓劲,为你喝彩,给你快乐和勇气。故乡、亲人和朋友不就是你永远的背后的支撑和力量吗?

于是,他们找到了庸常、沉闷生活中的亮光,把心中灰暗、阴冷的杂质一一扔了出去……

写于 2000 年 10 月

追思大槐树

在漯河,说起市区沙澧河交汇处的大槐树,上点年纪的人都会给你说上三言两语。

2月7日是农历正月十五——元宵节,我们来到大槐树前。只见大槐树上绑着许多红色布条,树下青烟缭绕,地上跪倒一片善男信女。一个小女孩手里拿着一束点烧的香火,见缝插针地往里钻……

在一香摊前,我们问女摊主:"老槐树是否真的能显灵?"

"灵,咋不显灵哩。你看大槐树上一层又一层的红布条,那都是许愿后还愿人挂的功德匾。"

烟熏火燎中,大槐树默默无语。但跪拜的人们不觉不悟,一味地沉浸在"灵"的期望中……

大槐树的困惑

2月10日是一个星期天,我们再次来到大槐树下,见到了世代在大槐树下居住的几位老人。于是,谈话就从大槐村的由来开始。

72岁的丁老先生说:"相传这棵槐树是张家的树,后来卖给一个伐树的人。伐树人去伐树,刚挖几下,大风就围着树刮起来了。"

说到这儿时,老人用手在胸前比画成大风状。

他接着说:"伐树的人不敢伐了,几位老人看他可怜,就挨家挨户收钱还给他。于是,这树就成公家的了,这个地方后来也就叫槐树街了。"

"过去的时候,它(大槐树)啥样哩?是一个龙往下俯冲的样子,是一个蛟龙像,有四枝,西南拓,树枝像龙头,东南、西北拓是龙爪,东北拓就是现存那一枝,是最高枝,像龙尾,有7尺高。"

另一位周姓老人说:"当时,槐树的树身有3米多高,可树心全部空着,我小的时候,能跳进去四五个小孩藏老猫(m,音目,即捉迷藏)。树根可是个稀罕(物)啊！现在都埋起来了。过去,树根都在河坡下面裸露着哩！树根围绕树身有四五米(半径)这么大。间隔一段距离,树根盘成盘,跟墩一样,围绕大树几个,一到夏天,好多人(都)在那儿凉快。"

说到此处,笑意又荡漾在老人们的脸上,他们仿佛又回到了童年时光。

在大槐树下,我们听了一个又一个故事,一个比一个"真实",一个比一个神奇：什么大槐树下能取药治病了,"龙头"冲着的居民中儿童易得软骨病了……求学、求子、治病、升官、发财……在他们的嘴里,大槐树无所不能。

一个十四五岁的孩子看见我们拿着照相机、采访机进行拍照采访,一直跟着我们。我们问他："你说大槐树灵不灵？"他摇摇头说："一点都不灵。前年我爷得肺癌,我奶天天来这里烧香、许愿,我爷爷还是死了。"

大槐树真的能显灵吗？

据史料记载,唐朝时期,李世民最喜欢的树就是槐树。于是,宫廷内外广泛种植,这种习惯影响到民间,特别是土地贫瘠的地方,人们更喜欢这种生命力强、寿命长的槐树,并称槐树为国槐。

《漯河地名志》中关于大槐树是这样记述的：

大槐树所在的这段河堤原为槐树街,它东起顺河街与北大街交口处(今泰山路大桥南),西至澧河堤,长289米,宽6米,形成于明朝,因路边有几棵大槐树,故名；据传,明初移民是从山西洪洞县大槐树底出发,为怀念故土,沿街植槐,后因街道、河堤变迁仅存此株,树身大部分被河堤所埋,粗3米,枝高叶茂。

《地名志》中还记载,我市2500多个行政自然村中,竟有80%左右自然村的居民为明初山西洪桐移民的后裔。

既是史料记载该树为明初山西洪桐的移民所值,那么必定是在明洪武到永乐年间(1368年—1403年)。按此推断,该树至少有600年以上历史。

据资料记载,元朝统治中国虽有百年,但其中黄河就有20多年任其自然泛滥的历史。到元朝末年,黄淮河两岸、大江南北,到处点燃农民军同元军激战的烽烟。正是这场从元末到明初的长达16年的战争,使中原数省"十亡其八","道路皆榛塞,人烟皆断绝"。

河南之惨状,更为严重。

《南阳地区志》载：元末(1312年)时,南阳府除辖现南阳市全境外,还辖现在的泌阳、舞阳、叶、汝州、鲁山等地,然而偌大的南阳府,仅692户4893人。

而此时的山西因远离战火,加上几年之中风调雨顺,百姓安居乐业,人口急剧膨胀。

据《大槐树迁民志》明朝建立初期,土地面积比河南少600平方公里的山西人口是403万,而河南仅189万人。

为了调剂人口余缺,增加国家赋税,明朝时期将山西人口迁往河南等省份。地处山西中南部的洪洞县自然成为全省移民的集散地。

当时洪洞县广济寺旁有棵"树身数围,荫蔽数亩"的汉代古槐,树上筑有黑压压的老鸹窝,明朝统治者就在这里设局驻员办理迁移手续,大批移民离开时,大槐树、老鸹窝就深深地刻印在他们的脑海之中。

明朝大移民前后历经洪武、建文、永乐三代皇帝,长达50余年,覆盖中原、华东数省,波及大半个中国。

我市的先民们就是在这样一个历史大背景下从西部踏上我们脚下这块土地的。民间传说的"脚趾复形"、"解手"、"背手"、"打锅"、"500年前是一家"等就与这段历史有关。

中华民族自古以来就把"乡"、"土"、"家"看得至高无上,所谓穷家难舍、故土难离就是这个意思,而把抛家舍业、远走他乡视作万不得已的事情。

一次次的迁徙移民,往往造成几代人精神上的虚无和不安;一种失却家园的痛苦和对故乡本土刻骨铭心的眷恋,会在后人身上留下深深的难以抚平的疤痕。

"问我家乡在何处,山西洪洞大槐树;祖先故居叫什么,大槐树上老鸹窝。"

当时沙澧河交汇处仅是中原南北古驿道上的一个渡口而已居住在这里的移民就沿堤植槐,以寄托对家乡的思念之情。

随着岁月的流逝,小槐树在历史的风风雨雨中艰难地生存着并一天天长大。

怀恋是人类通有的情愫。故里对我们漯河人来说永远是座斑驳陆离的大迷宫。对故里的沿波讨源、索隐,是我们的天性使然。600年来,大槐树承载着先民创业的苦难和泪水,曾经是维系着一代代沙澧儿女繁衍生息的情感纽带。

当我们今天再去追溯这段逝去的历史时,其目的就是告诉人们槐树真正的含义,因为漯河真正意义上的崛起也是从那时的先民开始的。

新版《漯河市志》载:漯河古为一渡津,因沙、澧河在此相汇,状如海螺称螺湾渡,明朝年间形成镇,名螺湾镇,属郾城县,后"螺"演变为"漯"。

明永乐年间,郾城县知县王季立曾用这样的诗句来描述当时大槐树下百航争流之繁华景象:

> 沙河东流碧,螺湾汇双河;
> 舟行此焉薄,估客南来多;
> 江淮百货萃,此处星辰罗;
> ……

大批山西移民的迁入有力地促进了生产力的发展,使漯河开始凸现于古老的中原大地上。

跨越时间的长河与空间大海,我们心中那点灵犀早已与大槐树相通。今日这槐树像是矗立于沙澧大地上的一座丰碑,它铭刻着先民们那一段辛酸的创业史。

连续几日阴天之后,2月14日上午,久违的太阳露出了灿烂的笑脸,古老的大槐树在朗朗的阳光下显得格外苍劲挺拔。

这天,我们带着疑问和不解,专门采访了市科委副主任陈占礼,市林业局技术推广站站长李淑芳和第三人民医院儿科大夫张东河。

——大槐树长生不老和断枝不死之谜。

大槐树是一种生命力极强的树木,生长速度慢,寿命长。

另外,槐树的木质纤维和皮韧性以及对伤口的愈合力、再生力较强。

从营养供应角度看,树叶经光合作用吸收养分后,经树皮向根部输送;而树根部吸收的养分经木质向上送到树枝及叶,槐树枝被折断没有完全断开的情况下,仍有木质纤维及皮与较大的树干相连,余留的皮及木质仍能保证营养的输送,仅树枝长势有所削弱,但仍能存活,断枝复位后也会逐渐与树干长在一起。俗话说:人要脸,树要皮就是这个道理。

老年的槐树,木质中间部分的导管很容易堵塞,经日晒雨淋慢慢坏死,营养则依赖接近树皮的部分输送,天长日久,则逐渐形成空心。

——大槐树施药之谜。

在烧香时,香烟缭绕,表明空气中有许多未完全燃尽之碳颗粒,随上升气流悬浮在香的上空。

当用黄纸在香火上展开晃动时,气流上升运动遭到破坏,形成紊流,则小颗粒会逐渐沉淀在黄纸上,加上香纸生产中的各种渣料颗粒受热后会从纸面脱离掉,因此,把香纸折起来会倒出少量的粉末。

——"龙头"犯冲,小孩得"软骨病"之谜。

医学上所说的软骨病是一种遗传性疾病,在我市几乎就没有发现。它的临床表现与佝偻病类似,因此群众称佝偻病为"软骨病"。它主要是缺乏维生素D、钙引起的,表现为鸡胸、斗胸、方颅、O型腿、X型腿等,在我市3岁以下儿童中,发病率十分高。与槐树枝对应居住的居民不是一家两家,不是对应的所有居民的孩子都得此病;没有对着的居民的孩子也有得此病的。"龙头"所对应的居民中有佝偻病患者,应属正常。得不得佝偻病与大槐树无关。如果加强维生素D、钙,多晒太阳等,这种病就会减少发生。

——"槐爷"治病之谜。

人有些部位疼痛,往往与过度劳累或天气冷热刺激有关,使肌肉产生痉挛、疲劳,因而有酸痛之感。一些烧香者在求愿后,感到疼痛减轻,实际上也是一种暗示疗法。

这种病人对某种方法产生依赖信念,等于是心理上有障碍负担,通过实施,暗示并带动心理活动,不用吃药、打针或进行什么治疗,这实际是缓解其思想压力和心理负担,心理障碍随之消去,疼痛也就减轻或消失了。

——"槐爷"显灵之谜。

上学、升官、发财……许愿显灵,并非是"槐爷"之功,首先感谢的则是自己。

人在烧香求愿时,表达心中的愿望,其实也是一种心理活动。在人们许愿后,心理开始放松,精神负担也会随着心情的放松而减少,从而能够更好地学习、考试、竞争……给自己带来新的机遇。

他们说:至于生孩子、打官司等等许愿显灵都是无稽之谈。凡事许愿与不许愿大致有两种结果,成或不成都与老槐树没有任何关系。

大槐树之思考

市审计局局长张栓紧:

科学的解说为我们撩开大槐树神秘的面纱。然而,对于我市的先民来说,每当巨祸大难降临于无辜的村落时听天由命囿于一隅的平民,并不晓事物的事因去迹,处于一种脆弱的文化心理,人们不得不你加一枝我添一叶地演绎一些传说,以慰藉呻吟的灵魂。

市文明办主任田国华：

从社会进步和发展的角度审视，大槐树现象是带有封建迷信色彩的现象。我们应该在全社会倡导致力于时代先进文化的建设，通过对时代先进文化和时代先进精神的大力宣扬和渗透，把经过马克思主义科学理论洗礼的优秀传统文化作为社会主义精神文明建设的重要组成部分，变成全市公民的价值观念、社会意识和文化精神。我们要积极面对社会，面对人生。积极面对人生中的曲折、困难和各种不如意。让文明、健康、科学的生活方式进入千家万户。

市文化局文物科长齐新卷：

古树名木是大自然留给我的宝贵财富，而且饱经沧桑，是历史的见证、活着的文物，对于文化科学研究和环境保护都具有重要意义。在大槐树下烧香、烧纸的一些现象，不仅是一种封建迷信现象，而且对树的生长极为不利，还可能引发火灾。在大槐树下烧香烧纸放鞭炮，不是对大槐树的尊敬，而是对它的残害。

源汇区建设路居委会主任孙桂歌：

一些居民在槐树下烧香、请愿，很大程度上与空虚的精神生活有关。因此，我们正在考虑在社区内开展"小手拉大手，签约反迷信"活动，让青少年带动他的父母和爷爷奶奶一起签订文明公约。同时，还要准备一些丰富多彩的社区文化活动，把群众吸引进来，约束街道的居民们自觉抵制封建迷信现象。

退休干部张福祥：

"几度梦回驰故园，大槐树下祭祖先。源汇寨里寻根处，六百年后话变迁。"应在槐树旁树碑立传，告诉群众槐树的真面目，也可告诫青少年，大槐树是"人树"，而不是"神树"。

寻根祭祖是中华民族古老的传统，但它也可打造一个封闭式的精神堡垒。寻根不能像某些文人那样，把压缩在泥土中的血腥历史扒拉出来，去无度发泄人们的原始野性与蒙昧；祭祖也不能像某些人那样，默念祷词，频频熏香，祈求祖宗保佑升官发财，一路福星；寻根祭祖更不能像某地农村那样，借大修家谱去扩张宗族势力，去重筑带有封建色彩的狭隘的围墙……

让我们埋葬古老的愚昧和荒唐，从曾给大槐树充足水脉和养分的土层里筛选文明的因子。

大槐树只是一棵树，一种象征。是先民思念家乡故土、祭奠祖先的象

征；也是漯河人民历尽沧桑、不屈不挠、勤劳勇敢的象征。它既不能改变我们的命运，也不能给我们带来祸福。让我们揭开笼罩在大槐树上的神秘面纱，还大槐树以本来面目。

今天，是2月23日，农历二月初一，历时一个月的采访就要结束了。我们再次站在大槐树下，此时，树下仍是人头攒动，香火缭绕；举目望去，泰山路彩虹大桥、嵩山路大桥横架沙河南北，林立的高楼、葱郁的花草在向我们讲述漯河人民的故事。他们以大槐树腾游时空的气魄和根植泥土的不屈韧性，筚路蓝缕，不辞劳瘁。科技、信息、网络……现代化建设日新月异、一日千里。如果我们还每天跪拜在大槐树下烧香、许愿，那么等我们站直身的时候，世界将会抛下我们飞速而去。

我们怎能愧对祖先，愧对大槐树呢？

古老的华夏文明里，永远含纳着不泯的青春。

写于2001年3月

（本文与漯河日报记者郝河庆合写，获省新闻工作者协会、副刊协会年度优秀作品二等奖。）

何当共剪西窗烛

人类易产生痛苦心灵与苦痛，特别是中国古代，由于地域辽阔、交通不便，每一次分离与远游常常意味着从此与亲人们隔如云端。由于科举制度的影响，也由于古代户籍制度的相对宽松，中国古代知识分子少年时有"壮游"的传统；成年后，也常随官职升迁、人事变动而辗转于各地。这使得许多优秀的文学作品都写于行旅之中，而出色的诗人、艺术家也常在旅途中获取灵感。对于夜晚尤炽的思慕、离别的苦痛，他们较一般人有着更深的体味。有许多故事和诗句，都提到了那错愕无言的时刻：

——蓦然回首,那人却在灯火阑珊处。众里寻她千百度,朝思暮想,让我苦苦思慕的人儿,你在哪里?然而,不经意间,在闪烁的、昏暗的灯火下面站着的不正是你吗?那个对我粲然一笑而又跑得无影无踪的人儿不正是你吗?

——此时无声胜有声。这样的片刻曾为一位夜游浔阳江畔、感怀于琵琶女的身世的诗人的心灵所拥有过,精妙绝伦的音乐固然是不可多得的,可那"大珠小珠落玉盘"的片刻让人屏息寂静也是更精妙的"绝响",却是一个单纯的古代世界里的寂静。

——人散后,一弯新月天如水。半卷的窗帘,几盏残茶,一弯新月。人散了,不是空空如洗,而是还残留着一缕欢乐的痕迹,茶盏分明还有些许的余温。

——却话巴山夜雨时。羁留在宦途上的旅人思恋着远方的爱侣,山洪暴涨,夜雨如汇,他知道是不可能很快回到恋人身边了。可是面对恋人频频的发问,诗人仍要安慰她,给她以遥遥的期许:君问归期未有期,巴山夜雨涨秋池;何当共共剪西窗烛,却话巴山雨夜时……

让我们去看看那个朝饮木兰之坠露,夕餐秋菊之落英的人,去看看那个晓梦蝴蝶的人,去看看那个以梅为妻、以鹤为子的人,去看看那个独钓寒江雪的人,去看看那个举杯邀明月的人,去看看那个听风数雁的人……他们都会给你不同的心灵感受。

多么静美、恬淡而又混合着一缕淡淡忧伤的意境!这样的意境是建立在对人生悲剧性命运的清醒认识之上的。然而,有了如此认识,依然保存着一分不悔的期许,那流露嘴角的些许苦涩仍抹不去阑珊灯火下的淡然一笑,冲不走却话巴山夜雨时的美好愿望,这悲喜交织、怅惘里仍不失希望的意味或许才是最可贵的,才是中国式美学的迷人之处。

写于 2001 年 3 月

1987年,夜晚与老鼠为伴

(一)

1986年12月13日,我掂着行李匆匆来到一个对我来说完全陌生的城市——漯河。我说的陌生是指环境:除了先我两个月而到的原来的同事夏老师外,再没有一个认识的人了;除了在漯河火车站有过短暂的逗留,没有走过这里的一条小路。

来到报社临时办公地——市委党校,茫然站在报社办公室主任的面前。主任用他那疲惫的没有表情的脸和充满血丝的眼睛迎接了我,他很为难并生硬地说:要不先住那个办公室里吧。

拿一把钥匙,打开一个办公室,主任就走了。我连忙关上门,依在门后长长出了一口气。环视这间十几平方的办公室,被两张办公桌、一个办公柜、一张床、几把椅子和脸盆架等塞得满满的。床上有被子等,显然有人住过。我累坏了,也顾不得那么多,连忙打开自己的行李,收拾好床铺。

大概是凌晨两点多吧,睡梦中的我被一阵用钥匙开门的声音惊醒了,只听见一个男人非常纳闷地说:奇怪,怎么开不开呀?我非常警惕地问:谁?他听见我的声音也问:你是谁?我不说话了,他也不说话了。不一会儿,他走了。

他走了。可我再也没有睡着。

第二天,我才知道,我住的那个办公室是另一位老师的。那天,他到郑州校对、看版面去了,半夜才回来。他肯定也是累坏了,肯定也想躺下休息,但他的床莫名其妙地被一个女人占领了。

后来,我没有问他,不知道那天他住在哪里。十五年后,当报社要举办十五周年庆典,要求我写篇回忆录的时候,我专门跑到他的办公室,重新提起那天晚上,他用手点住我的头笑着说:那天你让我冻感冒了。我趴在隔壁办公室的办公桌上,披了一件大衣睡着了……

（二）

住完办公室,又住几天旅馆,1987年初,我终于有了自己的居室———一间仓库。我在那个仓库里一住就是一年。

那仓库大着呢,有一百多平方米吧？我的一张单人钢丝床在仓库里的一角放着,像一只小船泊在池塘里;仓库里东西多着哩,拖把、各种纸、盛有办公用品的大大小小的箱子等,给人的感觉是凌乱而沉闷。

对亲人的思念,工作的压力,陌生的环境……1987年,我好像一直处在焦虑、不安中,留在我记忆中的是无穷无尽的老鼠的叫声,那叫声因为是在午夜而显得更加清晰和神秘。几乎是每天晚上,特别是到了午夜,仓库里的老鼠都要跑。叫呀,呼呼隆隆,叽叽吱吱,一拨跑了,一拨又来了,大老鼠回家了,小老鼠又出来了。

刚开始的时候,我非常害怕,但没过几天,就习惯了。在与老鼠的相伴中,我突然有与老鼠交谈的愿望。老鼠不说话,或者说它们不跟人说话,它们只和也叫老鼠的"叽叽吱吱"交谈。这本来很正常,人也只是与同样叫人的对象交谈。不过,那时作为人的我极其渴望懂得老鼠的语言,并且能用老鼠的语言和它们说说什么。但声音与声音有着极大的区别,我的渴望注定是一厢情愿。我只能闭上自己的嘴巴。因为,我一说话,它们就跑了。这大概就是我在仓库里住了一年也没有和老鼠交上朋友的原因吧。

能够记住的便是那老鼠的叫声,那无穷无尽的叫声——世间没有什么可以无穷无尽,我的记忆显然将那老鼠的叫声夸大了。一个生命在一个地方徘徊的时间长了,会将至关重要的什么留下来,并在长久的岁月中挥之不去。一处居所往往成为一个人的象征,因为它盛满了他的气息和感情。我躺在黑夜里,躺在老鼠的叫声里,百无聊赖地想一些问题:老鼠们每天呼呼隆隆在忙些什么？我和老鼠有什么样的区别？生命对于人意味着什么？我找不到答案。初涉世事的我提出那样的问题,显然是不可能找到答案的。而现在我认识到,别说是我,即使是哲学家,也不可能对我当年提出的问题给出令人满意的回答。有些问题的价值就在于问题本身。有时提问只是将肯定性的判断偷换成提问的形式而已。毫无疑问,生命因为生存的需要,他本身必须终生承担一项苦役。

这个世界没有例外,拥有生命就必须承担起生命的重负,即使没有生命意识没有思想的老鼠,也不能逃脱这一点。

十五年了,我与报纸同甘共苦,息息相关,我有了事业,有了房子,有了家。1987年的老鼠现在事实上已经不存在了,但它们依然叫着,可能还会叫下去,叫在我记忆的底版上……

写于2001年6月

(本文为庆祝《漯河日报》创刊十五周年专稿,收录到《奋斗者的足迹》一书。)

背　　影

提起背影自然就想到朱自清,想到他的散文《背影》和他的父亲。朱自清是这样写他父亲的背影的:

我看见他戴着黑布小帽,穿着黑布大马褂,深青布棉袍,蹒跚地走到铁道边,慢慢探身下去,尚不大难。可是他穿过铁道,要爬上那边月台,就不容易了。他用两手攀着上面,两脚再向上缩;他肥胖的身子向左微倾,显出努力的样子。这时我看见他的背影,我的泪很快地流下来了。我赶紧拭干了泪,怕他看见,也怕别人看见。我再向外看时,他已抱了朱红的橘子望回走了。过铁道时,他先将橘子散放在地上,自己慢慢爬下,再抱起橘子走。到这边时,我赶紧去搀他。他和我走到车上,将橘子一股脑儿放在我的皮大衣上。于是扑扑衣上的泥土,心里很轻松似的,过一会说,"我走了;到那边来信!"我望着他走出去。他走了几步,回过头看见我,说,"进去吧,里边没人。"等他的背影混入来来往往的人里,再找不着了,我便进来坐下,我的眼泪又来了……

朱自清的《背影》让我们怀念父亲,怀念那个为生活为儿女奔波操劳的父亲。

最近看美国电影《纯真年代》,里面有这样一个画面:男人站在黄昏的海边,望着远处栈桥上的女人;女人背对着男人,她的面前是一座灯塔;女人的背影就是一种需要下决心才能得到的幸福。男人对自己说,看,那艘船开过来了,如果船驶过灯塔之前,女人回头看我一眼,我将离开妻子走到她的身边去。船驶过了灯塔,女人没有回头;男人知道宿命已定,怅然离开海岸;而这时,女人却缓缓回过头来……他们的目光差了几秒钟没有能交汇在一起,从此错过了一生。

谁能知道为什么女人没有在那船驶过灯塔之前回眸一望?谁能知道为什么那个男人在心里下个那样的赌注?我们不喜欢能够想象得出的答案。很多观众为故事中的男女流下了眼泪。我们知道,在银幕上下,有多少爱情,就有多少哭泣。很多时候,我们希望通过神奇来认识我们的软弱和无助。但那个女人的背影实在让我们无法释怀。这个时候,我们就想起中国的鬼故事:一万年修得人形,再一万年修得七情六欲,才可以站在所爱的人面前,流下第一滴眼泪。

池莉最近在一篇散文《话语是一个美丽的陷阱》中发起了感慨:在一个人的生活中,与你无缘的人,你与他说话再多也是废话。但凡与你有缘的人,你的存在就能惊醒他所有的感觉。你们不用说话。……

没错,事情就是这样。《纯真年代》里的背影,让我们思考缘分和爱情。

关于背影,司机小童有他自己的体会。那天他出差到一个小县城,看见前面马路上袅袅婷婷走着一个姑娘。他说,没有想到小县城里有这么好身材的姑娘。他加大油门,赶了上去。回头一看,却大吃一惊!他说正好应了这样的话:从后面看想犯罪,从侧面看想撤退,从前面看想自卫。还有一种说法是,从后面看吃啥买啥,从侧面看买啥吃啥,从前面看吃啥没啥。

我知道他是在讲笑话,但我也知道,这肯定是对背影的另一种理解。

写于 2001 年 7 月

我 的 咖 啡

　　喜欢咖啡是最近几年的事情。开始的时候是因为看了一个资料,说适量的咖啡可以保持体重稳定或减轻体重,达到减肥的效果。于是希望减肥的我就开始喝咖啡,谁知道这样一喝就再也离不开了。

　　说不清是喜欢咖啡那淡淡的香苦滋味,还是沉迷咖啡在空气中飘漫着的那种略微有些焦香的味道。咖啡在不同的冲泡阶段会产生不同的香味。刚开始冲泡时,咖啡的味道极为生涩,接下来的香味则会渐渐转为香醇。咖啡冲泡好之后,在正式品尝前我都要先闻其香,再观其色泽,尔后是小口小口地品啜。此时,把咖啡含在口中,感受它在口腔中不同部位的感受,再轻轻进入胃中。

　　喜欢喝咖啡,喜欢在要想点什么或者是什么也不愿意做的时候坐在自己的家里或办公室里喝。喝咖啡需要一种心境,就像音乐和痛苦一样只能是一个人的事。这份固执,一直不想改变。很多时候,属于自己的事只能自己来做,属于自己的日子,也只能自己来过,是丝毫也强求不来的。神圣也好,伤心也罢,左右是自己的事,吞得下,承受得起。都市的生活里,想给自己一些时间和空间,在咖啡苦苦的感觉里,释放情绪。我们需要弥补的,是飘溢在生活中的心灵的宁静。

　　心灵的宁静,一种超然的境界。有一句话常在心底共鸣:"把尘世的礼物堆积到愚人的脚下吧,请赐给我不受烦忧的心灵!"

　　阳光微斜的夏日午后,独自一个,让咖啡的香气静静地环绕,想想平日里没有来得及细想的心事,或者就想想当下也好,让咖啡的味道刺激着人生中任何一段蛰伏已久的心情。不久前,我坐下来的时候,心里就这么想着:如果,这真的是我与某个人的默契,希望在这一杯咖啡喝完之前,他能打电话找到我。

　　我不是那种深刻的人,凡事都可以归类于生活这个大主题不胜叹息。

我曾经认真地想过：在一个人的个体生命不能愉悦的时候，生活是无法继续的。生命其实就是一个经历快乐与痛苦的过程，需要不断的修缮与完整。不去担心被人家讥笑为小资情调，不吝啬那一点点的时间与金钱，保留一份咖啡心情，是幸福的。

有人认为喝咖啡到咖啡馆才是最恰当的，认为咖啡是浪漫的，静雅的，有文化的，所以咖啡馆应该是不大的、静谧的、私语的。这样的地方，我们漯河小城现在好像还没有，上海、北京等一些大城市才有。咖啡馆我也去过，但在那里，空气里总是无缘无故地弥漫着一股松散的忧郁，叫人心忘了设防。那样的氛围，总想抖些私房话来讲讲，给人的感觉太暧昧，缱绻缭绕，幽幽迷香。

喜欢咖啡，习惯也是另一种无法摆脱咖啡的因素，不管是在心理和生理上，好像都产生了一种无可救药的依赖状态。

上海文艺出版社出版的《与毕加索喝咖啡》一书说，一百年前，毕加索常在巴塞罗那的四猫咖啡馆消磨时光。他总是一边喝着咖啡，一边把身边的朋友画成非常古怪的漫画肖像，然后张贴在墙上。那时，咖啡馆并非高雅的去处，只是穷艺术家聚会的场所。在那里，他们喜欢自由无拘的氛围和生活的气息，这气息的名字叫"日常"。大师是和我们一样的人，他们并不背弃生活，相反地比我们更热爱生活。这种热爱，常常是以每一天的日常中开始的。雷诺阿说自己是"一只随波逐流的瓶塞"，他陶醉在日常生活中并没有远大的志向；凡·高的模特儿往往是水壶、瓶子和农夫，这一点都不优雅；还有莫奈，他反复画的干草垛和莲花，又算什么崇高的主题呢？

这两年国内出了几本有关欧洲咖啡文化的书，相当不错，是上海人写的。比如，张耀的《咖啡地图》、《打开咖啡馆的门》，陈丹燕的《咖啡苦不苦》。

我们看这些书籍时知道，全世界的人都在喝咖啡，但只有欧洲人将咖啡无论是文化还是加工都发挥到了极致。在欧洲，不论是在巴黎、米兰、布鲁塞尔这样既有文化，又有历史的大城市，还是在尼斯、帕杜瓦这样的小城，几乎每条街边，每个街角都有咖啡馆，只要你有心，几乎每时每刻都能嗅到咖啡的浓香，咖啡于他们而言，是生活，是空气，就像黄油、面包、矿泉水。

世界上，调制咖啡有数百种方法，我认为，没有一种可以称做是最好的。每个人都会有自己的偏爱。有人喜欢速溶，有人喜欢慢慢磨，慢慢煮；有人喜欢加糖或伴侣，有人喜欢什么也不加，就要那苦苦的浓浓的本来的味道。

因此,与其说咖啡是一种饮品,不如说是一种感觉。

但愿在我的咖啡中,能喝出更多自己的、真纯的味道。

写于 2001 年 11 月

迷失与回归

有个男人想赶走他养的猫,却赶不走。他每次带猫去野地放掉,那猫总能找到路回来。他的朋友献策:"把猫关进汽车行李箱开车沿 2 号公路到 35 公里路标处。再往前走,左边有条土路。转入土路,向前 5 公里便会见到一道木栅门。开了栅门再往前,不久就会找到一个坑,总是半淹着水的。把猫丢在那里,赶快回来。"

过了几天,那男人和朋友见面了。"你总算把猫丢掉了吧?"那男人答:"没有。要不是它,我还找不到回家的路呢。"

看起来,这是一个笑话,但笑过之后,却给我们深刻的启迪。它告诉我们,在制造迷失事件的过程中,首先迷失的可能就是我们自己。

在一个人生命过程中,谁没有迷失过?许多时候,真实与梦想之间、地点和场景之间、人和人之间都是模棱两可的。不知不觉中你就迷失了,甚至连主体都已分不清楚:谁在回忆?谁在编造?谁在做梦?你的编造和梦境是否是我的真实?人生如流动的河流,充满偶然和必然,谁能担保记忆不会偶然重合?而那些胡编乱造,破绽百出的故事,谁又能担保它们不会正好巧遇在某个似是而非的机缘深处呢?

还有许多时候,我们想回归,想摆脱缠绕在身上的辽阔,深厚,温暖,憋闷的茧子。原以为找到了人生的真谛,但事实却依旧是庸俗和无聊,在荒谬中绕了一圈又重新回到庸俗的事实当中;原以为梦醒了,却仍在梦中,只不过在无穷无尽的大梦里变换了一下位置,犹如从蜂巢的一个小洞跳进了另一个小洞,从迷宫的一条小路冲进了另一条小路。记忆里,波光重叠着波

光,倒影重叠着倒影,我们永远走不出去。

在这个世界上,我们谁都有可能走到这一步。前后左右突然没有了喧闹的市井人声。黑暗和困惑成了你一个人的。你如夜行的黑马,默默走着,找不到门,也找不到窗户,只有不停地转,转了一圈又一圈,找不到生命的目的。

这才是真正的触目惊心!

生命是梦,世界也是梦,梦中有梦,我们永远都在盼望醒来,永远都在为暂时的回归而沉醉,但是,也永远依然沉醉在梦中。

在荒谬中的努力是滑稽的悲壮,但事实本身的滑稽和绝望般的恐惧让这个滑稽成为真正的悲壮。从个人奋斗,到爱情,到生命,到历史和传统都将幻灭。最后幻灭的,可能就是时空。

那么,我们会在哪里迷失,又将回归到什么地方呢?

写于 2001 年 11 月

然　　后

在网上聊天室聊天的时候,有人给我讲了一个故事:一面雪白雪白的墙壁上,趴着一只女壁虎;另一面对应的墙上,趴着一只男壁虎。这时,只见女壁虎无比温柔的对男壁虎说:过来吧,我爱你。

讲到这里的时候,他停住了。我着急地问道:然后呢? 他说,然后你猜会怎么样? 我毫不犹豫地说:男壁虎过去了,它们拥抱着并诉说着对对方的思念和爱慕。然后它们生活在一起,生儿育女,幸福美满。

那人哈哈大笑道,这是童话故事的结尾,让我告诉你这个故事最后的结果吧:在一个墙角里,我们发现了男壁虎的尸体。这个故事的名字就叫《爱杀》。

我沉默着、目瞪口呆地坐在计算机旁。他问我,你怎么不说话了? 在想

什么？不是想我吧？要是想我了，你过来吧。哈哈哈！！！

从小到大，我们听惯了"然后"的故事，故事总是千折百回，险象丛生，波澜起伏的，但我们看这些故事的时候，却知道这肯定没有什么。因为，我们知道，故事的最后就是峰回路转，柳暗花明，花好月圆。

十几岁的时候，有一老者讲命运，听得我一头雾水。他说：命和运是两个概念。简单讲，人的命是与生俱来的，是福、是贵是不可改变的，这是人生的主线条。而我们人只能在运上去努力，去争取一定时间里，一定事物中的改变。运，才是可变的。看着他神经兮兮的样子，我当时觉得很好笑：什么命呀运呀，统统是封建迷信。今天，当我真正领悟到生命中的种种隐秘和玄机的时候，我有太多的话要对那位老人表达，但那老人早已回到无法找到的命运深处去了。"然后"的事，只有听从命运的安排，靠自己用时间和心灵慢慢体会，任何人都不可能告诉我最后的结果。

前段时间，看一本法国杰出作曲家柏辽兹的传记。柏辽兹生于法国南部一个小镇的医生家中，自幼酷爱音乐，但家庭却希望他能成为一名医生，最后终以与家庭脱离关系为代价选择了音乐道路，后来毕业于巴黎音乐学院。柏辽兹年轻时是个富于小资产阶级革命精神的浪漫主义作曲家，曾写过《希腊革命》大合唱。《幻想交响曲》的创作使他名声大振。还写了《罗密欧与朱丽叶》、《罗马狂欢节》、《安魂曲》、《浮士德的沉沦》等很多音乐作品。

有一个细节是这样的，柏辽兹某次爱上了美丽风韵的英国女人史密逊。每当史密逊坐在观众席里的时候，柏辽兹在自己作品的演奏会上总是拼命地击打定音鼓。两人的目光相遇了，柏辽兹浑身的细胞仿佛都在燃烧，眼里散发出不可遏止的冲动和激情。癫狂的柏辽兹不久就与史密逊步入神圣的婚姻殿堂。

然后呢？

让我们听一听海涅的回忆吧：然后，史密逊就成为柏辽兹夫人。有一年冬天，他像以前那样站在乐团的一个角落，也在敲定音鼓。那个英国女人也同样坐在前排的席位上。两人的目光又相遇了，可是，他不再像以前那样再把定音鼓打得像疯子一样。

七年后，定音鼓一槌定音：他们经过各种努力和容忍，最后双方都同意离婚。

再然后，就是浪漫的柏辽兹再婚，在贫困饥寒中度过余生，老年时又不

幸丧妻丧子,终于悲惨地病逝于巴黎。

合上这本传记,我想写点什么。朋友告诉我,就写"然后"吧。半个月过去了,她问我,写好了吗?我说没有。

谁能写出"然后"的事情呢?在我们的生命中,谁也不知道然后是什么。

真实的生活中,往往会有不依人的意志而转移的出乎意料的结局。有的人一生就这样平平静静地活着,好像没有然后。任何然后好像都有其偶然和必然。我不知道我的然后是什么。我想,我只有认真地对待每一天,每一件事,每一份感情,不要任何承诺和默许。因为,承诺和默许更具有欺骗性和杀伤性,许多事只有身临其境的时候才知道自己的选择,事前、事后的承诺和默许都靠不住。

这可能就是我对"然后"的理解。

写于2002年1月

枯者是,荣者是

道吾、云岩侍立次,师指按山上枯荣二树,问道吾曰:"枯者是,荣者是?"吾曰:"荣者是。"师曰:"灼然一切处,光明灿烂去。"又问云岩:"枯者是,荣者是?"岩曰:"枯者是。"师曰:"灼然一切处,放叫枯淡去。"高沙弥忽至,师曰:"枯者是,荣者是?"弥曰:"枯者从他枯,荣者从他荣。"师顾道吾、云岩曰:"不是,不是。"

——《五灯会元》卷五《药山惟俨禅师》

这里有两棵树,一棵枝叶枯萎,一棵枝叶茂盛。药山惟俨禅师问两位弟子:这两棵性质不同的树谁是谁非?枯者是,还是荣者是?

道吾回答"荣者是"。肯定茂盛的树,这意味着道吾喜欢生机勃勃的东西,与禅宗提倡的活泼泼的作风相符。所以药山下评语说:"灼然一切处,光明灿烂去。"以此心态去看世间的一切,便都会有光明灿烂的一面,这显然是一种乐观主义心态。

云岩却认为"枯者是"。赞赏枯萎的树,这意味着云岩偏好枯淡苦寂的生活,与禅宗追求的虚心静虑的境界相通。所以药山下评语说:"灼然一切处,放叫枯淡去。"以此心态去看世间一切,便会形槁如木,心同死灰,这显然是一种悲观主义的态度。当然,悲观的极处便是人生的真正解脱。

忽然来到的高沙弥却对药山的同样提问作了痛快的回答:"枯者就让它去枯吧,荣者就让它去荣吧。"言下之意是,荣枯是非,关我何事,何必管它。高沙弥的答案无拘无束、闲云流水,药山禅师却说"不是,不是"。

这三种回答到底哪一种最合药山心意呢?我把我的问题发到一个论坛里讨论。

网友 six 说:"他们看的都是表现,不是道理。枯者不是,荣者也不是,心缘即是!"

网友一尘说:"枯荣都是自然现象,应平等视之。没必要哪个是哪个不是;也不必枯者自枯。"

网友红炉一点雪说:"好好两棵树,管他是枯是荣,总然无意绪。嘘……"

网友小宝说:"'我若东道西道,汝则寻章摘句;我若羚羊挂角,汝向甚么处扣摸'(《五灯会元》卷七)。解释公案就是扼杀公案。嘘……"

本来两个"嘘……"之后,我该闭嘴了。但我心中好像还有很多问题。

如果像道吾说的是荣的对,那么世界就是一片光明灿烂的锦绣了。云严看师兄说错了,就赶紧改口,但也不对,因为如果枯干是对的,世界就会萧索单调地走向枯寂之路。小沙弥说枯干的让它去枯干,繁茂的让它繁茂,这也不对,因为这样就失去了人生的观点,不能自己做主了。我想,在药山的眼中树就是树。对一棵树,枯是荣的最后,荣是枯的最初,因此枯与荣是不可分的,枯荣是一,没有分别。

荣者自荣,枯者自枯,何必在意?枯者曾荣,荣者将枯,何必在意?《老子》第二十九章有类似的阐述,互见其旨:将欲取天下而为之,吾见其不得已。天下,神器,不可为也。为者败之,执者失之。故物或行或随,或歔或吹,或强或羸,或载或隳。是以圣人去甚,去奢,去泰。翻译过来就是:想要把天下抓来任意摆弄的,我看他永远也达不成目的。天下是神圣的存在,是不可以任意摆弄的。任意摆弄就会败坏它,紧抓不放就会失去它。所以,各类存在可以任之独行,也可以任之从随;可以任之恬柔轻嘘,也可以任之迅猛疾吹;可以任之强盛,也可以任之衰颓;可以任之安稳,也可以任之毁灭。因此,圣人戒出手过分,戒自奉过奢,戒行走极端。

第二天,看见网友 six,又说起这个话题,他说:顺其自然,各有因缘,不要再去追究了。不雨花犹落,无风絮自飞。从表面来看似乎花落是因为风雨的关系,但事实上花在开之前,已经经历了花落的阶段,风雨只不过间接地显露了这一事实而已。向内省视自己,洞穿"花开自会落,人生必然死"的自然法则,自然界万物都有一种规矩,很多事情是不以人的意志为转移的,万事皆有因,万物皆有果,自然界的枯荣如此,人类社会的荣辱也如此。也如,一个人顺利时,不必忘乎所以,挫折时也无须忧虑怨恨。一个人的胸襟宽阔了,一个人的生命也就有了生存的意义了。有诗曰:"云岩寂寂无窠臼,灿烂宗风是道吾;深信高禅知此意,闲行闲坐任荣枯。"

写于 2002 年 1 月

第一次吃燕窝

到北京出差,朋友在一家酒店请客,三男一女共四人。

点完菜、汤和烟酒,他们每人要了一份鲍鱼。同桌的周先生问我:你要什么?我想这鲍鱼可能是补品,但又不知道是用来补什么的,心想:他专门这样问我,这鱼可能是男士们的专用品吧,我要是也跟着点了岂不是成了笑话?我小心翼翼地说:随便吧。周先生于是建议:女人吃燕窝好,你要个燕窝吧。我说好。小姐接着问我:您是要冰糖的还是木瓜的呢?我一听冰糖二字,立即拒绝,因为我害怕甜食。于是我说,要木瓜的吧。

鲍鱼先上来,看起来像米饭。木瓜燕窝也跟着上来,是把木瓜挖个洞,把燕窝放在洞里的那种;木瓜金黄,燕窝玉白。我拿起勺一尝,才知道这木瓜燕窝也是甜的。

于是,我第一次吃了燕窝。

我不知道燕窝的食效,也吃不出特别的味道。草草吃了一半,就放到一边了。

等朋友结账时我吓了一跳:我们四人总共花了2800元。我用眼睛扫了一眼菜单:木瓜燕窝一份380元。

我的天,原来燕窝是这么昂贵的东西!如果我提前知道,是不会点的;我后悔没有把那个木瓜燕窝吃完。

第二天,我的嘴上突然起了两个大大的燎泡。我没有去看医生,但我知道是和吃燕窝有关。

回家查看资料才知道燕窝的价值。如果我们仅仅从李时珍说的"大养肺阴,化痰止嗽",就永远也不能理解它在价格上的令人发指。养颜才是燕窝最主要的卖点,然而除了尚不清楚的若干化学作用之外,燕窝对于一个女人的容颜,到底能起到多少作用呢?我想,对女人来说,进食燕窝那一刻的颜面所能发挥的神奇作用,可能要比化学作用复杂得多。昂贵和罕有之外,还因为燕窝炖好后所呈现的那种玉色。

在《南方周末》上看到沈宏非的文章《燕子去了》,他这样写道:燕窝里温暖缠绵的胶质和脑海中似曾相识的归燕都带来了青春永驻的憧憬和幻觉——可惜的是,刹那的光辉并不是永恒,燕子去了,有再来的时候;杨柳枯了,有再青的时候;但是聪明的,你告诉我,我们的日子是不是可以在燕窝里永远保鲜呢?

第一次吃燕窝,我没有吃出任何的幸福表情和美好感觉,倒是那两个燎泡在我嘴上长了好几天。

写于2002年4月

执着与放手

有朋友说下午要写篇文章,我问写什么?他说:"执着"。我说写什么"执着"呢,太"执着"了不好,你看很多宗教思想总教育我们要学会"放手"的。朋友辩解道:宗教是教育人"执着"的,宗教本身不就是"执着"的吗?让教徒执着于宗教本身。于是我搭讪着说:都对都对,大概我理解的是"放手",你理解的是"执着"吧。

其实,我想"执着"和"放手"都需要很大勇气的。在追求自己的执着时,往往需要做出牺牲,而那样的牺牲就叫做放手,在决定放手的时候,又经常是为了追逐别的。

人在一生中不可能事事完美,鱼与熊掌总是不能兼得。选了这个,就得放弃那个,要想两手都抓,到头来很可能什么都没有抓到。很多时候,"放手"是不得已的选择。能够完全放下的人不多。有个得道高僧告诉世人:全部放下,是最舒服的一种感觉。

但我们不是高僧,而是生活中平凡的人。我们谁都有过嘶喊和狂奔的泪水,自己心中所受的创痛只有自己知道。每个人都有选择"执着"和"放手"权利。可能因为深深的悲哀而造成精神上的麻痹,在他人看来,我们一点反应也没有。可是我们自己知道,我们已经做出了选择。

如果说在"执着"或是"放手"之中必须做出选择,只不过是决定要把创口放在哪里的话,我想我会依照心灵的愿望行事的,惟有这样,心灵才能够因为这样的创痛而变得更加坚强。如果说抉择都必须经过挣扎的煎熬,就让自己在煎熬之后能够将自己再次淬炼得更贴近自己与生俱来的本质。仔细的思量加上灵魂深处的勇气,将成就我在面对每一次抉择,每一次"执着"或"放手"时的那种无畏。即便有悔恨和不舍横阻面前,但知道那是来自心底的声响而会义无反顾的。

读过一个关于天堂鸟的故事。有一只天堂鸟不甘心生命中的缺憾而离

开天堂周游世界,当他发现蝴蝶是色盲,鱼不能辨别气味,蛇无法体验感情等等缺憾之后,最后变成一株植物——天堂鸟花。这一天,他忍不住又这么问自己:"你还有缺憾吗?""有的,我向往自由!"他又接着这么告诉自己:"但没关系!美丽的事物始终有缺憾!接受缺憾吧,其实又何必注意缺憾?生命中我们所拥有的幸福,已经足够我们好好珍惜了。"最后,天堂鸟在"执着"想弥补自己缺憾的过程中,得出了"每种生物都有它们的命运"的答案。

北京师范大学教授、书法博士生导师欧阳中石在题为《书的价值》讲座时,有学生问:您是怎样看待"执着"的?我的老师曾和我说"书法不可太执着"。欧阳中石答:你的老师这样说那肯定有他很深的体会。有人说"不可太执着",但毕竟是有"执着"的。我想,他们确实会从"不太执着"中收到一定好处,但我还要说,"执着",非常地执着是一定有莫大好处的,它能使你真正抓住一些东西。

在人的生命旅途中有很多事情需要我们做出抉择。既然痛下决心了,就不要再想什么后悔不后悔的问题了,舍得也好、舍不得也好,"舍"和"得"这两个字是分不开的,有"舍"有"得"。很多时候,执着的来源是对失去的恐惧。放下执着,将会变得平和、宽容和安详。这是无法用语言表达的。我们的所谓常识是:人是最高级的动物,而后动物,而后植物、矿物。也许这些常识本身就是错误的。而彻悟之后,仍然执着,才能称得上是真正的执着,是有强大基础的执着。

还是这副对联写得好:藤杖一条,提得起才放得下;禅门两扇,看不破便打不开。这样说来,选择"执着"和"放手"不光是技巧,更是智慧。

写于 2002 年 5 月

过江隧道

6月25日晚,王先生请我们在上海的"小南国"吃过一顿丰盛的晚餐之

后,东方明珠的灯火就开始照耀我们的眼睛了。尽管是夏天,可上海的夜晚却给我们带来阵阵的凉意。同行的宋君说:我请你们坐观光隧道回去吧。

我和江相视而笑。

宋80元买了4张票。在黄浦江下,我们感受着不见天日的不安,沉闷而压抑。我知道,我们的任何感受都是昂贵的。上海的一个朋友说,他和他的家人从来就没有在这个隧道里观过光,也没有到东方明珠上看过上海的全景。

傻呵呵变换色彩的电子管没有转移我们的沉闷,叮咚作响的音乐也没有缓解我们的压抑。这些看似高科技的现代产物,却着实像个蹩脚的儿童玩具:没有我们想象的速度,也没有我们想象的刺激。

缆车进程缓慢,说明书上写着这里要反复经过时光区、旋涡区、穿梭区、摩擦区和梦境区。我在怀疑这些创意者在短短的黄浦江底,究竟想要干什么。这么昂贵而费时的建筑,难道就是企图让人们在渡江的时候做一些梦幻的联想?

抵达对岸,名扬中外的外滩,居然感觉如此寒冷。

我仿佛经历一场媚俗,终于抵达了荒谬。

难怪有些上海人称所有外地人都是"乡下人"。

手机响了,已近深夜,那端的先生说:早点回吧……

写于2002年7月

旋 转 餐 厅

曾经在上海远洋宾馆27层高的旋转餐厅里,透过厚厚的落地玻璃,等待浦东的夜灯亮起。从这里看浦东的夜景,美得让人丧失力量和渴望。

驻足高高的旋转餐厅上,遥望迷雾朦胧的黄浦江,是那样的亦真亦幻、神秘莫测。

　　窗外,夏日的黄昏,没有风,只有轻柔的音乐。繁华的大上海尽收眼底,给人以天上人间,不知今昔是何年的错觉。这个时候,总让人有许多感慨,就正如我们总是内心寒冷的时候,孤独地唱:寂寞让我如此美丽……是心中狂喊万遍而在喧闹红尘中落寞无言的独语。

　　高楼都是无奈和梦想堆积成的梯,直指天空的路,再高再高,也有尽头。霓虹闪烁,我知道,这是上海的,是转瞬即逝的,其实,我们微弱生命的本身,不也正是苍茫宇宙中的一粒尘埃,随时会随风飘去的呀。就像我的这些文字,如梦一般短暂,虚幻。

　　临桌是几个外国游客,很开心地说笑着,喝着咖啡。还有一对多愁善感的男女,好像在幽幽艾艾地说些风花雪月的故事。夜色中,细细的声音不断传来,餐厅在旋转,但我好像觉得,世界是静止不动的,女服务员沉默的颜色或者缓缓飘动的粉色指甲中,躲藏着瑟瑟颤栗。当然,这样的夜晚更多嵌入记忆的,是一片空白,茫茫无际的空虚和属于自己的怯懦词汇——孤独。

　　突然想起"千山鸟飞绝,万径人踪灭。孤舟蓑笠翁,独钓寒江雪。"的句子,现在,没有鸟,没有人,没有鱼。但我分明看到一个人,一只钩,一只船,在空旷而失去生气的江面上,在人与事物的对立中遗世独立。这是现实的超越才能体验到的孤独,诗人精神脉系固有的寂寞本质,生命中独特的美,没有谁能破坏它的真实与完整。

　　今夜,在上海远洋宾馆 27 层高的旋转餐厅里,所有的声音都已静静睡去,远处的灯光在我眼中一片模糊。我所能看到的霓虹灯已悄然闭上了眼睛。我在想着莫名其妙的事,生命中的设计是否意味着荒诞,我们为生存紧张地忙碌,各自表演自己角色时,我们的背后,或者遥远的虚空是否有一双眼睛冷冷俯视我们,看着我们从荒诞走向荒诞,从虚无走向虚无。

　　生命之上的光芒,生命之外的漠视,提示了简单的事实,各种活跃的物质都是畸形的,不断风化,紧紧粘附于地球表面的灰尘。使我们不得不回到对自身的审视,回到了对生命的本质理解,回到了属于生命的真实。

　　生命是孤独的,就连在这样繁华的都市,看如此繁华的景致,也避不开心灵深处的孤独。情绪的起点,音乐的间隙里,我一遍遍寻找,却似有似无,但什么也没有找到。旋转餐厅两个小时旋转一圈,从起点转回起点。我几乎恐惧于这样寂寞的夜晚,恐惧于高楼,恐惧于旋转。因为,我感到,悬空旋转的欣赏,是找不到任何方向的。

写于 2002 年 8 月

人的"鸡眼"

同济大学经济管理学院的王健教授在讲偏见思维时说,偏见来自于经验和利益。说自己见过鬼的人都是以前怕鬼的人。人类一切不幸的根源就在点状黑暗思维。盯住一点,不及其余。

在拥挤的公共汽车上,一个人踩了另一人的脚,可能一声"对不起"、一个微笑就完事了,但你如果正好踩在对方的"鸡眼"上,他就会大喊大叫,不给你拉倒。

过去,猎人用过一种奇特的狩猎工具捕捉猴子:一个固定安装的透明的盒子里装有猴子爱吃的苹果,盒子上开了一个小口,刚好够猴子的前爪伸进去。猎人躲在暗处,看到猴子把前爪伸进去的时候,就急忙跑出来。猴子一着急,把苹果抓得更紧,前爪便不能拔出来。于是,猎人轻易地就捉住了猴子。猎人知道,猴子有一种习性——不肯放下已经到手的东西。

听他讲座的人都笑了。王健教授说,不要笑猴子愚蠢,猴子不肯轻易放下已经到手的东西,你也一样。你也会抓住一点利益一直不放,甚至不惜牺牲自己的生命。

有些人正是把自己的"鸡眼"作为利益点的。

一个搞医学研究的科技人员走上了行政领导岗位,结果不能适应官场里的勾心斗角,弄得身心俱惫。朋友们劝他说:还回来搞你的医学研究吧,多好呀。他却说:上台容易下台难啊。已经到手的级别待遇,能说放弃就放弃了?

路边两个并排卖菜的女人原来是好朋友,现在成了生意上的竞争对手。你往前挪一寸,我向前挪两寸。城市管理人员来了,说她们不该占道经营,要罚款。两个女人你看看我、我看看你,很仇视的样子。有人来买菜了,刚拿一把韭菜讨价还价,另一个就开始吆喝了:"我这里有不洒农药的韭菜谁要?"终于有一天,两个女人因为一点鸡毛蒜皮的事打骂起来,一个受了伤,

一个生了病。

因为到手的级别待遇放不下,结果误了该干的事业;因为一点经济利益放不下,结果损害了友谊、身体、健康。这些人的做法不是跟抓住苹果不放的猴子一样么?

地位、名利、荣誉等,是人的最主要的利益点,是人的"鸡眼"。

猴子头脑简单,除了食物之外,能让它抓住不放的东西不会很多。人类思维发达,感情丰富,喜爱的东西多得不可胜数,因抓住某样东西不放而贻误大事甚至酿成悲剧的例子不胜枚举:法官因放不下亲戚朋友的人情而徇私枉法,"公仆"因放不下红包而锒铛入狱……

人生的路要靠自己行走。快检查一下你的脚,看上面到底有没有"鸡眼",有几个"鸡眼"?哪些该割去,哪些该保护?只取需要的东西,把那些应该放下的坚决果断地舍弃。因为,生命中不能承受太多的物欲和虚荣。

写于 2002 年 10 月

把演讲变为朗诵

同济大学从事领导科学研究的教授郭永康有一句名言:"未来的中国让不会演讲的人走开。"他说,演讲追求的境界是智、情、美,要给人以知识、智慧,给人以真情、热情、激情,要辞美、声美、形美、心美……听完郭永康教授的演讲学后,前来学习的朋友们不但见面用漯河普通话问好,而且有时候还加上了必要的手势和动作。

郭永康教授要求我们,演讲时语音要准确。说普通话的时候要远离乡音;杂糅其他语种的时候要恰到好处;吐字要清晰,字正腔圆;节奏起伏,抑扬顿挫,口气自然……在心中安静、房间里只有我一个人的时候,我就开始演讲了,只是我把演讲变成了朗诵。

坐在床上,我随手拿起一本诗集,挑一首喜爱的朗诵,开始时感觉平淡,

吐字犹豫,那些句子跟声音游离开来,执拗地在各自的领域。然而,当字句一一闪过,如熟悉的路牌被心灵艰难地辨认,慢慢感觉着激情,等待它张开怀抱向我飞奔过来,而周围红尘三千丈,夕阳如歌,世界变得美丽而清晰。我好像跨越了长长的日常之路,与我的激情梦想重逢。我看到一些闪光的、辉煌的东西在远处闪烁,海市蜃楼般提示着这世界的神奇与神秘。

在这里,演讲不再是演讲,朗诵也不再是纯粹的朗诵,似乎是为了表达一种情绪,找到一种感觉,或者说,是为了超越日常生活的一种努力。

有时候,我还朗诵我喜欢的散文。朗诵刘亮程的《一个人的村庄》的时候安然地起句,我的思绪翻过山岭,越过盆地,到达新疆那个叫黄沙梁的村子。当我念出:"芥,我说不准离家的日子,活着活着就到了别处。我曾做好一生一世的打算在黄沙梁等你,你知道的,我没这个耐力,随便一件小事都可能把我引向无法回来的远处……"刘亮程的声音转换到我身上,我甚至下意识地攥紧自己的手,以感觉自己真实的存在。

我把握住自己的心理,自信沉着。这感觉就郭教授所描画的:天地之间,惟有我一个人;我走着,走着,走成一个真正的自己……我对着墙壁大声地朗诵着曹操的《短歌行》:"对酒当歌,人生几何?譬如朝露,去日苦多。慨当以慷,忧思难忘……"于是,一股豪气从白纸黑字间升腾而起。我还读缪塞的诗《请你记住》:"请你记住,当惶惑的黎明,迎着阳光打开了它迷人的宫殿;请你记住,当沉思的黑夜,在它银色的纱幕下悄然流逝;当你的心跳回答欢乐的召唤,当阴影请你沉入黄昏的梦幻,你听,在森林深处,有一个声音在悄声低语:请你记住……"

写于 2002 年 11 月

生　机

清代袁枚崇尚万物自有性灵,他的《苔花》是这样写的:"白日不到处,

青春还自来。苔花似米小,也学牡丹开。"最近看丰子恺题为《生机》的漫画。内容平常不过:一株小草从断壁颓垣里钻了出来。在《生机》里,丰子恺的漫画更进一步,热切赞美自然界的蓬勃生机。

关于这幅画,丰子恺在《我的漫画》中自述到:"……我忽然注意到破墙的砖缝里钻出来的一根小草,作了一幅《生机》。这幅画真正没有几笔,然而自己觉得比以前所作的数千百幅精致得多……"

在我居住这栋楼的墙角边,也曾看到过长出一株野花,开得煞是好看。要知道,这是全部用水泥硬化过的地面,来来回回人呀车呀,没有影响它的成长和开放。这株野花在向人们表达着一种微妙的情感、机缘和生命力。

昨天,在家里洗手间的水池下面,又发现了一棵绿豆的小苗。我怀着惊喜万状的心情观看这个小苗。严格地说,它是芽,它渺小的身躯寄托着同样渺小的希望。我为这种生命的机缘惊奇。

你看这样的诗句多好:"我对陶罐上的鱼说,游进去,你就能活。"

写于 2003 年 8 月

生命与美
——也说人生的三种境界及其它

清朝的词评家王国维在《人间词话》里,曾说到古今成大事业大学问的人必须经过三种境界:

第一种境界是:"昨夜西风凋碧树,独上高楼,望尽天涯路"。(出自宋晏殊《蝶恋花》)意思是说有理想的抱负与未来的追寻,虽有孤独与苍茫之感,但有远见,对生命有辽阔的视野。

第二种境界是:"衣带渐宽终不悔,为伊消得人憔悴。"(出自宋柳永《凤栖梧》)意思是说不只要有追寻理想的热情与勇气,还要有坚持、有执著,去实践自己所信奉的真理,即使人变瘦了、衣带变宽了,也能百折不悔。

第三种境界是"众里寻他千百度,蓦然回首,那人却在灯火阑珊处。"(出自宋辛弃疾《青玉案》)意思是经过非常长久的努力追寻,饱受人生的沧桑,到后来猛然回首,那要追寻的却在自己走过的道路上,灯火阑珊的地方。

生命本身就是一种美。我们在人生中提升美的体验,使一个人智慧有美、生活有美、姿态有美,语默动静无一不美。失去了美,人生还有什么价值呢?唯有心性的绝美,才使人能洗涤污秽;也唯有绝美的心,才能面对、提升、跨越人生深切的痛苦。

完美是我们的生命追求,模仿王国维之说,有人提出了人生中的另三种境界:

第一种境界是"笑声不闻声渐消,多情却被无情恼。"(语出苏东坡《蝶恋花》)

第二种境界是"我见青山多妩媚,料青山见我应如是。"情与貌,略相似。(语出辛弃疾《贺新郎》)

第三种境界是"千锤万凿出深山,烈火焚烧若等闲;粉骨碎身浑不怕,要留清白在人间。"(语出于谦《咏石灰》)

如果我们能够走出自己的房间,也许会看到更大的自然。看到世间的美与苦难是并存的,正如青山与我并无分别。最后宁可再跃入有情的洪炉,不畏任何障碍,为了留一点清白在人间。

一个人格境界的确立正是如此,是在生活中打滚、提炼,那时才知道什么叫做"蓦然回首"了。

唯有清明的心,才体验到什么是真实的美。唯有不断的觉悟,才使体验到的美更深刻、广大、雄浑。也唯有珍爱生命的人,才能迈向生命的大美、至美、完美,与绝美呀。

写于 2003 年 10 月

施与与得到

最近看罗曼·罗兰和梅森堡书信录,一个23岁的青年,一个73岁的老人。

在这修养颇深的老夫人和那天赋极高的青年之间,形成了十分真挚的友谊,并在不断的书信往返中,展开了精神的交流。彼此坦诚地谈论对人生和艺术的体会、自己的回忆和理想,以及对南方风物的醉心。那位长者以宁静的智慧鼓励罗兰,年轻的学者则以天真的热忱安慰她孤寂的暮年。罗兰后来在回忆录中称梅森堡为"第二个母亲"。

罗曼·罗兰在《约翰·克里斯朵夫》中这样写道:"幸福是灵魂的一种香味。"这是我在所有关于幸福的描述中读到的最具诗意情怀、也是我印象最深的一种说法。灵魂散发着香味,多么美妙!

给予中获得,爱人者被爱。唯有爱,使我们懂得施与与获得,让我们忘却自己,沉浸于另一个生命之中,领略幸福的真谛,亲吻灵魂的芳香。惟有爱,才能让我们的心灵花园花团锦簇,馨香久远。

有人说,施比受有福。常为别人的快乐而快乐,这是一种额外的开心。给予而获得额外的开心,这句话同样也很美妙。

幸福与施与相伴生:幸福的获得离不开爱的施予;爱则源自对幸福的认同与追求。爱是生命对生命的惠泽,亲情之爱、爱情之爱、同胞之爱……世间万千的爱,汇成了不息的生命之河。而每个人的生命之河都奔流在他人乃至整个世界构成的大海里,这样一种你中有我、我中有你、相辅相成的关系赋予我们的生命以意义,使我们的生命之河长流不息。

写于2003年11月

毒药·香水·女人

一天,陪朋友到商场买化妆品,看到一款香水的名字竟然叫"毒药",非常好奇。回家打开计算机查了才知道,这是一款风靡世界,具有贵族风范的女士经典香水。香水取名"鸦片"(Poison),意思是用了它会像吸了鸦片一样上瘾。在中国,因为用这个名字是非法的,就改称其为"毒药"。

毒药、香水、女人,是否真的有着一些内在的联系呢?

大家知道,吸毒上瘾的人,当毒瘾发作时,会完全无法控制自己。无论意志多么坚强,一旦沾染上瘾之后,就很难戒掉。七十年代初,法国时装设计师伊夫.圣罗兰到中国大陆旅行。他深深为过去生活经验的东方风情所吸引,回国的时候,他带回一只鼻烟壶作为收藏。当他把玩着那只鼻烟壶时,突发奇想:会不会有一瓶香水,如同鼻烟壶般瑰丽华美,如同鼻烟壶里所装的鸦片般,充满诱惑、让人上瘾,深陷其中而无法自拔呢?于是,一瓶由鼻烟壶为灵感而来的香水诞生了。它的外型就好似一只精致华丽的鼻烟壶,香水瓶身上雕刻的就是罂粟花纹。而瓶子里装的,是神秘又华丽的能传递诱惑而引人沉沦的气息。"鸦片"一推出,就因其名而引起话题,充满争议。然而这并不重要,因为他深信使用"鸦片"的女人已完整传达出宛如鸦片般,让人神魂颠倒,迷恋的特质。

女人很容易迷恋香水,细微的气息让女人引向不可预知的神奇世界。

所以,市场上就有了"毒药"香水,有了在"毒药"前流连的女人。这就是"毒药女人"吧。这样的女人,洞悉男人心思、知道男人在什么时候需要些什么,然后又不失时机、恰如其分表现出关怀。这样的女人,对男人的杀伤可能是致命的。成熟的男人很难抗拒这样的诱惑。英国查尔斯王储甘愿冷落新婚娇妻黛安娜,却偏偏要去找那个其貌不扬的老太婆卡米拉,原因之一就是黛安娜还只是一个天真肤浅胸无城府的小女孩,需要的是别人给予关爱和抚慰,而卡米拉则是个"毒药女人"。卡米拉深谙查尔斯的心思,亦母亦友,时而端庄娴雅,时而又风情无限,给予王储最亲切而妥帖的安抚,把他的一颗心紧紧抓牢在手心。所以查尔斯才会有那句惊世骇俗的话:"亲爱的,我愿长眠于你的裤裆里。"媒体报道,查尔斯在 4 月 8 日迎娶他的情人卡米拉。这对相恋长达三十年的情侣终于走到了一起。

生活中,可能有些女人真的就像毒药。有首歌是这样唱的:你微微一笑将我套牢就这样进了圈套,你张开双手将我拥抱背后却藏着一把刀,你若即若离让人捉摸不到。爱情是毒药,糖衣太美妙,你的诱惑我抗拒不了。要如何才能让爱只有欢笑浅尝了即止就好,吞下了把命都送掉……就连最近流行的《2002 年的第一场雪》也有这样的歌词:是你的红唇粘住我的一切,是你的体贴让我再次热烈。是你的万种柔情融化冰雪,是你的甜言蜜语改变季节……

说实话,开始看到柜台上的"毒药"香水,也是匆匆而过的,我受不了那种刺激。温柔毒药女士香水在我看来几乎可以说是不堪入目的,一种地道的嬉皮和堕落风格。艳丽,令人畏惧,因为它是有毒的。但"毒药"让我十分意外,诧异之中,幽微、馨香、伤感、隐秘,莫名其妙的深嵌在身体的某处,夹杂着零散的记忆,挥之不去。也许,这就是那股"沉沦的气息"吧?

写完之后,我要赶快跑到太阳底下去,使劲晒晒!

写于 2004 年 10 月

雪以及记忆的残片

2004 年 12 月 25 日,周六,圣诞节。

午睡之后,拉开窗帘,外面正飘着大雪。其实,今年的这场雪是从 5 天前也就是 12 月的 21 日就开始下了。那天,母亲重病住院,我和妹妹陪在床前,外面寒风呼啸,雪花纷飞;母亲在病床上辗转反侧,痛苦呻吟。当时的心情,无法用语言表达。

今天,母亲还在医院,但病情已有所好转。

现在,我想坐下来,想说说过去的事,说说我记忆里印象比较深刻的几场大雪。

我想说的一场大雪下在我十一、二岁的时候。那天早上,我和妹妹还在睡,父亲把我们叫醒了。他说:下雪了,快起来扫雪吧。

那天,我和妹妹站在门口:鸡窝上,猪圈上,草垛上,院墙上,树上,满院子里的雪……父亲就领着我和妹妹扫雪,母亲做饭。我们的脚踩进去,能漫过小腿。厨房里时不时飘出热气,有烤红薯的香味……雪把我们的眼睛照得眯成一条缝,哈出的气立即凝聚成白色。父亲在前面用铁锹铲,我和妹妹在后面扫。扫着扫着,我的头开始晕,摇摇晃晃的,父亲连忙把我搂在怀里说:"大清早,低头时间长了就容易头晕,歇一会儿吃点东西就好了。"

就这样,那场雪,因为父亲温暖的怀抱和烤红薯的香味留在了我少年的记忆里。那香味飘散在空气里,成为我一生怀念的早晨。我想,父亲、母亲、姐妹、房子、鸡窝、猪圈,还有雪,以及飘散在空气里的香味,该就是家的全部味道吧。

记忆里的另一场雪是落在郑州大学的校园里。那是1988年,也就是我结婚的第二年,我考取了郑州大学新闻系干部进修班,要进行三年的培训学习。进入大学学习,是我多年的愿望。我高中的时候,曾经连考三次,一次比一次输得惨。第一年,差0.5分,第二年,差20多分,第三年,连预选都没有通过。我偏科,英语、化学、生物越来越学不好。直到现在,我还能听到父亲在得知我考试成绩之后的叹息和他说的一句话:"肚子疼。"

我是秋天的时候进的学校。

那年冬天的一天,丈夫来学校看我。第二天,我们准备一起从居住的学校南院到北院听课。一出门,没有了路,没有了草木,全是雪。校园里的松树、金水河边的柳树都被雪压得变了形。放眼看去,远处的平房像一个个放大的奶油蛋糕。我们好像走进一个洁白而又神秘的宫殿。

我们用手接着雪花,看它在手里变成一个个水珠;我们还站在金水河边,闭着眼,听雪扑簌簌地落下来。眼前的世界变得寂静无比,朦朦胧胧中,我好像真实走进了一座童话的世界,浪漫美好的童话世界。

还有一场雪下在1999年阴历三月的晚上。那天,我约上两位好友,走出家门,夜赏桃花雪。因为是三月的雪,因为是桃花开放的时节。

周末的夜晚又逢桃花雪,别有一番滋味。穿上胶底棉鞋,披上棉衣,走进狂舞的飞雪之中,立时,就有一种狂喜的感觉。是一种渴慕、一种牵挂?抑或是一种说不清的情愫在心中升腾?我不知道,除了雪,还有什么能在转眼之间能使世界彻底改变模样。街边的松树白了,松枝上的雪像棉絮、像云朵,一簇一簇的;抬起头,触目的路灯下,柳枝像一根根银鞭,在风中沙沙作响;最让人动心的,是那些桃花,是那风雪中的桃花。

我在后来的一篇文章里这样写道:"桃花用她那娇羞的红颜迎接这洁白的使者。我和朋友闭着气站在一棵桃树旁,用心灵去体会桃花与白雪的相遇。雪中的桃花是含泪带笑的少女,桃花上的雪是恋人亲切的拥抱。桃花在白雪的亲吻下,进入温柔的梦乡,显得那样宁静而祥和。"

可是,现在想,那雪,飘下来的时候,是从来不管等待自己的是什么,落在一朵盛开的桃花上和落在刚刚轧出的车辙里对雪本身来说有什么两样呢?记得有位哲学家说,好雪片片,不落别处,就是说没有一片雪落在不合适的地方。

感动、思考、没有答案。所以,记住了。

……

"绿蚁新醅酒,红泥小火炉。晚来天欲雪,能饮一杯无?"1986年,我从郑州回老家正好路过漯河,在漯河火车站附近一个宾馆的一个厅廊里,和一久违的朋友小坐。记得那天也是大雪。我们围着火炉,喝着茶,宁静而平和,我们谈理想,谈人生。虽然冷风扑面,感觉却是那样惬意。

去年11月9日,我看到了我有生以来最大的雪片,比鹅毛还大的雪片。那天夜深,大雪弥漫眼前,徒剩雪夜的凄惶。心,脆弱如游丝,不能承受雪花飞落时那一次次的触动。尽管它落下来就化了,但我也记住了。记得当时我是这样写的:

  一双赤裸的脚
  踩在暗夜的雪上
  一个影子在说话
  他说,黑,瞎了万物的眼睛
  白,亮了宇宙的记忆
  这样的夜里
  谁能分辨出是黑是白?

前天,正好读张养浩的元曲:"胡十八正妙年,不觉的老来到。思往常,似昨朝,好光阴流水不相饶,都不如醉了,睡着。任金乌搬废兴,我只推不知道。"

是的,风花雪月本不是人生过分珍惜的东西,但许多应该珍惜的东西,好像就在一阵风、一朵花、一片雪、一轮月里藏着。经过许多个冬天之后,我才渐渐明白,自己不能拥有雪也躲不过雪,无论我蜷缩在屋子里,还是走在冬天的雪野里,纷纷扬扬的雪都会落在我正经历的一段岁月里。当我对雪的思考像荒野一样敞开时,我便再也无法找到雪野里孤寂的自己。惟有在这里,祈祷母亲早日康复;惟有在这里,体会圣诞雪夜的静谧和虚无。

写于 2004 年 12 月

找寻生活中的香气和滋味

曹庄的麦子

我的麦子长在曹庄。

曹庄是河南商水县一个偏远的农村,曹庄是卿河村中的小村,卿河属罗堂的一个自然村。那时候,我姥姥家在卿河。曹庄和卿河隔一条小河。那村子太小了,就7户人,大部分是外姓人。因为卿河村大部分都是卿姓,我们居住的这个曹庄就显得相对孤立。曹庄都是外姓人,张、王、曹等共7户人。听老人们说,曹庄以前就曹家一户人,我们住到曹庄的时候,曹家就只剩下一男两女三个孤儿了。当时父亲在外乡中学教书,母亲在本村的小学教书。父亲从小就颠沛流离,没有家,母亲的娘家就成了父母的家。母亲娘家也没有我们的家,我们开始就住在大队部两间公房里。直到我5岁的时候,父亲才在舅舅的帮助下,在曹庄盖了两间草房和一间厨房。我们才有了真正的家。

如果不是我在这里提起,还有谁会记起曹庄曾经的模样?明媚而忧伤,

就像在眺望我们的过去。村庄是寂静的,坐落在一个小河湾里,村北村西是河堤,村东有条土路,村南有一方方正正的池塘。河边是一个桃树园,每棵树结什么样的桃子,早熟还是晚熟我都知道;池塘边有柳树、榆树,还有柿树、梨树、杏树。这些景象像入了画般,散发着淡淡的水墨气味。

村东路边就是一望无际的麦田,风吹过,那满眼的、让人不知所措的浓绿,一下子将一个人彻底淹没,所有的喊叫,挣扎,所有的意志都是徒劳的。多少年后,我在厦门见到了大海,这神秘的、魔性的、浩瀚无边的蓝,再次让我感知了无从逃离的绝望。麦子的身上就有这种摄人的气质,让人生畏,它能洞穿每一个人的内心。

"要是考不上大学,你们只能回农村种地!"这句话在我们很小的时候,父亲就正式告诫我们了。父亲教了一辈子学,压抑了一辈子,也自豪了一辈子。压抑的是他从小就失去父亲一直过着寄人篱下的生活,而且由于地主成分问题而不能伸展身躯,自豪的是无论是教物理、化学还是数学、语文,他都是教得最好的,得到学生们的喜爱和尊重。他时而妙语连珠,声音高亢,时而轻言细语,声调低沉。在学生面前严肃谨慎,不苟言笑;回到农村家里,当邻居女人叫他"小妹夫"、"他姑父"和他打情骂俏的时候,他也能应对自如。父亲总是引进新鲜事,最早买了自行车、收音机;最早在我们家院子里打了压水井,再不用母亲跑到村西头的井里打水了;最早使用上了蜂窝煤,那黑黑的带眼的圆陀螺在院子里摆着晾晒的时候,我是多么兴奋和自豪呀!收音机,自行车,手表等,邻居全哥、宝同哥找对象女方来相家的时候,这几样东西都被借走过。

麦子快要成熟的时候,先从气息传出来的,即使你躺在床上,也能从空气中闻到麦香的味道。只有成熟的麦子才能算麦子。当你站在阳光下,看到满眼的金黄,像是佛光普照。麦芒一根一根的,金针一样耀眼。风微微地吹,沙沙的响声此起彼伏,仿佛神的低语。那情状,让人感动得直想流泪。

我相信万事万物都有自己最深沉的信仰和行为准则,并由此造就了善恶的世界,使麦子和稗子有了区别,使蜻蜓和蝗虫有了不同的飞翔。对于农民来说,麦子就是神。

头上顶一顶草帽或一块棉布手巾,我和妹妹也就十二三岁吧?左手把麦子揽入怀中,右手握紧镰刀,用力一拉,"噌"的一声,麦子割断了,金属般的声响,坚挺而瓷实。妹妹人小,却很利索,不一会儿就跑到我的前面,我气喘吁吁紧追其后。麦芒把胳膊扎得红肿,麦锈和着汗水流到脖子里,流进眼睛里。

当我和妹妹扶着拉着架子车上的麦子摇摇晃晃往场里走的时候,我一句话也不想说,只是在心里想:这是一场战役,很苦很苦的流血流泪的战役。很多时候,在你又渴又饿的时候,在毒辣辣的太阳底下,麦子会翻下车去。我们姐妹俩会对着翻到地上的麦子欲哭无泪。"大姐,我们以后不当农民,你放心吧!"妹妹拉着车回头对我说这话的时候,表情庄重,眼里发出很亮的光,头发被汗水浸成一绺一绺的,还粘着一个枯麦叶。

回望麦地,空荡荡的,寂静又苍凉。

海子在《麦地》一诗里是这样写的:吃麦子长大的/在月亮下端着大碗/碗内的月光/和月光/一直没有声响……麦浪/天堂的桌子/摆在田野上/一块麦地。对海子来说,麦地是他难以割舍的精神家园。偶尔看到报纸上登的一张扬场的照片,取名"喜悦",歌颂麦收时人们喜悦的景象。"天堂"、"喜悦",在我记忆里其实不然,真正割过麦子的人,没有"天堂"和"喜悦",有的是痛苦,是害怕。劳动尤其是摧残身体的劳动不是诗意的,喜悦,也只是在泪水的背后。

我没有回家种地,曹庄的麦子一直在记忆里留着。现在,我只能在网络的农场里,一遍又一遍地种植我的麦子。妹妹也没有回家种地,她游弋于城市和农村之间,收购倒卖着一车又一车粮食。

大姨和白马

对马有真实的认识是在我十岁左右的时候。在没有说起白马之前,先让我简单说说我的大姨。大姨比我的母亲大14岁,大姨结婚的时候,我母亲才4岁。大姨心灵手巧且长相好看,找的对象是一大户人家。大姨的婚礼曾经成为全村姑娘羡慕的婚礼:那周全的礼数,那排场、隆重的气氛让卿河人大开眼界。大姨自己也说过:"我坐在花轿里,什么也没有看见,只感觉到一路上很多人围着看,听见鼓乐很响,大炮'咚咚',鞭炮'劈劈啪啪'……"。

大姨不会生育。结婚的第五年,大姨父正准备纳妾的时候,全国解放;大姨父受不了游斗和膝下又无子女的现实,在一次与大姨闹别扭之后寻了短见,上吊身亡。大姨一头撞到大姨夫的棺材上差点送命。大姨32岁开始守寡。大姨领养的一双儿女也因为成分问题先后离开了她回到亲生父母身边。我9岁的时候,大姨来到我们家,帮助母亲带我的妹妹(那时候,我的

两个弟弟还没有出世），我才开始上学。大姨带大了我的弟弟妹妹，52岁的时候，死于食道癌。

现在想来，生活中的大姨体会到的是更多的怨憎恨、爱别离的人生苦难和求不得、恨不能的无奈。

大姨有一个好听的名字，叫卿云。想起大姨，我的眼前总会出现白马和青云直上的意象。大姨跟我们一起生活。纺织、磨面、拾柴、喂猪、洗衣、做饭……

我所说的白马就是在用石磨磨面的时候用的。石磨磨面一般是用驴拉磨的，偶尔也用骡子和马。那时候，还是生产队，每家磨面都要使用牲口，为了不乱，牲口要轮流使用。每到该我家使用牲口磨面的时候，大姨总是早早把我叫醒，让我到生产队里去牵牲口。因为轮到的几家谁家去得早，就可以捡最好的。大姨反复交待我：一定要牵那头走最快不偷吃嘴的白马。用驴磨面，走得慢，还爱偷吃磨盘上的粮食，尽管用碍眼把驴眼蒙上，它还会趁你不注意的时候吃上一口。很多时候，我没有能牵到那匹白马，不是因为去晚了白马被别人抢先牵走，就是因为白马那天正好安排有别的活计，饲养员不让牵。

记忆中，只有一次我牵到了白马。好像是将近年关的一天，那天，我和那匹马走在灰暗、寒冷的冬日清晨，心情无比愉悦。依稀记得，那白马呼哧呼哧打着响嚏，冒着热气，有草料的味道。

那天，平时总爱吵吵骂骂、大声和我说话的大姨，说话的声音也缓和了很多。她吆喝着那匹白马，磨了过年用的白面。大姨箩着面，似有心事。我不知道她在想什么，只知道她头发上、眉毛上落得到处都是面粉，像一个白毛女……

三十年后的清明节，我站在大姨的坟头。这个世界与她已没有任何牵连。大姨卿云好像没有在世间走过一样。昨日青青，今日苍苍，韶华白首之间，是漫长一生，还是恍然一瞬？生命是一种暴烈还是一种安宁？生命或许就是大姨的这个小小的坟头和不知去向的白马，最终的指向就是寂然和幻灭。

大姨的死，让我越来越觉得我们看到的是一些有限的外在的物资，而更多的东西是我们看不到的，比如血脉、阴阳、情韵等等，正是这些说不清道不明的神秘的东西隐隐决定着什么。

阳光站在麦子的叶片上，见证着我的到来。

短信和红茶

白居易曾经问刘十九:"绿蚁新醅酒,红泥小火炉。晚来天欲雪,能饮一杯无。"从古到今,大家共同的趣味偏好,都在用不同的方式,找寻生活中的香气和滋味,以此滋养粗糙的生活和脆弱的生命。

夜深人静的时候,沉浸在"空"里,人们最容易思考的是"人生的意义"。有人说,佛门的空是不带思考的无邪的空。这样的时刻适合聆听与静坐,你什么都不用担心。一个人、一杯茶、一曲音乐,或一盏烛光,就可以送走一个安定的时刻。

突然心血来潮,给几个要好的朋友发起这样的短信:"人生如梦,晚上的梦接近灵魂,白天的梦接近生活。"有一位回复:"双梦通达合一,近道也。"这样的回答,充满古意,也带有智慧,给人启发。是什么东西,隐藏在岁月背后、视野之外,安居在人们心上,一种绝对的观念,产生因与果。人生看似无法聚拢的散沙无所关联,而时间却在无法察觉中改变现实的局面。

朋友送两小包红茶"金骏眉",金金贵贵的。关于"金骏眉"的名字网上是这样解释的:金,代表等级,金者,贵重之物,色黄而亮也。骏,纪念首泡制作人,参与制作的人员之一梁骏德茶师名中有"骏"字。眉,形容外形,眉者,乃寿者长久之意。因新开发的产品只选用产自崇山峻岭中小种茶树的芽为原料,极其珍贵,一斤"金骏眉"价格从几千元到上万元不等。

找一高脚玻璃杯,袅袅热气中,看到茶在水中上下翻滚,飘溢出茶香。置身凉台之上,喝一口,竟有微醉的感觉。夜色渐浓,窗外朦胧。万物都在安睡,我看守着我的家。

周作人在《喝茶》中这样写道:"喝茶当于瓦屋纸窗下,清泉绿茶,用素雅的陶瓷茶具,同二三人共饮,得半日之闲,可抵十年的尘梦。"五年前,陕西一个喜欢茶的朋友到云南旅游,得到几小盒云南滇红,就不远千里寄来一盒。那种香气和滋味在朋友去邮局的路上就飘过来了。记得他的个性签名就是:半壁山房待明月,一盏清茗酬知音。

所有一切好像又变得重要起来。一杯茶,一条短信,一句话,甚至一个微笑,你就可以把对方或当做朋友,或引为知己……原来,生命是如此的丰盈和神秘!

写于 2005 年 1 月

好 雪 片 片

下雪了！

我们的身、心、世界就像寒风中的雪花一样，无根地漂泊着，永无停歇之时。注视着飞雪，我轻轻地将心力移出来反观赏雪的自我，一股宁静、和谐的美感渐渐地生起，消融着我的身心，安静的我看着窗外的飞雪和欣赏飞雪的自我。

时光回到十五年前，应该是元月 5 日的晚上，我感到就要临产，爱人用自行车带我到郧城公疗医院，6 日，剖腹迎接我的女儿来到这个世界。当天晚上，下起了那年冬天最大的一场雪。

时光回到八世纪的唐代。有禅僧送庞蕴居士离寺，也是正值漫天的飞雪。庞居士感叹地说："好雪片片，不落别处。"由此留下一段千古公案。

人生如同梦境一样。

10 年的高层楼房生活，天空一样的湛蓝或阴霾，一样可以有一个欣赏飞雪的女人。对于梦中的自我来说，天、地、雪、我，是相对独立甚或是对立的，雪自然是落在地上。梦醒以后才发觉，天、地、雪、我，原来都是自己的一部分，这时的雪是落不到别处的。

于是，我给女儿发去了短信：宝贝，每年的这个时候，我总是坐在窗前，感动于雪在飞，详和而宁静……十五年前的元月 6 日，那天是小寒，你就是在这样的雪天里，来到我们的身边……我想，你就是雪给我和你爸爸送来的精灵——冰清玉洁，完美无缺。

女儿回信问我：你什么时候变得这样多愁善感的？我说：谈恋爱的时候和想你的时候。她说：变态啊……

"好雪片片，不落别处"——美丽而且崇高。天上的雪既不想由空中掉落，也无意落在何处，一切无为都很自然，只有为落下而落，悠游遨游其间。禅在这里昭示：不落何处，一切现成，那融化冰雪的大地，是我的母亲。

今天我站在阳台上,把手放到外面,迎接一片片雪花,我处在安详的光中,在心里一遍遍对自己说:好呀,好呀,真好呀!

写于2005年1月

一盆水仙陪我家过年

第一次真正养水仙是7年前,那是离春节只有10天左右的一天,先生在路边买回了一盆水仙。

刚买回来的时候,它更像一棵多头大蒜,白色的蒜头,绿色的叶子。在水里养了几天之后,就看见了花苞。

记得那年的除夕夜,暖气烧得正好。当我们一家人围着电视看春节联欢晚会的时候,忽然满室华光灿烂,香气袭人。原来是十几蕊含苞的水仙花同时绽开,一朵朵水仙花高擎起玉盘金盏,好象也在欢祝新春如意。婆婆和女儿围着那盆水仙,很是高兴,我和先生感到全家福寿吉祥,拿出一瓶葡萄酒,怀着感激的心情,喜气洋洋地一同举杯。

以后的几年,我就咨询喜欢花草的同事杨先生关于水仙的知识。杨先生懂花,能买好,更能养好。他还送我关于水仙方面的书籍。

水仙是石蒜科的鳞茎植物。明《长物志》说:"水仙,大朝人呼雅雅蒜。"宋代,以其花朵如天仙,茎杆虚通如葱,畏之"天葱",这些别名雅号,都对水仙寄予了一往深情。

水仙的花期很短,特别在我们有暖气的屋子里,大概就只能开十几天吧。为了延长花期,我按照杨先生的指导,买回来就对水仙球茎进行雕刻,浸水洗净后,有时候泡到带有石头子的盆里,有时候埋入疏松的土里进行盆栽。白天摆放到桌上,晚上端到温度比较低的厨房的窗台上。

花开的时候,一缕幽香泌入心扉,清新、甘甜;一派丽影扑入眼帘,冰肌、玉骨。水仙,文静俊逸,恰似一泓清水之上轻歌曼舞的仙子,历来被视为百

花园中的珍品。难怪宋代诗人刘邦直赞赏不已:得水能仙天与奇,寒香寂寞动冰肌。仙风道骨今谁有,淡扫娥眉寥一枝。

水仙花儿好看,价钱又不贵,一盆上好的水仙也就十几元钱。水仙开花的时候正直春节前后,所以大家都喜欢它。去年春节的时候,杨先生说差一点没有买到,市场上卖缺了。今年,根据自己养水仙的经验,我早早逛了花市,仔细挑选三株自己认为最好的水仙。

时间过得真快,几十年的沧桑往事,在水仙花开放的刹那出现了。作为新闻工作人员,明白岁月已不断地化为一张张充填着各式各样信息的报纸了。这一份"报纸",记录着历史的方方面面,也记录着每一个充满爱恨情仇、喜怒哀乐、多姿多彩的生活。在喧嚣繁华城市,在现代文明的乡村,在我们每个人身边,水仙给了我们一种温存而祥和的诗意。

所以,在春节来临的时候,摆上一盆水仙吧,让我们在祥和的节日里感悟岁月,品味生活的滋味。

写于 2006 年 2 月

读书随处净土

初读这个句子是在 2005 年《散文》第 12 期发表的一篇文章中,一下子就记住了。后来才知道,这是明代文学家、书画家陈继儒《小窗幽记》中的一副对联:闭门即是深山,读书随处净土。

上联是说,将门关上,没有任何人来干扰,那种感觉就像住在深山一样。当然这深山并不是远离闹市的深山野岭,而在于思想上淡泊名利,心灵中澄静透明,隔离世俗的尘嚣,掌握好自己的时空,即使不关闭有形之门,也能感受如处深山的意趣。古语"大隐于市,小隐于林"也是这个意思吧?

下联则说,能读书则处处净土。所谓净土,系佛教语,佛教认为,佛、菩萨居住的清净世界,没有尘世的污染,所以叫净土。宋谢灵运《净土咏》:

"净土一何妙,来者皆菁英。"我们每个人心目中也有一片净土。这就是用一种心澄意静的心境去面对事物,无论在何种喧嚣的环境,都保持心中一片最明澈的净土,不受外物所动,这才是真正的深山。读书需要这种心境,修身养性更需要这种心境和这样一方净土。白居易《不出门》诗云:"自静其心延寿命,无求于物长精神。"

有多少时候,我渴望过一种深山老林木屋与世隔绝的隐逸生活,觉得只有那个时候,才可以心静如水,与世无争。看了这副对联才突然明白,门一闭就是深山,静下心来读书就是净土境界,安宁、祥和的生活就在当下,就在眼前……惊心动魄的事件,往往发生在一个人枯坐的时候。

写于 2006 年 4 月

一位妇女在城市的背街上哭了

城市的路上都有好看的灯,往各个家属院拐的小胡同里大部分也有灯。一对卖瓜的夫妇选了一个没有灯光的胡同。手扶拖拉机停在背光的地方。有人买瓜的时候,男人就掂着瓜走几步到胡同口看称。

女人说:头天晚上就装好了车,早上 5 点起床,想在天亮之前来到城里。没有想到城里正好有检查,所有的摊贩都不能出,所有的瓜果都要进指定的市场。我们找了半天总算按照要求到市场里了,可市场里已经有固定的摊贩,这些摊贩要求把西瓜卖给他们,给出的价钱却便宜得很。他们不让我们的车停到他们的摊位附近,说不好还骂我们几句。整个一天就是这停一会儿那停一会儿,一个瓜也没有卖出去。好不容易到了晚上,也只能停到这背街上。要不被人发现了还会罚款的。

女人说着说着就哭了。她说,明年就是瓜涨到 8 块钱一斤也不种了。买瓜的几个人劝她:正好上面来检查嘛,过了这几天就好了。女人说:瓜熟不等人呀!西瓜开花授粉后,我们两口子就一个一个做记号,这几天正好熟。

女人哭的时候,男人一直不做声,默默为人称瓜,然后问是不是需要送到楼上去。

我看他们,主要是看这个妇女,她边哭还边麻利地对着路灯微弱的光给人找零钱,根本就不看我。我想起来我认识的一个女作家,她开始是卖菜的,业余写小说,白天就到市场上卖菜。

我觉得她们长得有点像,长发,黑瘦的脸,专注地干活。她的年龄应该和我差不多吧?

我有在农村生活的经历,我的舅舅也会种西瓜。种西瓜是个技术活,要育苗,移栽,要授粉。授粉的时候要选准雌花,还要选择授粉时间,接着还要整枝,病虫害防治,当然,还要浇水施肥。种瓜需要顽强的毅力和耐心的。一个人如果没有顽强的毅力和耐心,怎么能做好这些事呢?要有多少盼望和压抑,又有多少委屈才能把这件事情坚持到底呢?

盼望和委屈,她一定比我体会得更多。等我临走回头看她的时候,女人正拿起一块毛巾擦手。

已经是夜里 10 点了,我只想让他们赶快卖完。孩子们一定在家里等着,说不定他们还幻想着父母给他们带回好吃好玩的东西呢……

写于 2006 年 7 月

无 心 之 茶

在 QQ 里的"禅茶一味"里与"一尘"聊天,当说到禅和茶味的时候,一尘说:其实真滋味在心里,不应该受外界变化的干扰。在雅静的山林喝茶和刀架在脖子上喝茶,心中的境地是没有分别的。这才是真正的禅师。

于是,他讲了一段"禅"公案:

一休禅师的弟子珠光创立了"茶道",一休禅师就问道:"珠光,你是以

何种心态在喝茶呢?"珠光答道:"为健康而喝茶。"

一休禅师叫侍者送来一碗茶。当珠光捧茶在手时,一休禅师大喝一声,并将他手上的茶碗打落在地,然而珠光依然一动也不动。过了一会儿,珠光向一休禅师道过了谢,便起座出门。

一休禅师叫道:"珠光。"珠光回头道:"弟子在。"一休禅师问道:"茶碗已打落在地,你还有茶喝吗?"珠光两手作捧碗状,说道:"弟子仍在喝茶。"一休禅师不肯罢休,追问道:"你已经准备离此他去,怎可说还在吃茶?"

珠光诚恳地说道:"弟子到那边吃茶。"一休禅师再问道:"我刚才问你喝茶的心得,你只懂得这边喝,那边喝,全无心得,这种无心茶到底怎么喝?"

珠光平静地答道:"无心之茶,柳绿花红。"

一休禅师大喜。

禅味之茶即清凉之茶、平和之茶、无心之茶。

无心之茶包罗万象,柳绿花红,别有一番世界,喝无心茶,悟真滋味。

写于 2006 年 7 月

幽径无人独自芳

在看《正觉》杂志上面有辛弃疾词中的句子,"幽径无人独自芳,着意闻时不肯香",于是查找搜索到辛弃疾的《卜算子》:

修竹翠罗寒,迟日江山暮。
幽径无人独自芳,此恨知无数。
只共梅花语,懒逐游丝去。
著意寻春不肯香,香在无寻处。

一朵花的意义到底是什么呢？它没有任何意义地开放，它不需要意义来证明自己，而是在它的存在中被证明了。翠绿的山就是清净的生命，溪流声如同佛在说话。透过溪流声，柏树与全宇宙的生命产生共鸣并合而为一。静静地开花，静静地和自然在一起，在自然中成长。

每一样东西都是美丽的，因为每一样东西都是奥秘的，你无法达到它的底。如果你想分析，你就分析，但是每一次分析都会创造更多的问题、更多的奥秘；那个答案，那个最终的答案，是不可能被找到的。幸亏它是不可能被找到的。如果它被找到了，那怎么办呢？那么它的意义就丧失了。

幽径无人独自芳，着意闻时不肯香。

一朵花是这样，自然是这样，人生也是这样。

写于 2006 年 9 月

秋雨中，沿着沙河走

秋是容易引起人深思的季节，我理想的秋雨始终是带着愁绪的。秋的萧瑟凄凉的审美特征很容易与人的愁苦之思产生共鸣，秋风惨淡、秋雨凄凉这些秋的特征不就是人愁思时的心情写照吗？《红楼梦》里的林黛玉写有这样的诗句："秋花惨淡秋草黄，耿耿秋灯秋夜长。已觉秋窗秋不尽，那堪风雨助凄凉。……寒烟小院转萧条，疏竹虚窗时滴沥。不知风雨几时休，已教泪洒窗纱湿。"

北方的秋雨连绵数日，时间久了就会融化在潮湿的空气里。不过，十月的降水就像一些冷言冷语，你几乎可以置它们于不顾。国庆节假日的一个午后，我和女儿在秋雨中沿着沙河走。气象台信誓旦旦地预报还有雨水，所以一路上我们只看到稀稀落落的行人夹着伞疾走。在路上我们遇到一只红色的虫子，它像一只离家出走的蜗牛，又像一根细细的红萝卜丝，被愁闷罩住了身体。

从河堤下来,河边有野花和茅草,它们湿漉漉临风而动。雨中的沙河愈加寂静。河水有些浑,女儿打赌说里面一定有鱼。女儿指着一处水草说:妈妈,你听这是什么声音?我侧耳聆听,什么也听不到,闭上眼睛仔细静听,还是听不到任何声音。这让我感到,我们对客观世界的感觉差别是不是太大了?就在同一时空,我和女儿感觉到的是如此的不同,可对于我们又都是非常真实的。

透过秋雨的烟雾笼罩沙河和田野,我看到对岸河边平实的人家。他们或许正隔着窗子,在绵延秋凉的季节,眺望这条被雨水淋湿的河。女儿告诉我,在外面读书,心头时时涌起想家的念头。我跟女儿说,孩子想家是自然的,趁着清净和安适,快拍两张照片吧。因为几乎没有什么人。我拍下了一段闲适的流水,一片快要飘落的秋叶。快门可以短至一瞬,但按下快门前,你需要很长的时间和你的景物融为一体,直到从内心爱上它。

雨停了,我们一块石头上坐着吹风,一条又脏又迷恋生人的狗走过来卧在女儿脚边,我猜想它有一肚子的苦闷想和不熟悉的人说。女儿说,咱家的小狗淘淘已经丢3年了。3年前的十月,小狗淘淘跑出去之后再也没有回来。3年来,关于淘淘,我们假定了很多结果,但每次我都安慰女儿:淘淘可爱,到谁家都会讨人喜欢。淘淘刚丢失的前几个月,半夜风吹门动的声音也会把我们全家惊起,以为是我们的淘淘回来敲门了。以至一年之后,在电视中看到很多人在打一只流浪狗的时候,女儿泪流满面……

回家时路过一大片桐树林,即使现在阴雨的日子,仍透着清沁干爽的气味。

回到家里,女儿还在纳闷:水草中那么大的声音为什么你竟然听不到呢?淘淘现在到底在哪里呢?

是呀,我也纳闷:女儿听得到的声音我为什么听不到呢?淘淘现在到底在哪里呢?

写于 2006 年 9 月

老子和农人

随"信合杯"河南省知名作家豫东古文化采风团走进鹿邑,走进道教祖庭,我像做错什么事似的,不敢放快脚步,不敢昂头挺胸。乐韵悠扬的古筝声中,老子的语录随处可见:

"玄之又玄,众妙之门"。
"知其白,守其黑;知其荣,守其辱"。
"我有三宝,持而保之,一曰慈,二曰俭,三曰不敢为天下先"。
"挫其锐,解其纷,和其光,同其尘"。
"祸兮福之所倚,福兮祸之所伏"。
"无名,天地之始;有名,万物之母"。
……

看老子的语录,有看到千手观音的感觉。老子的思想博大精深,以我的经验,只读《道德经》是理解不了《道德经》的,还要读四书五经,要对中国文化发展的脉络有一个整体的把握。更重要的是:还要读一辈子"无字书",也就是对人生、社会和自然有透彻理解。然而,走进鹿邑,我看到朝拜老子最多的是农人,是村民。他们满脸风霜,目光沉静。

那么,在农人心中,老子到底是什么呢?

老子应该是农人的支撑。我的意思是,老子是农人的灵魂,是农人心里的希望和温暖。随时随地你都能感觉到他的存在——田间地头,沟渠柴垛,饭桌床边。

与一位老太太及她的女儿并肩坐在老子升仙台前。老太太说自己八十多岁了,家住界首,是来鹿邑闺女家走亲戚的。三十年前来过一次。我问她们来这里都做什么,她们说:"保佑全家平平安安,啥事都顺心,保佑老人孩

子身体健康。"老太太还说:"保佑我的孙子能生个大胖儿子。"我问她们:"灵不灵呀?"她们同时回答:"灵,灵,灵!灵得很。"娘俩哈哈笑了,像两个孩子。

五月的阳光照在老太太的笑脸上,那满脸的皱纹和满头的白发沧桑而祥和。我想,有了老子,"柔弱"的农人有了别样的平静和温暖。这让我想起了一条被太阳晒过的棉被。秋冬时节,棉被在一根铁丝上晒过之后,把头蒙进去,憋住气,然后再深深地猛吸一口,那粗布被子,沿着母亲棉线缝制的针脚,嗡的一下,一股棉花和太阳的新鲜味就充满全身。这是世俗的温暖,是包着阳光的纯棉的温暖。老子的思想,就像粗布被子里太阳的温暖一样,包裹着温暖着农人。

我想,农人可能最明白"上善若水"、"厚德载物"的道理,你看,大地袒露出和顺厚实的气势,容载万物,炎炎烈日下,农人大汗淋漓,辛勤耕耘,任劳任怨,听天由命,顺势而为。老子说:"坚强者死之徒,柔弱者生之徒"。农人最知道"柔弱"代表着什么,柔弱是农人生的法则,天黑天亮,年复一年,生生不息。

农人最知道按自然规律办事的重要。和自然相依相生,春种秋收、施肥浇水,种瓜得瓜,种豆得豆⋯⋯,风霜雨雪、花鸟鱼虫好像都蕴藏在心中。农人也最懂"道"理。在农村,不是经常听到这样的话吗?"路到尽头拐个弯"、"使人劝吃饱饭"、"拿得起,放得下"、"财去人安乐"、"枪打出头鸟"⋯⋯

墙角支蛛网,房梁住春燕,炊烟袅袅,草木成灰,早睡早起,犁铧翻泥⋯⋯,风吹草动,自然而然。庄稼绿了黄了,人们来了去了,年轻过年老过。农人一到老年,就在门口或墙边晒暖,但老人们谁也想不起阳光更想不起老子。

一个人一辈子能晒几次暖?这谁都不知道。有的老人在晒暖的时候,脖子一歪,就死了,像庄稼收割了一茬。老人死后的村庄就像夏天割掉麦子剩下的麦茬,也许最后连麦茬也没有了。不争不抢,顺应天地自然,水一样来去,草木一样枯荣。

写于 2009 年 6 月

北京的雪和漯河的羊屎蛋

我说的北京的雪是半年前的事,有关媒体的报道:2009 年 2 月 17 日晚上 8 点北京下了一场雪,8 点半,一个小区的物业就开始已经组织人员扫雪了。那天晚上,小区居民围绕"小区的景观雪"该不该扫问题在论坛上争论起来。

业主张女士支持保留部分雪景:"洁白的雪既净化环境又净化人的心灵,上次看到大雪还是在去年,这次能有这么好的雪太难得了。"张女士还说:只要清扫一下交通干道就可以了,小区的儿童游乐场等场所可以保留积雪,让大家能有一个感受雪的机会。数十条跟帖挂了上来,大家纷纷发表看法:"保留那点雪吧。希望业委会表决一下,不要把雪都扫了。"

媒体同时报道:2 月 18 日,环卫集团北清分公司天安门作业队表示,尊重游客意愿,天安门广场的积雪不再清理掉,而是开辟成了一条"米字形通道",以方便游客拍雪景留影。

半年前北京的雪大家可能没有了任何记忆,我说的漯河的羊屎蛋却是最近的事。

前天傍晚,我在河边散步,看见两名女士戴着塑料手套在沙河边弯腰捡拾着什么,走近一看才知道她们是在捡拾羊屎蛋。看我纳闷,一女士告诉我:家里养了很多花,缺肥的时候,一个花盆里埋上几个羊屎蛋,省事又环保。不远处,一只白色的母羊长着咖啡色的花脸,在慢悠悠地吃着青草,三只小羊羔也同样长着咖啡色的花脸,围绕在母羊周围。

北京的雪和漯河的羊屎蛋,看似不相干的两件事,其实反映出人们相同的愿望:亲近自然,热爱自然。

所谓自然,我个人理解就是自然而然。老子《道德经》第二十五章:人法地,地法天,天法道,道法自然。

你看路边的野花野草,无人施肥、浇水、除虫,却总是生机勃勃,艳丽无

比,而大田作物,尽管被人"精心"照顾,却往往在几年之内就退化了。人对植物控制、干扰越来越多,越来越复杂。其实,大道至简,我们如果能够安静下来,驱除心中的欲望和杂念,真正聆听自然本身的声音就可以了。植物自己很聪明,自然本身有其亘古不变的规律。一片树叶,它活着的时候,为整个大树吸收阳光、制造养料,也为整个世界制造新鲜空气。虽然小,虽然有限,但它是尽力的。在它即将枯黄,要离开树枝的时候,它把叶脉里、叶肉里所有有价值的东西,包括叶绿素、养料等等,全部回输给树身。一边回输,一边慢慢结出一层薄薄的膜,就是我们所说的"痂"。等到一切养料都回输完毕,"痂"也结好,它便飘然而落。之所以要结那个"痂",是因为怕陡然脱落,会在树上留下伤痕,有损树身。任何事物,都像这树叶一样,自有天性,自然而然。

最近看曲黎敏的《黄帝内经养生智慧》,曲黎敏讲养生第一句话就是顺其自然。她说:顺其自然也叫"因天之序"。天的顺序就是从春到夏,从夏到秋,从秋到冬,从冬再到春,周而复始。这个顺序是永远不会变的。……就是要因循身体这个"天"本身的运动顺序,就是东南西北,就是春夏秋冬,就是生发、生长、收敛、收藏。违背了这个顺序,就要生病;顺应了这个顺序,就能健康长寿。

没有想到,从北京的雪和漯河的羊屎蛋里,拉出了这么多文字,是不是有些矫情?打住。

写于 2009 年 8 月

月圆月缺非真相

月圆月缺,云卷云舒。对宇宙人生的真相,我们有自己的理解。

把苦难变成一种美好。我们来到世上,是为了享乐而享乐,为了梦想而梦想,为了团聚而团聚吗?

人类对于宇宙算什么呢？霍金告诉我们，宇宙的变化以千万亿年计，这对生命有限的人类而言，大体可以说任何事情都没有发生。可是，天地之间，总有那恒居不变的存在。人的生命其实没有石头长久，石头可以进入太空，人穿上宇航服才能在太空中呆上短短的一会儿。地球或许就是宇宙中的一个工场，一块田地，一方鱼塘。人看蚂蚁的时候，人就是蚂蚁的神；A 神看人类的时候，就像人看蚂蚁；B 神看 A 神的时候，就像 A 神看人类……那个最大的主宰到底是谁？有人说，是太极，是神，是上帝。

世界以它存在的这个样子存在，还是完美的，正如一只蝴蝶以它存在的样子存在一样。一只蝴蝶从幼虫到茧，再到蝶的设计可以如此完美，那么，我们的人生这样庄严伟大的东西难道不可以是这样的吗？

世界上没有巧合，偶然的相遇就是必然的相逢。生命的直觉是非理性的，可它就是这样敏锐和神奇！生命的冲动正如天空中的鸟群，轻盈欢快的鸣叫，一如我们边走边唱。

月圆月缺非真相，云卷云舒总幻形。

让我们端坐在尘世的道旁，拈花微笑。

写于 2011 年 8 月

尘　埃

何处惹尘埃

谈及美国 911 事件之后的影响，中国艺术家徐冰感觉美国人在面对 911 的时候有一种无奈和失语的状态。

美国 911 发生的瞬间，徐冰闻声跑出了公寓，他亲眼看见两座大楼相继倒塌。爆炸后，曼哈顿的地上都被灰尘覆盖，像雪一样。一连几天，隔河都闻得到漫天尘埃和烟土的味道。第三天，徐冰到世贸废墟附近收集尘埃。当时也没有什么目的，仅仅为了收集一些有意思的材料。2004 年 4 月，徐

冰以911废墟的尘埃为材料所做的作品《何处惹尘埃》宁静而肃穆,灰尘给人的刺痛感和脆弱感形成作品张力的两端。在作品中,徐冰在铺满911尘埃的地面上写下了慧能大师的名句"本来无一物,何处惹尘埃"的句子,用中国的禅意来表达对911的纪念。在英国获得当今世界视觉艺术最大的奖项之一——首届ArtesMundi国际当代艺术奖。徐冰说:艺术也表现了这种失语,因为艺术本身在这样一种事件面前显得无力。

禅宗里这个故事是这样说的:有一天,禅宗第五代祖师弘忍禅师宣布要传授衣钵,选付继承祖位的人,叫大家呈述心得。这时,一位首席的上座师神秀,在走廊的墙壁上,写了一首偈语:"身是菩提树,心如明镜台。时时勤拂拭,莫使惹尘埃。"一个槽厂舂米的苦工看了神秀偈语以后,也写了一首偈语:"菩提本无树,明镜亦非台。本来无一物,何处惹尘埃!"后来这个苦工就继承了衣钵,成为禅宗第六代祖师慧能。

一尘举而大地收

我们经常感到生命的脆弱和不堪一击,发出"生命就像一粒尘埃"的感叹。乐观的人说:就算生命像尘埃,也让世界充满爱。最经典的当然就是张爱玲送胡兰成照片背后的题字:"当她见到他,她变得很低很低,低到尘埃里,但心是欢喜的,从尘埃里开出花来"。张爱玲也因此被大家称为从尘埃里开出花来的女人。

"一尘才起,大地全收。"

"一尘中藏大地,大地中藏一尘。"

《碧岩录》中有这样的句子:"一尘举而大地收;一花开而世界起。"一粒小小的尘埃里,整个大地的风貌都窥见了;一朵花的开放中,所有世界的美丽都吐露了。

"一粒米中藏世界;半边锅内煮乾坤。"这是清代爱新觉罗玄烨的题联。一粒米中藏得下整个世界,半边锅里煮得了整个天地。凝视着一粒米,就可感受到宇宙中所潜藏的伟大力量,将半升米在锅中煮熟,好像充满所有山川的生命。

做一个平凡而默默无闻的人,像一粒尘一粒米,像一棵树一朵花。

一粒尘一粒米都能令人合掌致谢,何况我们的人生呢?

尘埃落定

"金猴奋起千钧棒,玉宇澄清万里埃。"毛泽东在诗词中把尘埃比作了迷障。生命中的迷障很多,我们如果被物质、感官的享乐所麻痹,被名利的尘埃迷住了双眼,就很难体会到人生真味。人真正的幸福不取决于外在的环境,而是来自内心的平和。人真的那么需要被爱、被接纳、肯定,非要有一番成就才能满足吗?为什么不能知足常乐,自得其乐?为什么我们不能做我们最想做的?太在乎别人眼光,反而失去独立思考、判断的能力。用金钱、感情或权谋支配你身边的人、事、物,勉强按照自己的意思行事,那是违背自然的。如果我们能够顺其自然,那么,我们的生活就会变得轻松一些,质朴一些,单纯一些。

"尘归尘,土归土,让往生者安宁,让在世者重获解脱。"(出自《圣经·创世纪》)在中文版圣经中是这样翻译的:你必汗流满面才得糊口,直到你归了土,因为你是从土而出的,你本是尘土,仍要归于尘土。其实,不但是生命,世界上每一样东西都终将归于尘土,然后消失。汉语词典里有"尘埃落定"的成语:尘埃虽然在空中飘浮,最终要落到地面。比喻事情经过许多变化,终于有了结果;或经过一阵混乱后将结果确定下来。

欲望起尘埃,时间归落定。一切都是微不足道的、短暂的,那是原野上的百合花,那是一个仲夏的梦……

人生并没有什么特殊的使命,当你响应生命外在和内在的召唤时,才会领悟到生命的完整——尘埃落定之时,鲜花盛开,树木生长,世界如此宁静优美!

写于 2011 年 9 月

第三辑 同题散文

(与月出明海合作,署名,葵花海,2000年7月——11月先后在《漯河日报》发表)

从　来(一)

一

那是一个夏末初秋的一天,她不经意间闯进北方大平原上一片耀眼的葵花林。立时,整个身心为之惊颤不已。在这草木葱郁、果实累累的季节,金黄的葵花张开它那动人的笑脸,迎接太阳的到来,成为寂寥大平原上一道永恒的风景。

她站下了,久久地为之意醉神迷,一种从来没有过的体验迅速布满全身。

不敢弄出一丝的声响,不敢再往前多走一步,双目里盛满感动和敬意。她知道,这金黄的颜色,经历了一个令人难以置信的漫长而艰辛的生命过程。多少繁盛,多少热闹,多少荣耀,还有多少风雨,多少摧折,多少等待。葵花都默默地承受了,寂寞着自我,持守着自我,永远地向着太阳,并在季节交替的时候,拼出全力,释放出夺目的光芒,成为大平原上最美的一道风景。

这是寂寞的美丽,这是美丽的寂寞。

二

从来不去寻找雨后的彩虹和天外的楼阁,从来不去寻找丢失的风筝和海底的沉船。她的寻找是生命本能的反应,是灵魂的碰撞和跋涉。

跋涉着高山,也跋涉着沟壑。在跋涉中体验着生与死、光明与黑暗、痛苦与快乐;在跋涉中做出坚守与舍弃的选择。就像这片葵花林那始终如一的操守,那昂首苍天的气节,那不屈于生存环境的意志;它忠于太阳,恪守自心。这是一种怎样的生命,怎样的强者呀。

这是一种见到太阳就蓬勃成长的生命,以全部活力渴饮空气和水分的生命,尽情地更新自身发展自身的生命。

三

从来,从来是什么?从来就是从过去到现在。从过去到现在,没有春天可靠的信息,没有和幸福订下可靠的契约,对于这些她不敢作更多的奢望,因为,生命中存在着太多的隐秘和玄机。

她想,葵花也有准备,准备迎接阴雨绵绵的雨季,准备苦度雨后漫长的干渴岁月。

她想,花朵的寂寞终至粲然开放,树木的寂寞换来累累硕果,人心的寂寞将使你我体验生命最鲜艳耀目的时刻。

迎着葵花那耀眼的笑脸,她好像听到了太阳沙沙的脚步,听见了自己的声音弥漫在大平原上:像葵花一样,健康、明朗、清新、自然;像葵花一样,耐得住寂寞,经得起风雨。没有悲悼,没有哀怨,没有遗憾,往事依稀。她感觉到一种从来没有的东西在心中弥漫,尽管它很遥远,她却倾心向往,满怀感激地去迎接,去追求。

从　　来(二)

风,呼啸着从原野上撕裂而过,青云依旧背负着苍天。

从来是什么?从来从何而来?从来是否永远会来?

他坐在石板凳前,这样想着。

书上没有相关的答案,书上没有答案的事情在这个世界上太多了,寻找这样的答案正是他最喜欢做的事。多年来,他一直在寻找一种生活方式,一种可以把生命和生活融合起来的生活方式。

　　他的身后是被风吹倒的刚加固好的茅屋,但他的脸上却没有被吹倒的痕迹。

　　肆虐的风中,衣衫自由的翻飞着,落叶随风飘起。在这个平凡的早晨,阳光掠过他的脸庞,照在一只搬运什么东西的蚂蚁身上。他的眼神也和阳光一样的关注着这只蚂蚁,那样的出神和忘我,只是那关注里,多了一份对生命的感动。

　　在人类的眼里,蚂蚁的工作是那样的渺小,同样在自然的眼里,人类的活动不也是那么微不足道吗? 然而,有几个人这样认为呢? 其实,人们从出生就在开始接受,接受所谓人类有多么伟大的教育,用一些实体和成就来刺激人心深处的狂傲,在自诩的光环里,就像蚂蚁一样积攒着愚蠢的能量。

　　他离家已经很久了。其实他没有家,只是在市中心有一套房子。房子很大,但是大房子放不下他的心,而且他还嫌那里太吵。于是,在经过一段时间的飘荡以后,在一片暮色刚起的黄昏,在一个靠山临水的野地里搭了个茅屋,看朝阳升起,听夜风吹过。但也真是不凑巧,一阵没由来的狂风刮倒了他的茅屋,崭新的苇杆以最自由的方式凌乱的散落开来。风不断的吹过,摇动着身后的树,树枝晃荡,打散了地上的阳光,可他的心思反而更显宁静了:

　　既如此,那就走吧。

　　当蚂蚁的身影消失在他的视线里,他也就找到了另一种思考方式:走,游走在万丈红尘里,让眼睛和心在一起,无拘无束的阅读整个生命;让思考和万物在一起,从容浏览这个世界。

　　当把这个决定轻轻地在心底放落,就有一种无边无际的、从来没过的喜悦在他心底升起。他知道一种新的生命开始了,在刚刚倒塌的茅屋前,血管舒张,微笑融化。于是,他从坐着的石板凳上站了起来,阳光穿过树叶间的空隙,映照在他的背上,温暖就这样无声地流遍他的全身。

　　忽然有一种异样的感受在他的灵台跳跃:原来从来就是这样来的,在不经意间,在对落叶纷飞的感悟里,在凝神回眸的瞬间。原来,从来就是开始、是新生,是天地间力量的开始;原来,从来就在自己的生命里,它亘古就在,从来一直存在着。它就这样默默地等待着,像你忠实的情人,在你需要的角落里静静地守候着,等待着你的拥抱;只要你愿意,从来就可以陪你去开始新的一切。

　　他想:每个人都有从来,但并不是每个人都拥有从来,只有当生命的轨

迹走进某一个环节,只有当历史的脚步踏入某一个空间,从来没有的一切才会像惊天的浪潮席卷而来:

它呼啸着、奔腾着、弥漫着、震动着、摧毁着、新生着……

河边少年(一)

河叫卿河,水叫汾水。

她就住在卿河边。

她时常怀想起这样一个场景:她从家里出来,走出院门,向西十几步,到卿河边,坐在一棵沙枣树的下面。她好像坐在那里看什么,河水,荷花,蜻蜓,对岸……迷迷茫茫的,好像看到了很多,又好像什么也没有看到。有很遥远的感觉。在多少次的回想中,她从没有走到河的对岸,而总是坐在离家最近的沙枣树下。

她自己都不知道为什么牢牢地记住了这个场景,每当想起它,都会有种依依不舍、说不出滋味的感觉。这样的回味对她来说已经是一种享受。从河的这岸到河的对岸,这段距离,在她心中一直没有走完。多少年之后她才明白:这一段路,是她所走过的最长的路。因为,河的这边就是她的家,河的对面就是一条车水马龙的大路;到那条大路上,就成了一个路人了。

两岁的时候,爸爸给她卖了一块好看的花手帕。不小心她把手帕弄脏了,就到河里洗。没有设防的她还没来得及把手帕洗干净,就一头扎进了河水里。此时,河边空无一人。

一位邻村的大叔去给马看病路过河边。大叔跳进河里将她抱起并高声喊:"谁家的孩子掉河里了?谁家的孩子……"听到喊声,姥姥一步一趔趄颤巍巍地跑了出来。

经过两个小时的抢救,她得救了。

生命中的这个片断按说她不应该记得。因为那时她毕竟还小。但是,由于关乎着她的生死,加上父母经常提及,使得这一情节在她脑子里形成完

整而圆满的印象,好像历历在目。姥姥在她三岁的时候就去世了,救她的大叔后来也没有再见过面;然而每想到此,她的眼前就会出现一个一步一趔趄的小脚老太太和一个牵着马匆匆行走的大叔。

因此,在她开始有记忆的时候,卿河给她的就是关乎生死的思考。

她坐在河边,坐在有一口水井的河边,看河水清清,鱼虾点点。

一只红蜻蜓飞进她的视野,一群红蜻蜓随之而来。卿河的夏天因为红蜻蜓的出现,变得美丽而动人。红蜻蜓落在荷花上,落成一首流传千古的小诗。特别是黄昏,红蜻蜓飞过来了,飘逸着几分潇洒,如梦如幻。河的对面,还有一片柳树林,有许多小伙伴在那里玩耍。他们也看到了红蜻蜓,就偷偷潜在红蜻蜓的背后,轻轻用小手一捏就捏住了,捏住一阵快乐的喝彩。

"把眼睛给它弄瞎,看它怎样飞。"恶作剧孩子的建议激起了伙伴们的兴趣。带着天真,带着好奇,红蜻蜓的眼睛被嫩嫩的小手挤压着、揉搓着,然后,他们松开手,红蜻蜓飞了。

朝上,朝上,红蜻蜓直冲云霄。

红蜻蜓直冲云霄!

她临水而立。红蜻蜓往上飞着。当悲哀的风开始屠杀红蜻蜓的时候,一股悲哀在少年的心里滋生着。她痴痴地懵懵懂懂地想哭、想走。此时,南来的风吹过水面,泛起涟漪,柳树摇曳;遥远的想象的边缘,一团希望的火在向她招手。

她想起了许多传说和童话,想起了丑小鸭和白天鹅,想起了王子和人鱼公主、灰姑娘……她渴望被人发现,渴望有人带她走,渴望扮演角色。

没有人发现她。她仍然坐在河边,坐在沙枣树下。

少年的她没有哭,也没有走。她不知道,不知道自己的路到底在哪里。她被浸溺在岁月斑驳的光里,浸溺在没有眼睛的红蜻蜓直冲云霄的姿势里,浸溺在小伙伴们快乐的喝彩里,也浸溺在故乡默默的温情里。她过早地有了无奈和悲伤,很多很多日子,都在河的对面凋谢了,梦中的怀想如叶子一般一片片随河水飘流……

河边少年(二)

水从不知处的远方流过来,浩浩荡荡,尽显着生命的宽阔和从容。据说这条河里的水在流到这里以前,是非常汹涌的,但是到了这块平原上却显是得那样安祥。它平静而坚决地滋润着这块土地,然后又是同样平静而坚决地继续往前。因为它知道,不管多么富饶美丽的地方,对它而言只是一个经过。它的目的地在远方,在遥远的大地的尽头。

午后的阳光撒在身上让人感到温暖,背负行囊的他站在小草坡前,放眼望去,原野在他的脚底下自由的舒展着,满目的自由让他的心情也像原野一样,无边的舒展着。忽尔,他觉得有些累了,便放下行囊,坐了下来,任风起草落,鸟鸣声远。

这里是个渡口,一艘木质的人力渡船靠在岸边。此时,因为没人要过河,老艄公就坐在船头,悠闲地钓着鱼。在他眼里,似乎天底下所有的艄公都是老的。确实,他也真没有看见过年轻的艄公。或许这载运希望的渡船,也真的是需要一个阅尽沧桑的双手来送行吧。

轻风吹过,渡船微微摆动,偶尔在草丛间窜出一只什么鸟,忽喇喇的又飞到不知什么地方,空气里弥漫着野草的清香。

他来到渡口,来到了渡船前,老艄公便收起了鱼杆,准备行船。回眸生命开始的故乡,刹那间,柔情和歉意溢满了他的脸庞。这时,一个声音在他的心底呼喊:祖父从此渡河,带回的是疲惫和艰辛,父亲从此渡河,带回的仍是疲惫和艰辛,而今,我又渡河,也将带回疲惫和艰辛,但我发誓,除此之外,我还要带回荣耀和自豪。

波涛让路,渡船开始往对岸行驶。

他挺立在船头,任风从发间吹过,远望的双目,神态是那样的坚决。风华正茂的少年满怀着年少的憧憬,开始去渡他的人生之河。艄公一下一下的撑着槁,船晃动着却是坚定地驶向着对岸。对岸没有故乡,等待他的是一

段故事的开始。无论故事的结果是什么,它都已经开始。

多少年来,岁月就像这船。它晃动着,送过了多少个青春蓬勃的少年。它肯定装载过热切的梦幻,也曾装载过亮眼的荣耀,更装载过无边的失意和惆怅。他不知道有多少颗这样豪情万丈的雄心从这里出发,去追赶自己的人生理想。

船,已到了河的中间。

河风吹来,翻飞着他的衣衫,就象展翅欲翔的雏鹰。雏鹰贴地而起,向着那广袤的天空,青天白云里有着它无尽的向往。河水拍打着船舷,也拍打着他心事,他知道人生的豪宴已经在他的面前摆开,用尽全部的智慧和力量去赢得这场豪宴,已成为他唯一的选择。

顺着河流放眼望去,远处的村庄星星错落,其实生活中的大多数都是这样平静,偶尔的激情,便是一段遥远的传说。

如果这个大平原是一幅精妙的画卷,那么这条河便是这幅画卷里最动人的音符。它委婉地默默地养育着河里的生命,滋润着大地,承载着理想。然而,沧海桑田的岁月里,和其它河流一样,这条河也会慢慢的枯竭。河水枯竭的那一天,河里的动物会消失,不会再有渡船和艄公,也不会再有满怀理想的少年从这里渡过。

那时,只有大地了吧?是的,只有永远不变的大地,只有无声的大地才会包容万物。当河床裸露,河底的泥沙中长出蒲公英,当遍地的野花肆意地在那里盛开,当一只不知名的小鸟忽尔在草丛间窜出,没有人会想起那曾是一条水源丰盈的河,因为那条河本来就是大地的一部分,成为河只是它生命中的一个经过。当盛宴散尽,繁华褪去,长满野草和灌木的小坡地便是它生命最初的开始。而在遥远的地方,或许正有一场突如其来的洪水,在奔腾着、撕裂着,在催生着一条新的河流。

漫天的云彩在天空中流淌着。恍惚间,他分不清这是朝霞还是晚霞。他只知道:人生的路已经开始,在他脚下向遥远的地方延伸。

河水泛着涟漪,随风圈起一阵阵波浪。忽见一只水鸟,从斜刺里窜出,"噗"的一声扎入水里,不一会又浮了出来。他扭头看了看,渡船已从水鸟的身边滑过。

夜色驱逐黄昏。

炊　　烟(一)

　　她知道,炊烟会记住许多事。
　　其它东西也记事,却太教条。比如路,教条地录制你的脚印;比如树,教条地刻画你的年轮。人本身会遗忘许多人和事,当人真的忘了那些人那些事,又不愿教条地寻找答案,去问谁呢？她说:问炊烟。
　　是的,炊烟记得那年秋天顺风走远的那个河边少年,记得那块耀眼的红纱巾。她摆脱岁月、故乡和温情的浸溺,走出了家门,走出了村庄。当她回望来路的时候,村庄朦朦胧胧成一片黛色,看到的只有村庄上空那袅袅的炊烟。炊烟聚成两只手,伸向天空,晃了晃,又渐渐散开了……
　　炊烟的记忆,温馨而又有动感。
　　现在是一个早晨,她站在空旷大平原上的一个小土坡上,放眼望去,一片碧绿:玉米、大豆、芝麻、棉花……太阳还没有升起来,庄稼隐没在早光的背后,她和它一起披着露水做成的衣裳。
　　声音被空旷的大野分解了,她什么也听不见,甚至连鸡鸣犬吠。
　　远处出现一条灰色的绸带,在村庄的上空挥舞着。她知道,这条绸带就是这天最早的炊烟。当这条绸带升到树梢上的时候,许许多多类似的绸带顿时满了她的视野。炊烟橇开了天空的牙齿,发出了为什么那样辽阔美丽、又隐含忧愁的叩问。
　　村头,首先看到了一只白色的羊,不,一群羊,还有放羊人,还有放羊人怀里揣着的一根树枝。七月里,放羊人光着膀子,和土地一样的骨肉。晨雾和炊烟中,让他和他的羊群几乎像仙人那样飘过来了。
　　再出现的是一个女人,脸色苍白,手里掂一硕大无比的篮子,用一块蓝布盖着,不知里面都放些什么。她从她的右侧经过,身上散发出一股饭菜的腻味,脚步沉重而有力。
　　女人走远的时候,她记起了一生中更加细微的生活情景,那冬日有雪的

黄昏,或夏日放学的小路,那不经意间看到的炊烟,飘出千丝万缕人间的气息,曾经为她留下多少满足和安慰呀。今天的炊烟在提醒她:还忘了什么?匆忙中疏忽了曾经落在头顶的一滴雨、掠过耳畔的一缕风?有了炊烟的提醒,天地间还有哪些事情想不清楚呢?

太阳升起,人们爬上山去看日出;太阳落下,人们跑到海边看晚霞。在七月,她用了一个小时看炊烟。人们习惯了太阳从地平线上升起,却忽视了万物美妙的升起和变化。

一会儿工夫,炊烟已经没有了行踪。炊烟是一场朝天刮的风,甚至比风消失得还要快。但炊烟有真正的住处,有根,而风没有。炊烟被风挪移了位置,有些多少年后被另一场相反的风刮过来,面目全非,像是做了一场梦。但炊烟已经忘记所遭受的苦难,幸福地在空中飘着。在历史中,容易忘却苦难,是一种浅薄的幸福。但是,对于炊烟,没有痛苦的记忆,才是真正的幸福。

她呆在土坡上,呆在想象里,心情倾斜而良好。

尽管炊烟被风刮走了,但炊烟知道它的下面是什么:树、鸟、鸡、米袋、锅碗、农具一样都不会少,连傍晚洒在石榴树上的阳光,都一点没有流逝。

炊烟真的能记住许多事。

那天早上,她所看到的,都是在无光的土坡上。人总是被一日三餐和日出日落所打断,使想象和观看不能连贯。

一直到吃早饭的时候,那一天的太阳才露出来。

炊　　烟(二)

黄昏的风是最宜人的,在落尽了繁忙以后,迎面吹来的是无尽的悠闲,就像那炊烟的升起,显得自由而舒展。

他站在村口。所谓的村口,其实就是唯一横贯这个村庄的一条路的路口。那是一条铺满了鹅卵石的路。有无数的村庄,都是这样的存在着,跟随着历史,追随着岁月,无声而又坚定地洒落在无边的大地。

一阵微风拂过,拭落了西天最后的云霞。树枝横影,惊起晚归的鸟,"扑啦啦"的飞入丛林。天空开始泛青。

此时,安详突然间在大地上漫起,尽管还有人们在村庄中匆匆行走,还有鸡犬鸣叫声不时从院落里传出。但是那袅袅升起的炊烟,在微笑地诉说着紧张生活的另一面:日落了,该歇了。

看着满目的炊烟在天空中飘荡,一种不可名状的情绪,就像炊烟一样弥漫着他的全身。如果白昼的辛劳是为了生存,那么这晚空升腾着的该是对生活的向往。用一天的辛苦,换一夜的温情。生活就在这炊烟的飘荡中,继续着漫长的历史。或许生活也只有在这炊烟的飘荡中,才显得真挚而踏实。

炊烟带来的香味,让心陶醉。院落里男人大嗓门的话语声,讲述着白天的种种趣闻,间或有女人开心的笑声。院落间一天没有谋面的人们在相互地问候,交换着今天的感悟和收获,交换着明天的计划和憧憬,时不时地窜出一阵小孩嬉闹的声响。

"这就是生活"一个声音在对他说。

千百年来有多少的梦想和期待,多少惊心动魄的故事和经历,都已经像那炊烟轻轻散去。只有这村落,还升腾着炊烟。滚滚而来的历史和不堪负重的岁月在这里歇下了沉重的脚步,或许这就是他们疲倦时歇息的庭院。

回望,透过时空的炊烟,多少生命投入历史的洪流。那壮怀激烈的人生理想,风云激荡的英雄疆域,无不书写着令人澎湃热血的壮丽画卷。而在惊涛骇浪的转弯处,岁月在这里绽开了一道微笑:小桥流水,牧童笛声,那悠扬的田园农庄,折射着岁月和历史从容平和的另一道炊烟。他分不清哪一个是岁月的真实,哪一个是历史本来。或许就像那日出而作,日落而息的男人,太阳是他奔波劳累的疆场,炊烟是他感受生活的愉悦。

已经有灯火开始在村庄里零星地亮起,男人们也进入了各自的家门,去品味那顿不算丰盛却无比温馨的晚餐。不一会儿,家家户户的门窗里都透出了光亮,灯光映照着小村庄,也映照着茫茫夜空。

仰望青色的天空,最早闪烁的总是金星,不管什么样的天气,不管是否有人注视,它总是义无反顾的出现在最早的夜空,或许它知道这样的出现就是它的使命。就像永远的北极星,亘古千年的照耀是它最深刻的价值。神游在无尽的夜空,思绪随着那星光远走。那一刹那,他忘记了天地的存在,似乎消失在了宇宙的炊烟里。

恍惚间,他感到有什么东西在摩撞着双脚,低头一看,发现是一只晚归的山羊。于是他转过身去。

夜色里,一个阅尽沧桑的老人,正向他微笑。

天上人间(一)

她沿着杂乱的街道漫无目的走着,走着。不知道她到底想走到哪里。

她抛开一切,来到一个从来没有想到过的地方。是什么惊了她的心,动了她的魄?

是生活,是嘈杂的生活?是生活只顾关照那些幸运儿而把她冷淡了?

此时,是一个黄昏,五颜六色的霓虹灯把所有的人映得恍如幻影:行人川流不息,小贩扯着嗓子在吆喝。透过一个商场的玻璃,她看到各种各样摆放在架子上的商品,以及商品中穿行的人影。那漂浮在商品间的心情各有怎样的形态?那一对窃窃私语的男女有着怎样的幸福打算?她坐在台阶上呆呆地看着。这里每天都有人坐着发呆。她没有来的时候,每天都这样人来人往,她来了,就遇见这样的面影和气氛。昨天的她还在千里之外的另一个小城,在那条小河边,和一位朋友说着陈年旧事。此时此刻千里之外的小河边,千里之外的好朋友,还一如昨天吗?

一位带红袖章的老人告诉她:这台阶是不能久坐的。她点了点了头,站了起来,继续往前走。

她往右边的路口一转,进入了一条狭长的胡同。所有声音和人影突然消失,只有微弱的光从高楼的缝隙里流泻而下。夜空中,繁星点点,有飞机的灯光在闪烁。她不知道这架飞机从哪里来,到哪里去,载了怎样的容颜和故事。是谁在远方为谁送行,谁又在这里等待谁呢?在她未知的时间和空间,在她视线之外,世界每天都在忙碌、在运行。在飞机飞来之前,天和地就这样存在和运行;在飞机飞去之后,天和地仍然这样存在和运行;即使天和地消失了,在天和地消失之前,宇宙就一直这样存在和运行,在天和地消失

之后,宇宙仍然会一直这样存在和运行下去……

在时间的河流里,人类将不断地迎接新的流水。然而,在你之外,在天上,在人间,万物仍在喧嚣着、寂寞着,永远不会因为你而停留片刻。花开花谢,潮起潮落;女娲补天,精卫填海……都与你无关。你生活过了,像亮了一下就熄灭的闪电,闪电在天空中划过,而天空是永恒的。

她走出胡同,前面有一片草地和几棵树木。草已经被人践踏得不成样子,一棵树刚刚被谁折断。树的伤口暴露在她的眼前。虽然是在晚上,她还是看得那样分明。地上叶片散乱。一只小甲虫不知道自己栖身的家园已经坍塌,不知道黑夜已经降临,依然在绿色的叶片上,做着没有目的、不知疲倦的旅行。沿着叶脉,它欢快地从叶子正面爬到背面去了,成为对自然的一种隐喻。

一个生命,一个必然而又偶然的生命,能够这样生活在人间,已经是够幸运的了;生命虽然渺小,但也是可以无限延伸的。她想,生命与生命的传递,是不停息的。从一个生命到另一个生命,直到永远。作物、动物以自己的生命为代价,供养人类微薄的躯体。人类的生生不息,来自宇宙间所有滋养生命的万物。宇宙关照着生命,关照着万物。一个生命,根本没有理由来干扰其他生命的庄严存在。

突然,想起一个故事:一匹枣红马被自由的天空诱惑,它渴望天马行空、独来独往的生命过程。它跃起前蹄,恢恢叫着——似乎找到了向上的阶梯。它要朝天空奔跑。天空,对于它,何尝不是一片没有疆域的大野?然而,它失败了。它的前蹄重重地落回地面。它訇地一下子倒在了地上,四肢痉挛,头在风中震颤。它在地上翻滚。它的身体依然在激动地颤抖着,身上冒着一层亮晶晶的细汗。它站起来了,仰头向天,抖了抖鬃毛,把自己身上沾染的泥土、草叶甩了个干净,然后,大踏步向车辕走去。它驯服地低下头,啃着地皮上的青草,好像什么都没有发生。

她又回到她生活的小城,站在家门口,微笑着拿出钥匙,打开家门。

一切如旧,仿佛什么都没有发生……

天上人间（二）

"很久以前，这里曾经有过一场战争，打了很久。"老人低沉缓慢的声音犹如凝固了的岁月，岁月里有那已经远去了的金戈铁马。

这是个偏隅安静的小院，不算大，但方正而且干净。一棵老槐树矗立在院子的右角，树荫几乎遮住了半个院子。院子由一圈低矮而整齐的冬青树围着，算作是墙。

站在庭院里，他挺直的身体充满了力量。

夜的气息，是那样的清新而真切。这种感受不同于在都市里，也不同于在山林里。都市里的夜，灯光流影下，涌动着的是各种各样的欲望，让你分不清什么才是你真正想做的。山林里的夜，赤裸而神秘，让你想不起你可以做什么。而这里不同，夜风吹过，野草、树木混合着庄稼的气息，还有一两声羊叫，一切显得生动而流畅，恰好而本然。仿佛这样的夜亘古就存在，却又时时不同。或许这是因为生命在活动的缘故。人类来自于自然，但又明显地超越着自然。就像这满目的灯火，它源自大自然，但在经过了人类智慧的创造以后，便又可以照亮着点缀着大自然。世界因为人类的文明而变化多端。

一个念头闪起：他要在这个小院里躺一会儿。他把躺椅搬到院子里时，老人的声音隔着灯窗传了出来：很多人都喜欢我的小院。不过风露夜凉，不要躺太久。沧桑的声音里充满了关爱，像划过夜空的流星让他感受到遥远而温暖。

在溢满了冬青树气息的小院里看夜空，是他从未向往过的事，人生有很多不曾苛求的场景，往往会在你不经意的时候悄悄来临。就像这满天的星辰，他并没有苛求过让它们闪烁得如此美丽，但星星不理会他的"苛求"与否而依然诗意地栖居在天上，依着它们自己的轨迹生存着或者泯灭着。

闭上眼睛，星光落在他的脸上。漫天的星光下，他的脸部的轮廓显得出奇的清晰。此时的他，似乎和这永恒的星光融合在了一起，思绪随着漫天的繁星在无尽的宇宙里四处飘荡。

其实,没有什么星辰可以永久的存在,就像没有哪个人可以永久的生存。在宇宙相对时间的刻度里,一颗星星存在的时间不一定比一个人在地球上存在的时间长久;或许那颗映入眼帘的耀眼星辰,其实是一颗已经死亡的星球,只是在穿越了千万年后人类才看到它死亡时所发出的光。从相对的空间上来说,如果说星星是宇宙的星星,那么人类何尝不是地球的"星星"?当人类以向往的心情仰望着星空时候,地上的蝼蚁何曾不是用敬畏的眼神在仰望着人类?我们每个人又何曾又不是用自己的努力和智慧,在岁月和历史的坐标上,在生活和命运的天空里,去刻画着自己的"星光"呢?

流动不息的是光阴的汹涌,绽放不止的是生命的从容。

他躺在夜的深处,眺望看不见的故乡,仿佛听到了几只蟋蟀的鸣叫,看到了几颗星星正向他走来。他的心中充满了对宇宙的敬意,对生活的感恩,对人类的爱——就像水充溢海洋,气浩盈天空。

夜雾成露。露水凝结在大槐树的叶枝上,一颗落下,滴在羊的身上。

熟睡的羔羊毫无反应。他在躺椅上翻了个身。

梦里,青草遍地……

山　岗　上(一)

这是一个荒野的角落,一个人迹不至因而没有奴役和统治印记的山岗,一个她相信在她之前从来没有人到过的山岗。

她来了,举着虔诚的心,翻捡山上的石头,翻看岁月的印痕,心灵深处涌起难以言说的寂寞。

山的故事,是由石头叠起的永恒的故事。石头是不会死的。她想。

山林按四季更替颜色,人一日之内经历喜怒哀乐,谁见过那一块石头乐不可支或悲痛欲绝。那高耸的石崖,漫漫无期地静止着,祖祖辈辈都见到它高耸着、静止着。日月轮回、人去鸟绝之际,惟有石头毫毛无损。古代很多

炼丹师走进深山,想到石头里寻找"不死"。他们翻动石块,燃起烟火,吮吸石头的精华。据说,中国四大发明之一的火药,竟然是那些到石头里寻找"不死"的人误磨出来的。

山,高高地浮在人间之上,神秘莫测。山涧明月,林海涛声,朝朝代代,变化无常而又不动声色。对于人类而言,山是宇宙间最好的避难所。僧人苍凉、悠扬的吟唱,道士清净、柔弱的身影,侠客若隐若现而又出手不凡的刀剑血影;还有那赤壁的东坡,梁山泊的好汉……每一个深陷在苦难中无法自拔的人都不约而同地来到深山老林,在那里寻找他们最后的安慰。

她拿起一块石头磨着,没有磨出火药,却磨出了几片关于文人与山的随想。

古时候,文人墨客大都坐在山外,在山水穷尽的地方结庐而居,远远地看着山势。"采菊东篱下,悠悠见南山"。东篱的芳菊,南山的孤松,袅袅的炊烟,翩迁的归鸟,构成了陶渊明恬淡洒脱的心灵图画,滋润着中华民族的心灵。

在文人墨客的想象里,一座孤山,必有一个披蓑衣的垂钓翁。那老翁一定会走出孤山,回到他的岸头吟诗作画,而画上又有了孤山和垂钓翁……"千山鸟飞绝,万径人踪灭。孤舟蓑笠翁,独钓寒江雪。"柳宗元的《江雪》刻画出文人孤独的极致,成为一幅千古不变的山水写意。而俞伯牙和钟子期则以另一种方式寄情于高山流水。春秋之夜,千古心情,十个手指在七根琴弦上轻拢慢捻,恣意泛滥,一曲终了,余音未散。一个人的心事被另一个人看穿,千古知音,握手相向,感慨万千。于是,他们陶醉于二人世界,脆弱如蛛丝的神经,被当作弦琴拨动了。一人走了,另一人绝弦破琴,终生不复弹奏……有人说,或许俞伯牙根本就不善琴事,他只像钓鱼的姜太公那样,把琴摆在那儿,胡乱地拨弄一气;或许钟子期根本就不谙音律,他也是随口胡乱说了一通,两人于是就又悲又喜,且哭且笑,像两个疯子。如果是那样的话,弹琴的俞伯牙弹的就不是琴,知音的钟子期知的就不是音。他们所弹所知的,一定是琴以外的事情。

世事变迁,峰回路转,她静静地坐在山岗上,坐在石头上。

此时,淡淡的夕阳染红了天空、山岗、树木、河流,也染红了她的脸及她手里的石头。她想,山岗和石头离自己好像越来越远了,文人墨客好像与自己也没有太大的关系。其实,从古到今,每个人都向往过一种安宁、自在、和谐而快乐的生活。一杯清澈的水,一阵清凉的风,一个轻松自在的脚步。人们在追求一种精神,一种无形、无限赋予生命主体的燃不尽的光源。人们在这种追求和憧憬中度过一生,最终未必追求得到。但如果没有这种渴望和梦想以及它们的破碎,人生就淡而无味了。正是这种精神,引领你去寻找蓝天、寻找优美的山岗,引领你去看树木、云朵、河流,看孩童,看蜻蜓。在寻找中给你一个面对,一个体悟,让你收获到生命在遥远的天际中,攀援的无限。

　　风刮走了天边最后一片晚霞,她站起身。她知道她还会经常坐在山岗上、依在石头上,回想生命旅程中一些温暖美好的东西,诉说某种童稚般的渴念。

山　岗　上(二)

　　山风裹着草木的清新,劈面吹来。他没有想到山岗上的风会如此凌厉。风呼啸着从耳边掠过,衣衫激滚着猎猎作响。山岗的背风处有一块小平地,平地上有一个石凳;石凳很光滑,想必常有行人在此歇息。

　　站在山岗上,放眼望去,崇山峻岭,连绵不绝。一条蜿蜒的山路湮没在无边的野草丛中,茂密的森林遮断了他的遐想。回头,在肥沃的原野上,到处布满了希望的痕迹,远处,有一个看起来充满宁静与安详的小村庄。

　　站在田野和崇山峻岭之间,山风吹去的是残留在他身上的夜的气息。

　　人的生命肯定活不过这田野、这山岗、这森林的,可是在人短暂的一生中,却必须不止一次地跨过这样的田野,登临这样的山岗,穿越这样的森林。于是,也就有了一次次的艰难跋涉。他想,其实,艰难的不止是跋涉,比跋涉更艰难的是抉择:在过去和未来之间,在梦想和现实之间,在安逸和流浪之间。

　　早晨的太阳和着山风扑落在身上,让他感觉到有一种懒洋洋的感觉。这种感觉不是肌体的劳累,而是内心的一种渴望。迎着凌厉的山风,望着满目的葱郁,石凳的诱惑是如此巨大。或许,这个山岗以后,再也没有这样的石凳。当身躯坐落在石凳上的那一刹那,他清晰的感到有些东西就这样

永远的坐落在这个石凳上了。

天上,流云正不知疲倦的翻卷着,不知要卷向何处。一只雄鹰在无尽的蓝天上展翅飞翔,气流从它的翼下滑过,它可以随心所欲地俯视着万物生机。而树木、草丛间的小鸟也不时地快乐地往来飞跃。就在这低矮的空间,它们也有自己的快乐。

生命的出现没有客观的理由,但生命的存在却有其深刻的内容。

他出神的望着山下的田野,感到无限亲切。他向往这种田园牧歌式的生活,那轻柔的炊烟,静谧的庭院,还有那热气腾腾规律有序的劳动。可来自生命深处的激情却在催动着他去跨越这片田野,去感受新的空间。

沉思中的他忽然觉得有眼睛在注视着他,扭头一看,发现是一只松鼠。刹那间,松鼠的眼神让他感受到一缕温暖。这是生命之间的感动。这一刻他觉得好开心,笑意不自觉地在他的嘴边浮起。可他的笑却让松鼠"嗖"的一下跳到了另一棵树上,几个起落就从他的视野里消失了。或许生命就是这样,不经意间流露的却是最深的感动,对松鼠而言是曾有人对它微笑,对他而言则是曾有一只松鼠的眼神让他感到温暖。

窜动不已的小鸟不知道去了哪里,山风也收住了尖利的叫声,四周忽然静了下来。此时,只有天上的雄鹰依旧在翱翔。他知道他该走了,山岗下的一切只能是一种回味,山岗上的歇息也只能是新的起点。可以带走的是留不下的,而留下的是不该带走的。他知道,在崇山峻岭的另一头,有一片新的田野正等待着他的到来。

他拿起行李站了起来,一只小蚂蚱钉在他的衣边,漫天的白云在天空中流淌着。恍惚间,他分不清是云在往后流还是山在往前走。

小蚂蚱忽的从他身上跳下,等他发觉,已钻入草丛中了。

跋　　涉(一)

刚一踩上舟山那片沙地,她第一个动作是脱去鞋袜让双脚直接触到温

热的沙粒。沙子在那一刻给她的感觉温暖而柔软。她想要在沙滩上静卧一会儿。此时,蓝天白云,一览无余。天似乎与河水相接,阳光在无人的沙滩上快意地扬洒。

对于一个女人,她应该钟情于安逸的生活和景色别致精美的地方。女人柔弱的情怀与艰难的跋涉之间存在着不可调和的矛盾和反差。然而,不管她情愿与否,命运都安排她一次又一次的奔波和跋涉,生命也因此而一次次陷入怅惘甚至令人绝望的苍凉之境。

海水微凉,轻拂着她的腿。卢梭说:"人间的一切都处在不断的流动之中。没有一样东西保持恒常的确定的形式,而我们的感受既跟外界事物相关,必然也随之流动变化。"是呀,人心所向,虔诚而为,既然命运安排你面对跋涉,你就要义无反顾地走下去,安逸的生活、世俗的拖累会阻挡你精神的步伐,肩上的重负却让你依然走在万水千山之间。在艰辛的跋涉中,感受生命彼岸的美好,在饥寒交迫中体验未来的温饱。多少次眼见一个个跋涉者有去无返,多少次祈求安宁却流言四起;从风沙弥漫的茫茫大漠到夕阳晚照的山野村庄,命运驱赶一大批人走入自然,走入山川河流,多少勇士即便是心血熬尽,肢体残缺都心甘情愿。一个人的经历是有限的,人生的丰富和曲折是无限的;形形色色的人生经历汇总为恢弘博大的人类世界。

多少次远眺、走近、谛听,她觉得开始与山川河流一道呼吸,彼此交谈触摸。"我将穿越,但我永远不会抵达"。没有抵达的跋涉体现一种充满神秘感的过程,激流与暗礁,云山与雾海,亦步亦趋的拘谨,山重水复的迷茫。还有人生中的困惑和灾祸,轻衣薄衫在冰雪中跋涉时的颤抖和艰辛,形只影单在黑夜中寻找道路时的孤独和恐惧。时而狂风大作,时而大雨倾盆;时而身体疲惫,时而心灵枯竭。然而,在艰难的跋涉中,你可能会突然进入一块澄澈的天地,感悟左右逢源、神游八极的快乐,拥抱近在咫尺的辉煌。

一个人,能够同时用身体和心灵去跋涉其实也算是幸福的了,可以潇洒地抖一抖身躯,感悟孤独的优美和价值;在跋涉中咀嚼生命的轻与重,在明山秀水中让眼睛释放出熠熠的光辉。对史蒂芬·霍金来说,真正的跋涉是一种奢望。他惊天动地的学说彻底地改变了人类的宇宙观,而他的成就却是在被疾病禁锢在轮椅上 20 年之久的情况下做出的。这种轮椅上的跋涉,使人们不得不对人类中居然有以这般坚强意志追求终极真理的灵魂从内心产生深深的敬意。

跋涉使生命高树起自己的云梯,眺望遥远的地方,眺望醉心的美丽。因为它要求向上！生命企图升起，升起而超越自己，能在深夜和午间同时看到最好的阳光。

跋　涉（二）

没有一条山路是相同的，但没有一条山路上没有荆棘。无名的荆棘不像岩石那样的嶙峋，也不像树林一样风来不动，甚至不像野草般的尽显着自由。荆棘，那带着刺的荆棘，那埋伏在树根草底下的荆棘，伸向跋涉者的是它阴冷卑鄙的偷袭。

是怀着美好的向往，才去跋涉，是怀着亲人的叮嘱，才去跋涉。没有人愿意放弃温暖而去感受艰辛，没有人愿意告别亲人，而去作无目的远行。所有的跋涉，只是因为有理想在心底呼喊，只是因为有热望在生命中燃烧。愿意去跋涉千山万水，愿意去承受千辛万苦。

山路从他的脚下往后退去，退去的路上洒落着血迹，那是荆棘的杰作。来前他也考虑过了跋涉的艰辛，也考虑过了各种险情的发生，但是偏偏遗漏了荆棘。或者说，他忽视了荆棘的困扰。这种低矮的满身是刺的蔓延生长的毫无用处的植物，就那样悄然无声的生长着，在你不注意的时候，缠上你的双脚和手臂，刺破你的皮肤，让你不得不停下来，不得不小心翼翼地低头弯腰，去解开缠绕在脚踝上的、去拉开钉绕在衣裤上的藤刺。

枝蔓相环的荆棘让他烦不可耐，山路还很漫长。然而，这可厌的荆棘却逼着他放慢脚步，慢慢的、一步一步的行走。此时，他已无心浏览山林的美景。这杂乱、微俗却阴险的荆棘让他没有了任何情绪。他恨不得一把火烧尽这些荆棘。

这条山路并不是没有人走过，相反，它是这个地方跨越这座山林的唯一的一条通道。山路上铺着的略呈光滑的石块，就显示着常有人来往在这条山路上。野草、树木安然的分立在两边，惟有这荆棘，不时地横出在山路上。从这里走过的人们肯定都是跨越着躲避着，为了自身短暂的目标，不去清除

这可恶的荆棘。也正是人们对它的容忍和避让,才使得它越发的张狂、贪婪。然而又有多少跋涉者倒在了艰苦的路途,甚至消失在荆棘之中。更为可悲的是,倒下后的身躯竟然化为新的荆棘,阻扰着后来人。

跋涉者的心愿是宏大的,为了生命更加的精彩,他们愿意付出艰辛和努力,只要能走到他向往的地方。葱郁美丽的山林就像快乐健康的人生一样让人憧憬,而奔赴憧憬的路上,除了劳累还得面对纠缠不清的荆棘。生命充满了意想不到的艰难,为了理想还得承受很不情愿的妥协。

跨越山路上的荆棘需要勇气,跨越生命中的荆棘不仅需要勇气,更需要智慧。对跋涉者而言,身体被荆棘缠绕并不可怕,可怕的是心灵被荆棘所侵扰、束缚。

山峰在望。

多少年来支撑人类的,不正是那怀于心中不灭的期望吗?或许有那么一天,人类会把整座大山变成一个花园,那时还是这样的小路,但路边盛开的只有美丽的鲜花。

繁　　华(一)

这是一个繁华的城市。从一开始她就知道,这个城市繁华得没有下脚的地方。她总是踮着脚跟跟在人群中挤来挤去。

不过,有的时候,只需推开书桌,拿一件披衣,拉开房门就可以走进都市繁华的新梦里。都市没有旧梦。旧梦已湮灭在沙漠、废墟久远的记忆里。

她站在夜晚的都市的边缘,放眼望去,繁华的都市流光溢彩、霓虹闪烁、歌舞升平;红男绿女聚集在歌厅、舞厅、美容店、桑那房;小偷、乞丐、情侣、同性恋者;人、车,来来往往,川流不息。繁华的世界处在一种欲望狂欢的节日之中。

许多时候,她也有溶入繁华都市的欲望,同时又为欲望容易实现而恐惧。不是怕难以承受繁华的生活,而是怕在繁华的生活里再也找不到自己。

不能否认,每一个繁华的都市里都有一条横流的欲望之河,河里有形形色色的人,他们犹如一群群涌动的蠕虫,徒然挣扎,却在追求热情、美和生命时迷失了。当他们准备好以为可以放纵所谓的"男性"、"女性"时,没有找到自己所向往的那种茁壮而爽朗、高傲而灵魂欢娱,身体洁净的美妙感觉,得到的却是醉生梦死、腐朽糜烂的气息,在所谓的繁华生活中销蚀自己的生命和才华。

繁华的伤心处可能就在于把蒙昧和荒唐的假象错看成繁华的真本。

她简直有些不明白繁华都市的真本到底在哪里,是那鳞次栉比的高楼,还是红灯绿酒的不夜城,抑或是那倒塌的废墟,或是那茫茫的沙漠。她游荡在都市里,满眼的迷离和不解。在繁华的生活里,谁在打扫那一地鸡毛和瓜子壳?在不断追逐着的人生里,是否拥有蓦然回首的一刻?那被别人和自己随手丢弃的究竟是些什么?

徐志摩说:"悄悄的我走了,正如我悄悄的来,我挥一挥衣袖,不带走一片云彩。"

抬头望去,一只大鸟在空中盘旋,一遍又一遍抚摸都市的天空,一遍又一遍擦洗繁华荡起的尘埃……

繁　　华(二)

登上山顶才知道,这是一座绵延不绝的大山。山上植满了杉树,林立的山峰,就像威武的勇士守候着大山下一望无际的大平原。在群山的臂弯处,拥抱着一个很大的城市。远远望去,楼舍高立,人流不息;一条溪流环城而过,带着繁华流向远方。

或许很多年前,城市也像一个小村庄,平静安详地生活着。是对美好生活的向往,是对繁华的渴望,勤劳的人们经过不懈的努力,生活才像溪流,欢快地、富裕地、轻松自在地流淌着。大山不动,而城镇却在不断的往外延伸着、扩张着,就象巍巍群山的一个微笑,是那样的舒心、快活。

遥想着遥远的过去,这里原本也是一个寂静的村落。是依山环水的美景吸引了不断迁来的人们,而山水滋养哺育了勤劳的人们,勤劳的人们就用双手和智慧建起了这个城镇。就连那曾肆意弯曲的溪流也被整理得优雅整齐,按照人的意愿穿行在繁华之中。远远望去热闹的人流蒸腾着生活,看不出有什么可以遗憾的了,可在他的感受里却总觉得有什么缺憾,然而急切间又悟不出什么。

当满目的繁华就这样不可阻挡地映入他的眼帘的时候,不由自主地,那个庭院的夜色却忽然那样清晰地从他的心底浮现。他知道繁华里没有那样的夜色。当人们决心去拥有繁华的时候,宁谧的夜色正悄然滑落。难道人类就不能同时拥有繁华的生活和宁谧的夜色吗?

鸟鸣声近来远去、此起彼落,荡漾着绿色的温馨,山林随风起伏,赏心悦目。而随人心起伏的是什么呢?是繁华吗?是什么缘故让人心升起繁华?繁华可以永远吗?

阳光毫无顾忌地洒落在山上,满山的杉树在眼光下越发显得生机蓬勃,排列整齐有序的杉树可以看得出是人类的杰作。很多人愿意看到杉树笔直的树杆,那是因为它的商业价值。也正是因为如此,使得满山的葱郁显得有些浅薄。伐木工的声音隐约传来,砍倒的是财富,而支起的大概就是繁华了吧?

欲望就像是挂在人们眼前的一颗甜果,为了得到它,人们不断地编织着各种各样的理由。于是就有了繁华,也就有了战争。欲望就是这样,牵引着人们行走在绵延不绝的历史里。

人们总是愿意看到美丽的一切,总愿意去接受舒心的享受,总愿意把享受定位在感官之上。哪怕是岁月的沧桑都无法洗去世间的浮华。有多少人愿意去追求心灵的祥和,愿意去种植千年不谢的银杏树?

山风袭来,卷翻着被荆棘拉破的衣衫,衣衫翻转触动了被荆刺划破的伤口,疼痛让他倒抽了一口冷气。他想知道,那个庭院的老人和他的小羊是否已经找到了那片青草地。尽管他没有进入到繁华的城市,但也知道许多繁华的故事。他想,繁华就像身上的衣服,被风一吹,就露出了伤痕。风不会让人疼,只有伤口裸露在风中的时候,才会痛。

第四辑 游记

泰山游记

5月5日。星期五。晴。

一整天,我都在忙着准备旅游用的东西。上午跑沙南买了双旅游鞋、一顶旅游帽;下午又到武警支队借了个军用水壶,在家煮了十几个茶鸡蛋,到外面买一些榨菜、烙饼什么的。旅游应带的东西,我基本上带齐了。

丈夫看我忙得颠颠的,就笑我:"看你慌的,孩子似的。"

是呀,我怎能不慌呢?平原上长大的我,从小就爱疯疯野野地跑。对我来说,最大的愿望莫过于登山观海了,可直到结婚的那一年,才和丈夫一道爬了一次华山。记得我们站在华山的山顶上,看着华山险峻、秀丽的自然风光,曾许下诺言:以后十年,每年抽出时间,爬一座山。一晃8年过去,我们为家庭、为事业、为学习、为孩子,也为手中的钱所困扰,哪里也没去过。每当想起当年的诺言,我们都有一种无可奈何的苦涩。

感谢单位领导,为我们提供了这次集体旅游的机会。

晚10点15分,两辆中巴车载着我们30几个人出发了。我们的目的地是东岳泰山。

车到商丘,是5月6日的凌晨4点左右。司机按平常的跑车经验和手中的交通营运里程图所示的路线却走不通了。左不行,右也不行,下车想问问路,可怜路上行人稀少,好不容易碰到一人,又说不清楚。车上的我们急得哇哇乱叫。等我们终于找到要走的路时,已是黎明时分。我们在商丘市整整转悠了一个多小时。其实,我们要走的路和我们徘徊的地方相距不是太远,只是因为修路,我们要绕个大圈罢了。

走在宽敞平坦的柏油路上,我想,生活中像这样的情况,简直太多太多

了。多少次,我们曾为一时一事而苦恼、困惑,任凭怎样努力,也找不到解决问题的症结,然而,偶一抬足,一回首,却恍然大悟,明明了了。

5月6日。星期六。晴。

汽车一进入曲阜,沿途以孔府家命名的商品招牌比比皆是:孔府家酒、孔府家香油、孔府家扒鸡……孔子幼年生活清闲,少时曾做过管理粮库的"委吏"和管畜牧的"乘田",一生未得重用。他15岁时即有志于学,但学无常师;中年之后,聚徒讲学,周游列国,讲授自己的主张,为后人留下了宝贵的精神财富。两千多年来,历代统治者各取所需,或把他推向高峰至巅,或把他贬斥得一无是处。但自西汉武帝独尊儒术之后,孔子学说成为两千余年中国传统思想文化的正统,名声大振。而今日的"孔府家集团",我想正是借助一代圣人的名望,推销他们的商品的,沉睡的孔子做梦也没想到,他的功德竟恩泽了一代又一代孔府家人。

上午10点15分,我们来到了孔庙。孔庙坐落在曲阜市旧城中心,是祭祀孔子的庙宇。进入孔庙,游人如织,古木参天,林荫蔽日,鸟雀翻飞。导游小姐告诉我们,孔庙建于孔子死后次年,以孔子故宅三间作庙,经过两千多年的修建,发展到现在的占地300多亩、南北长1000多米、恢宏壮丽的古代建筑群。全庙前后分9进院落,整个建筑包括五殿、一阁、一坛、两室、两堂、17座碑亭。

穿过棂星门、圣时门、弘道门等,我们来到雕梁画栋、金碧辉煌的大成殿前。只见朱红色的大门,深红色的墙,黄色琉璃瓦的屋顶,还有屋檐下青绿色的斗拱和彩画,在蓝天白云的衬托下,极为鲜亮的壮丽。大成殿四周廊下环立着雕龙石柱,石柱雕刻玲珑剔透,波涌云绕,盘龙飞腾,栩栩如生。难怪传说清朝乾隆皇帝来曲阜祭祀孔子时,石柱均用红绫包住,不敢让皇帝看到,恐怕因超过皇宫而怪罪。

大成殿内置一雕龙贴金的神龛,供奉着孔子的坐立塑像。殿内外悬有匾额和对联,大都是历代皇帝题书。

肃立大成殿前,我不禁想,千百年来,人们凭吊孔子,推崇孔子,正是由于在他身上体现着中华民族心态的某种内涵。孔子推崇"仁、义、礼",其实是在推崇良好的政治秩序、社会秩序和心灵秩序。他的"仁"、"爱",他的"克己复礼",他的"君君、臣臣、父父、子子",他的"学而不厌,诲人不倦"等等学说,左右着我们一代又一代人。人们推崇的不仅仅是"孔丘"这个名字,而是他的思想呀。

5月7日。星期日。晴。

爬上泰山南天门是昨天下午的事。我们的领队孙、杨二君已坐索道提前而到,为我们安排了住宿。

气喘吁吁地登上南天门,已是夕阳西下,暮色欲来的时候。泰山以它晚霞夕照的壮丽景观,迎接我们这群远道而来的游客。山风徐徐吹来,大汗淋漓的我们赶快穿上早已准备好的毛衣。坐在南天门天街上的大石头上,观看西天暮霭中的夕阳,不禁有诗涌入脑际:"谁持彩笔染长空,几处深黄几处红。"不过,对于我们来说,看到泰山夕阳西下的景观纯属意外收获,看日出,才是我们的最大愿望。

来之前,有位经常旅游的朋友告诉我:"泰山日出漂亮,但不容易看到,天气稍有变化,就看不成了。"这几天天气好得出奇,看来我们有这个缘分了。

凌晨4点,住室外就传来喊声:"起床了,起床了。"我一轱辘爬起来,穿上衣服,脸顾不得洗,头来不及梳,披上昨天晚上租来的大衣,来到离我们所住旅馆不远的日观峰。

静立日观峰上,人们屏心静气,目不转睛地眺望遥远的东方,静候着太阳的出山。

在家里,看日出已是我多年的爱好,每当我被生活弄得无可奈何时,每当我不堪忍受工作中的束手无策时,每当我寂寞、孤独、凄迷、痛苦时,我就会早早起床,站在静静的小河边或小路旁,等待那轮入骨入髓的太阳。去年初,我曾以《日出时刻》为题,写了篇散文,抒发我对日出时刻的特殊感情。而站在山上看日出,对我来说还是第一次。看泰山日出是我多年来的夙愿,可想我当时的心情了。

只见晨星渐没,天色由鱼肚白变黄、变红,越来越亮,越来越红,进而金黄。此时,远近的山峰在浩瀚无垠的云海中像一座座凝固的岛屿和礁石。眨眼功夫,一个火球从云海中跳出来了,像赤盘,似宫灯,冉冉上升。

太阳,把五彩缤纷的霞帔云锦洒向宇宙,洒向人间,使群山尽紫,游客的脸庞也因它的照耀而灿若桃花了。

这时候,杨君按下了照像机快门,为我们留下了欲神欲仙的影像。泪水,终于冲出眼眶模糊了我的视线,而那束金黄金黄的光却在我心中闪来闪去……

写于1994年5月

烟 雨 西 湖

人都有陶醉的时候,只刹那间,什么事都忘了,什么事都不存在了,剩下的,唯有幸福、快乐和心旷神怡。

那是1997年6月10日的上午。杭州连续几天下着雨。虽是初夏天气。衣衫单薄的我们依然感到阵阵凉意。那天上午,我们每人撑一柄"天堂"牌雨伞,瞻完岳飞庙,就来到在心中描摹过许多遍的西湖边。其实,在6月9日去灵隐寺的路上已经经过西湖。当时,出租车司机告诉我们这就是西湖时,我的心怦怦乱跳,我把脸扭向一边,我不想提前看,只想留着第二天细细地浏览。

租一人工小木船,我们就在雨中漫游西湖了。雨中的西湖,烟波浩淼,亭台楼榭和匆匆晃动的游人似隐似现。游人大都拿着雨伞,那雨伞各色各样,煞是好看。只见湖水清澈,荷花连碧。这和我们前天从苏州到杭州坐船看到的运河,那种又脏又臭,上面浮着泡沫和污物的河水相比是完全不同的。向来不愿唱歌的我,总有亮开嗓子喊几声的冲动,但又不知道唱什么,就那么拉长腔学着电影《阿诗玛》对山歌开头的调子"哎——哎——"引得同游的伙伴笑得前仰后合。

据船工介绍,西湖周长15公里,面积达5.66平方公里。可玩可看的景点很多,什么曲院风荷、三潭印月、花港观鱼、雷锋夕照、南屏晚钟等。为了节省时间,我们决定只看湖中的三个小岛:小瀛州、湖心亭和阮公墩。

西湖的美无法用语言形容,有诗为证:"西湖天下景,游者无愚贤。深浅随可得,心知口难传。"口难传,我们就用眼看,看清碧的湖水,看亭亭的荷花,看游动的红鱼;看奇石、怪树、妙楼。

看着西湖美景,我想,难怪人们常说:一方水土养一方人。正是这样的水土,才在西湖断桥边演绎了一幕世代传颂的爱情剧——《白蛇传》;也正是这样的水土,不知吸引了多少文人雅士,在西湖边吟诗作赋。然而,正是历代文官武将墨客骚人纷至沓来,才使西湖的自然风光与山水文化紧密融合,创造出这个令人心醉神驰的旅游绝境而被世人广为传扬。据史料记载,唐宋以前,西湖的形象和地位还相当一般,后经白居易(曾任杭州知州)等旷世伟人的浚湖疏井,植树栽荷,结交方外,品题山水而扬名。有两首诗写得好。一首为袁枚所作:"江山也要伟人扶,神化丹青即画图。赖有岳于双少保,人间始觉重西湖。"另一首为郁达夫所作:"楼外楼头雨如酥,淡妆西子比西湖;江山也要伟人捧,堤柳而今尚姓苏。"两首诗说明了一个意思:西湖之所以成为名扬天下的西湖,离不开文(如苏东坡)武(如岳飞)的"扶"和"捧"。

其实,撇开西湖这个"伟人扶"和"文人捧",对于商界、对于政界,乃至万事万物,也都无不包孕着神奇而深奥的哲理。"堤柳而今尚姓苏"说的就是西湖十大景点之一——苏堤。

岂止是苏堤,就连杭州的菜单,也冠以"东坡"二字者居多:东坡肉、东坡鱼、东坡笋……这些菜据饭店的老板介绍,吃者多多,并说来西湖玩,不吃东坡肉、东坡鱼,走后会遗憾的。其实东坡肉并不比我们这里的红烧肉好吃,但东坡肉将被游客们吃下去,说不定还要再吃几千年。有诗云:"西子幸有东坡润色,后庸每借先哲驰名。"饭店老板卖"东坡肉"我们吃"东坡"名,庸人而已。

不过,西湖的确是个迷人的地方。无论你是行色匆匆还是驻足漫游,你都会被这天下美景所陶醉。苏东坡写诗为:"欲把西湖比西子,浓妆淡抹总相宜。"难怪他对他的老师欧阳修说:"与余同是识翁人,惟有西湖江底月。"——和我同样谙熟你的人是谁呢?惟有这西湖波底的明月了。

对于我们,真实的生活是如此的平庸,未来的岁月也许并无多少奇异之处。那么,只愿我们能够多一些时间去摆脱繁杂的事务,去看一看自然风光,去静心思考一些问题,让精彩的细节、动人的片断和无比灿烂的梦想留在我们的记忆中,能让我在一个沉闷无聊的下午,坐在秋日的阳光下,让记忆的花朵悄然绽放——烟雨西湖中,我如痴如醉!

1997年7月

寂静的群山

人们说,不到贵阳不知道山多。贵阳的山一个连着一个,连绵不绝。贵阳的山象淳朴的山里汉子,忠厚、诚实,就那么矮矮的矗立着、沉默着。我们去的时候,正直雨季,山上的树在雨中吮吸着、颤栗着,雨打树叶的响声是寂静的群山中有限的语言。

看了黄果树大瀑布,走了天星桥,逛了龙宫,游了天河潭……每到一处,都会给你不同的感受和震撼。

当我站在织金洞"寂静的群山"面前的时候,我知道,我已经完全被贵州俘获了。

织金洞,中国乃至亚洲的骄傲,号称"溶洞王",曾被多家传媒炒为"行星上的一大奇观"、"地下岩溶博物馆"、"地球之宝"。织金洞原名打鸡洞。地处织金县城东北 23 公里官寨乡东街口。1980 年发现此洞。它与红枫湖、龙宫、黄果树大瀑布三个国家级风景区共同形成贵州西部旅游环线。整个洞区由 12 个大厅、47 个厅堂组成。洞长达 12.1 公里(目前开发 6.6 公里),最宽跨度 175 米。导游小姐介绍说:如果在最高处建一高 30 层的大厦,人站在大厦顶端只怕还摸不着洞中天庭。

踏足织金洞,眼前是晶莹如玉、千姿百态的石笋、石柱、石塔、石幔、石瀑,高不可攀,多不胜数。沿着石柱低部往上看,头部向后作 45 度倾斜,看到石柱的尽头,迫人的气势动地而来,像是上了天堂,又像是下了地狱。地下是瀑布、溪流、暗河、湖泊。呼吸着清寒的空气,听着空洞回音,摸着自己渐趋冰凉的手,此刻真难相信自己身在人间。人类,不管有多么聪明,也造不出织金洞的万分之一。人们缺乏对于石头的情感,缺乏意志和耐心,更畏惧它的坚硬和冰冷。看着眼前数十万年、数百万年滴水穿石的成果,惟有叫人惊叹大自然造物的神奇。

资料介绍,两亿年前的三叠纪时期,织金洞园区处于浅海环境,沉积了

大量石灰岩,由于地质构造运动,导致地壳不断往上抬升,海水退去,岩石上抬。2300万年喜马拉雅山构造运动,地壳剧烈上升,水流对地表、地下岩石侵蚀、溶蚀,终于形成了以织金洞为代表的喀斯特岩溶地貌,集峡谷、地下河、天生桥、天坑于一体,是神奇秀美的地质遗迹奇观。距今35万年至10万年,大量水量进入洞中,沉积了以数量繁多的石笋为主的地质奇迹景观。10万年来,洞顶滴水量减少,沉积了以细长杆状石笋为主体的地质遗迹奇观,至此织金洞逐渐形成。

　　向更为雄伟壮丽的景色走去,洞后有洞,厅里有厅,这石的世界似乎没有尽头。洞厅内悬挂或矗立着无数大石柱,有些粗得十多人也抱不了。细细端详,便不难领悟这些奇景的形成过程:底下水从岩洞低部的裂缝中往下滴的时候,水份不断蒸发,碳酸钙便沉淀下来,经过漫长的岁月,洞顶上石灰质越积越多,便形成了外形如倒挂金钟或乳房状的石灰石,这便叫钟乳石。洞顶的水滴滴到洞底,灰质同样也在洞底沉淀下来这就是钟乳石的亲密伙伴--石笋。石钟乳与石笋的尖端不断接近,直到上下连接,便成了石柱。这是时间与空间对话,现实与梦幻的超度,也天公与地神的杰作?不,这其实就是一滴水的杰作。因为,滴水石穿,尽然变成了滴水成山。你不得不感叹,一滴水的功能竟然有如此强大! 水滴里含有丰富的碳酸钙岩溶物,在岁月的年轮的转动中,历史和自然力量形成了石笋、石柱、石花、石幔、石帘等。

　　贵州人为溶洞里的石景冠以漂亮的名字。织金洞中有一景,叫"登天石级",倒也恰当。天高高在上,神秘莫测。而高耸入云的山峰,是人们能够看到的离天最近的地方。溶岩天然地在一个斜度很大的斜坡上形成了九曲十三弯的石级,把人们带到洞顶右边的一个小小的出口。小出口通往一个大厅,视野豁然开朗。从大厅那边射来的强光,把登天石级照得忽明忽暗,朝着洞口的强光拾级而上,真有步上天梯的感觉。它让人忘却语言,中断思维,成为心中的绝唱。人,仿佛已经不是万物之尊,冥冥之中来到的是众仙聚首的天宫。

　　最让我感到震撼的是洞内的"寂静的群山"。我不知道什么时候就不经意地走到了这样的一个地方,看到的时候,情不自禁从心中发出一声惊叹。两个石柱顶天立地,一个极像精雕细刻的观世音佛像,另一个像一口敲破的倒扣的大钟,佛像和大钟的对面,是寂静的、连绵起伏的山脉,上面,则是鱼鳞状的"天空"。站在这里细细地看,细细地辨听:有啪嗒、啪嗒的滴水声传来,给你一份意念中的惊喜和爱护。心在此刻恍惚起来,如痴似晕中,你不由得就想起了自己的亲人,娓娓轻唤他的名字。你的声音和滴水的声音融和在一起,在那一刻绝美起来。山与山、石钟乳与石笋、佛像与大钟……在神奇的造化面前,在3000万年的溶洞中,在亿万年不变的相守和凝视中,悄然生长,一点一点靠近。立于织金洞,你好像立于时间之外,立于宇宙之外,仿佛与世隔绝,亦是与生俱来。在一个瞬间,你可能会想起一个传说或童话,也可能你什么也想不起,只有深深的叹息。

在去天河潭的路上,导游小姐指着离贵阳市十几公里的一片别墅区进行介绍,当听说每平方只有一千多元的时候,许多人就有了在那里买房子的渴望。大家说,如果能在这里买上自己的房子,在这依山傍水的地方生活、居住,那该是多么美好的事情呀!

从贵州回来,织金洞肃穆和清洌的气氛依然久久笼罩着我,思绪如潮。也许只有日月洞见了从大海到溶洞、到大山,顽石转世而为精灵的全过程,录入了其中动人魂魄的悲欢。寂静的群山中,有我很多的感动,但也有许多的遗憾。对我这样一位匆匆的过客,到贵州,我完成了一个心中的夙愿。是啊,还有什么比永恒更能开启我们愈渐物化的心扉呢?因此,我应该说:贵州,感谢你!

我还会再去的,不为别的,只为那些感动和遗憾。

写于2000年6月

附:

最近看一条资讯,织金洞景区入选"中国最美的旅游胜地——中国最美的十大奇洞之首"。排行为:(1)贵州织金洞;(2)湖南张家界黄龙洞;(3)湖北利川腾龙洞;(4)贵州安顺龙宫;(5)辽宁本溪水洞;(6)重庆武隆芙蓉洞;(7)河北邢台崆山白云洞;(8)北京房山石花洞;(9)福建三明玉华洞;(10)湖南新化梅山龙宫。喜欢洞穴旅游的朋友,可参考。

宁静与喧闹

2002年6月22日,阴历五月十二,周六,阴。

来上海进行为期三个月的学习,周六,学校组织到风景名胜点游玩。我们去的第一个地方就是距上海90公里的江南水乡名镇——周庄。

从上海出发,一个多小时之后,我们就来到周庄。汽车停到了离周庄有一段距离的一个地方,因为在这个只有4.7平方公里的小村庄里,汽车是开不进去的。下了车,导游小姐把我们领到一条窄窄的小胡同里。走进胡同,的确是小桥、流水、人家。然而,小桥之上,人头攒动,挤挤搡搡;流水之中,隐隐发出一股难闻的臭味;而这里的居民已是家家开店、户户经商了:"万山蹄",丝绸,各种工艺品等,应有尽有。

据导游小姐介绍,周庄有5000年的文明史,900年的繁荣史。曾经出现过一代巨富沈万三,但真正出名是1984年以后。1984年,在美国留学的上海青年画家陈逸飞,以周庄双桥为素材,创作了一幅题为《故乡的回忆》的油画。这幅画在美国西方石油公司董事长阿曼德·哈默所属的画廊展出,引起轰动。尤其是那些运用油画和传统的中国水墨画手法创作的作品,描绘了姑苏的小桥流水,江南的田园风光,将美国观众带到了神话般的境地。11月,阿曼德·哈默访问中国时,将陈逸飞的那幅《故乡的回忆》高价购下,并作为礼物送给邓小平。1985年,《故乡的回忆》被联合国向世界发行的首日封而发行到世界各地。于是,周庄和陈逸飞同时名扬天下。周庄因陈逸飞而繁闹起来,陈逸飞也就成了周庄导游必谈的人物。

周庄出名了。旅游使周庄喧闹起来,给周庄人带来经济收入的同时,也使周庄失去了往日的宁静和清爽。就像自己从漯河来到上海的感觉一样,在享受繁华大都市现代文明的同时,也就少了小城镇的安逸与洒脱。

被现代文明气息熏陶着的城里人犹如天外来客一般纷纷从水路、旱路来到了周庄。人们为周庄保存着如此众多的明清建筑而赞叹,为"小桥流

水人家"的格局和江南独有的风情而陶醉。狭长的临河小街,四角桥楼,穿着民族服装划着小船的江南女人,沈厅迂回的屋宇,张厅的"轿从门前进,船自家中过"……可是,游完周庄回来,我们都有赶集归来的错觉。同伴们议论纷纷,觉得很茫然:除了人多,在周庄我们到底看到了什么,品尝到了什么呢?沈厅、张厅的各个屋宇人满为患,小楼梯塞得水泄不通,总觉得这些老楼总有一天会被人群挤塌。

显然,周庄这份人类幸存的遗产是不可再生的,也是不可复制的。但它时时刻刻面对来自自然和人为的干扰。它的身边潜藏着威胁。人们为它的珍贵而纷至沓来,写下无数赞颂的诗篇,使它成为旅游热点。来的人太多了,却又破坏了周庄应该拥有的生态,这无疑会带来环境的污染和文物的破坏。一个旅游胜地是以它的固有遗产为生命的,正是由于上千年的封闭,周庄才有如此的形象;同时也与游客们源源不断的热情为生命。这二者往往又是不一致甚至是矛盾的。

古雅、宁静的周庄到底在哪里?喧嚣是暂时的,宁静却属于永恒。喧嚣是物质的,它代表浮躁,代表世俗的名利和无穷无尽的欲望;宁静是精神的,它代表专注,代表成熟,睿智,代表心灵的安逸和无边无际的自由。

人们都想看到朴素自然的人物和场景,看到生活的原生状态,不加修饰,不用雕琢。作为文化遗产的周庄,它的存在并不仅仅是为了旅游。它留给我们的,是一页徐徐展开的历史和一面关照古今的镜子,是一个梦幻般的传奇。古镇周庄的生活应该是宁静而平稳的,从妇女们手绣的束腰和包头巾及喝阿婆茶的习俗都可以看出传统的继承。沧桑岁月改变着古镇的模样,又将时光凝聚在街巷的砖石之上。小桥流水厅堂楼阁所呈现的应该是清净幽雅的氛围,在这里,每一分钟都应该是从容的。周庄就在不觉间给了我一个视角,我几乎触到岁月深处延伸而来的安宁。周庄的每一个角落都应该是活生生的平静的现实生活,正是普通的日常生活才有其耐人寻味的神韵和独特的人文景观,才会闪烁出不可磨灭的光芒。

当然,有时宁静不在于我们身在何处,拥有何物,而在于我们的观念与心态。宁静和喧嚣是一种生活样式,更是一种心灵状态。如果你心无杂念,即使身居闹市,也会波澜不惊;假如你贪欲无边,即便身居山野,心底也照样会翻江倒海。一个人是这样,一个村也是这样。也许这就是周庄真实的样子,给我们梦想,也给我们缺憾。

在返回上海的路上,我看到大路两边静静的荷塘和弯弯曲曲的小路,就

象时间深处未被篡改、却充满暗示的古老经卷。我想,这可能才是我们要真正寻找的景致和感觉。

汽车飞驰而过,宁静的荷塘和真正意义上的小桥、流水、人家离我们越来越远了……

写于 2002 年 6 月

第五辑　读书

读书与人生

在36年的人生经历中,最让我感到遗憾的事就是青少年时期读书太少。

小时候家里没有书。我家唯一的一本书就是没头没尾的一本杂志,那本书叫什么名字我不记得了,就像现在的《新华文摘》的。我对那本书印象最深的是上面有十二生肖漫画,还有一鼠二牛三老虎四跑兔……顺口溜,觉得有趣。父母教一句我就学一句,没儿遍就学会了。后来,我把这个顺口溜教给我的弟弟妹妹和我最要好的同学朋友。这本书大概是我出生以后见到的第一本书吧。

上学之后,除了课本,第一次买书是在我9岁的时候。我手握着母亲给的2角钱,跑到离家5公里远的一个小书店里,看看这本,拿拿那本,不是价钱太贵就是内容看不懂。那时,可供少年儿童看的书说实话太少太少,少到几乎没有。最后,一本名叫《杏花塘边》的书引起了我的注意,因为这本书不但定价只有1角2分,而且书里还有我看得懂的插图。

拥有了一本自己的书是非常高兴的事。20多年过去了,至今我还清楚地记得当时激动的心情。我拿着那本书,飞也似地往家跑。路上几次想停下来翻看,都忍住了。我是想回到家再慢慢地读。这本书是我读到的第一"文学书",书中讲了一个故事,少年智斗地主婆的故事。

我上高中的时候,正赶上国家恢复高考的第二年,我把全部身心投入到文化课的学习之中。有人说,书可以改变世界历史,书可以改变个人命运。回想起来,书在我的青少年生活中并没有起到如此戏剧性的效果。因为,我无缘读到能够影响我、震撼我、改变我的书籍。

在高中一年级也就是我14岁之前,从没有读过一本像样的课外书,更不用说名著。也就是说,在我最需要读书、最有精力读书、最想读书的时候,我却无书可读。

上高中二年级的时候,文理分科,我学的是理科。这不是我的主意,是当物理教师的父亲帮我选择的,因为那时正流行一个顺口溜:学好数理化,走遍天下不怕。

然而,数理化并不像父亲希望的那样能改变我的爱好,我很快就厌烦了。我几乎每天都跑到学校的图书室里看看,有时候是借书,更多的时候就是想看看。我借来的书拿到教室里看。课桌上摆的是数理化,课桌下是我借的各种小说、杂志。说来惭愧,我一连三年参加高考,连年不中。不过,那三年中,我读遍了我们学校图书馆里仅有的像《漂亮朋友》、《茶花女》等十几本文学书籍和《青春》等几种杂志。与此同时,我还写散文诗,写日记,写感受。现在看来,当年我在高中复习的几年并没有虚度,它使我懂得了阅读,喜欢上了文学,它使我的精神追求发生了一个大的飞跃,也对我后来的人生追求起到至关重要的铺垫。

我自己真正拥有图书是1985年参加工作之后。那时,许多文学名著都再版重印。面对林林总总的名著,我犯了愁,买哪一本、读哪一本好呢?因为在此之前,我毕竟读得太少。况且,我还有一个阅读缺陷:读书慢。读一本像《红楼梦》那样的书,读了半年还读不懂。别人的任何阅读经验,我都无法去模仿。

就这样,我读了一些书,但仍有许多还没来得及读。有些闲钱的时候,就赶快把想读而又没来及读的买书回家放着,摸摸封面,看看提要,对自己说:别急,慢慢读。

一个人一生中读些什么书不是一件小事。书籍、友谊、环境三者构成了一个人的心灵发育的特殊氛围,其影响终生难以磨灭。庆幸的是,目前我在这三个方面都很幸运,有许多想读还没有读的好书,有几位情投意合的朋友,有宽松的工作环境和稳定的家庭。

读一本好书是极快乐的。我要抓紧时间读书,以弥补我以前无书可读的缺憾。当然,读书就像交朋友,有的书,一旦碰到,陌路相逢,难分难舍;有的书,烟迷雾锁,觉得隔了一层又一层。不过,再情投意合的朋友在一块呆得太久,也会腻的。再好的书,也只是书,仅此而已。人生的路还要自己走,任何一本书,也不能涵盖多姿多彩的人生。

写于1999年5月

没有意义的交谈
——读波兰诗人米沃什的诗及其它

波兰诗人米沃什在《没有意义的交谈》中写过这样的诗句：

> 我的过去是一只蝴蝶愚蠢地跨海航行，
> 我的未来是一座花园，
> 厨子在里面割开公鸡的喉咙，
> 我得到什么，以我全部的痛苦和反抗？
> ——把握瞬间，即使一秒钟，当它优美的外壳，
> 两只交叠的手掌，缓缓张开，
> 你看到了什么？
> 一颗珍珠，一秒钟。
> ……

（张曙光译）

为什么叫《没有意义的交谈》呢？在读诗的时候，我读到了作者对生存和生命的深切洞识。蝴蝶和公鸡并没有错，但它们却在错误的时间到了不适当的地点。个人生活史的意义仅仅在于"把握瞬间"的能力，每一个瞬间都有一个"优美的外壳"，如果你能够把握这样的瞬间，"一秒钟"里就有"一颗珍珠"。有人这样说：你不该掸掉领上的星光和袖口的尘土；你不该清洁睡眠怀拥美梦，把所有粮食都酿成酒；你不该用灰烬，去还原一场业已熄灭的大火；看见那个提着竹篮，去河边打水的人，你不该告诉他一场空的结局；你不该为了爱而上气不接下气；当你张开双臂，从信念的高崖纵身跳下，你不该把这一壮举命名为飞翔，而应把它叫做——扑空……。是的，这些都是没有意义的。正像那只蝴蝶，她拥有的是轻盈和美质，她感动于大海的辽

阔,却不知踏上的是一条力不从心的旅途;而花园应该是鲜润美丽的,却传出了公鸡被割开喉咙的扑腾声。

让我们再读米沃什的《可怜的诗人》,难道不是一场没有意义的交谈吗?

> 现在,岁月已改变了我的血液,
> 成千上万的星系在我的肉体内已出生过和死亡。
> 我坐着,一个狡黠而愤怒的诗人,
> 用不洁的斜视的眼神,
> 掂量着手中的这支笔。

回归个体人格和自由心性,在看似平静中有令人惊骇的真相:摄人心魂的语言背后,是惊心动魄的现实。除了"可怜的诗人"自己,谁能真正知道"狡黠"和"愤怒"、"不洁"和"斜视"的真正动议呢? 米沃什说:"诗歌,即使其题材与叙述口吻与周围现实完全分离,要是一样能够顽强存在,那是令我激赏的诗歌。有力度的诗,或是一首抒情诗,其自身的完美就有足够的力量去承受一种现实。"

米沃什是1980年诺贝尔文学奖获得者、波兰当代最伟大的诗人和翻译家。拿到诺贝尔奖时,米沃什已经70岁了。有人称他为大地乌托邦的记忆者。当他站在诺贝尔文学奖的演讲台上,列举对他的思想产生过重要影响的人物时,他提到了两个名字:一个是西蒙娜·薇依,一位热爱上帝的苦行主义者;另一位就是奥斯卡·米沃什,"一位巴黎的隐士和幻想家"。米沃什接受里根总统的邀请,到白宫做客时,他说:"这一切在我看来已像旧石器时代一样遥远。想到命运那绝难想象的诸多把戏,我只能自己撇嘴一笑。"

米沃什曾在奥斯卡主编的《南方杂志》上发过一首诗:

> 我又一次倚靠在河堤粗糙的花岗岩上,
> 彷佛是从地府旅行归来。
> 突然在光亮中看见季节的转轮,
> 其中多少帝国崩溃了,曾经活着的人也已死去。
> 没有什么世界之都,这里没有,别处也没有,

被废除的风俗恢复了它们小小的荣誉,
至今我才知道人类世代的时间不像地球的时间。
至于我的深重罪孽,有一桩我记得最清楚:
有一天沿着小溪,走在林间的小路上,
我向盘在草丛里的一条水蛇推下了一块大石头。
而我生平所遭遇的,正是迟早会落到,
禁忌触犯者头上的公正的惩罚。

——(《路过笛卡尔大街》绿原译)

在米沃什自选诗集《被拆散的笔记本》中,他将这首诗置于篇首。不要再说什么了,没有什么世界之都,多少王朝崩溃,多少英雄死去,世界的中心只在那小小的风俗之中——在那里,一个小小的禁忌,都可能成为命运。

在罗马有一个"鲜花广场"。米沃什来到过这里,并在这里陷入沉思。正是在这里,在四百多年前的早春二月,这里升腾起了宗教裁判的烈火。

宗教裁判的可怕和严酷这里不去说它,让人惊讶的是他们选择了"鲜花广场"这样一个场所。古老的惩罚不同于现代的秘密解决,它必须具有一种"示众"的性质:为了杀一儆百,为了以此对公众进行"教化",为了造成一种心灵的恐怖。不难想象,在烧死布鲁诺之前,恐怕免不了还要拿他游街示众,蒙昧的人们恐怕还会朝他吐唾沫、扔石头。

毫无疑问,布鲁诺为了他所坚持的真理可以去死,他是死不悔改的,他的受难也正是他的光荣。但在那样的最后时刻,在万头攒动之中,他能否承受得住罗马市民们满街的欢呼和咒骂?是什么样的力量和绝望在推动他一步一步地走向火刑场?他那沉重、屈辱的步子我们需要怎样的尺度才能去丈量呢?

还有什么比这一切更能显现出人类历史可怕的真相,更能刺伤一个人的流血的良知呢?

的确,正如"理解来得太迟了",任何纪念也都来得太迟了。如今,广场中央竖立着布鲁诺头戴荆冠的青铜塑像。这还是一场没有意义的交谈。面对布鲁诺的青铜塑像,后人还再能说些什么呢?只有送来花环,只有静静站到这里,思考人类的历史和人类为自由思想所付出的代价。然而,这些能够平息一个人的痛苦?平息一个人在众多看客的狂热欢呼中,孤独去死时的那种痛苦呢?在罗马的这个鲜花广场,我们看到的是布鲁诺的面部表情永

远固定在悲愤的那一刻,那些受到伤害的人们,依然会带着他们的伤害艰难地生活下去。人类良知的创伤可以被抚慰,但不可被消除。在历史上,某些人物的悲惨命运,或是他们屈辱的存在,不仅在当时,在多少年后,对人们的良知仍是一种无情的追问和鞭挞。米沃什关注个体被动毁灭的命运,他在传记中写到很多童年伙伴和同事、朋友因为各种各样的原因半路夭折,甚至死无全尸、死无葬身之地。他通过文字再现和纪念这些消失的人、事物和现象,他的写作动机是高尚、纯粹而勇敢的。

在鲜花广场,布鲁诺临刑前在沿街的欢呼和诅咒中被淹没的话,在烈火的撕咬中咬住牙关未能说出的话,几百年后,部分地,由一个来自波兰的诗人在一首诗中说了出来——自由的舌头并没有被全部割掉,痛苦在语言中变成了化石:

> 那些在这里死去,孤独的
> 被世界遗忘的人们,
> 我们的舌头对他们
> 变成了一个古老行星的语言。
> 直到当一切都成了传说
> 许多年过去,
> 在一个新的鲜花广场上
> 愤怒将点燃起一个诗人的诗句。

2001年6月30日,是米沃什90岁生日。他说他坚持写作到夜晚:"根本不可能活腻的,我还是感到不够"。他说:"到了这种年纪,我仍然在寻求一种方式、一种语言来形容这个世界。"90岁生日这天,米沃什写下了《如此幸福的一天》

> 雾一早就散了
> 我在花园里干活
> 蜂鸟停在忍冬花上
> 这世上没有一样东西我想占有
> 我知道没有一个人值得我羡慕
> 任何我曾遭受的不幸,我都已忘记

> 想到故我今我同为一人并不使我难为情
> 在我身上没有痛苦
> 直起腰来,我望见蓝色的大海和帆影

当暮年与晨光合并在一起,90岁的米沃什在花园里干活,他要我们直起腰来,望一望蓝色的大海和帆影。这是诗人沉重生涯里的小憩。

时间在流逝,四五十岁的时候,我们就觉得自己老了。当我们觉得为时已晚时,恰恰正是米沃什生命中最中间的阶段。我们荒废的今日,正是最宝贵的年华。米沃什用他的心灵和笔,给我们指路,解析现实,并敦促我们行善,敦促我们珍惜:克制欲望,忘记不幸和痛苦,体会美好,善待每一天,珍惜每一天。

这难道还是一场没有意义的交谈吗?

写于2001年10月

今夜,我的灵魂在飞
——与刘亮程共叙乡村哲学

2001年10月13日。夜。

有生以来第一次坐飞机。我打开你的《一个人的村庄》。

你说,芥,我说不准离家的日子,活着活着就到了别处。我曾做好一生一世的打算在黄沙梁等你,你知道的,我没这个耐力,随便一件小事都可能把我引向无法回来的远处。

生命简洁到只剩下快乐。一株草,一棵树,一朵云,一只虫……躺在田野上听听虫鸣吧,大地的音乐会永无休止。而又有谁知道,这些永恒之音中的每个音符是多么仓促和短暂呀。是的,亮程,你知道。你知道,在我生命的这个阶段,我似乎每天都生活在生命的爱和喜悦的状态中。这是我有生

以来,从未有过的无限的醉意。我的生命富丽堂皇,浑身散发着奔放的爱的能量。我张开双臂,向天空、大地及周围的一切倾诉我心中的幸福和快乐,拥抱一颗相约千年的心灵。一个健康、明朗、热情、奔放的女人向你走来。这是灵魂浓缩出来的美味和活力,一种从来没有的感动在心中跳荡。

噢,今夜,让我飞吧,让我跟着心灵飞向远方。我的生命原来也是如此的多情和美丽!是谁火一般的蔓延而来?月色中是谁的心灵也在陶醉、胀开、流溢?那是谁,让我忘掉所有的设防和经验,让我跃出灵魂,忘掉自己,迷失自己。我迈进了一片浓绿的原野。有多少个日日夜夜,一股强悍、挚爱、自由的风伴随着我。

生命中到底有多少奥妙和玄机,有多少偶然和必然?在等待千年的那棵梅花面前,在纯净、自然、灿烂、温馨的新的精神面前,有什么力量可以阻挡这种惊心动魄的感受呢?月光、大海、小风、船桅,难道这不是我所渴望的一个浪漫女人的必然吗?那么,就让我醉吧!让所有与我共存的生命,和你人畜共居的村庄以及你荒芜的家园,和我共饮一杯生命的醉酒吧!

什么是永恒?你羞涩而内敛。你说,哪有什么永恒?所谓的永恒,就是消磨一件事物的时间完了,但这件事物还在。但我的时间还在,我所拥有的事物却隐隐约约找不到了。你坐在我的身边,就像坐在那个冻死的老人身边似的,你感叹道:落在一个人一生中的雪,我们不能全部看见。每个人都在自己的生命中,孤独地过冬。我帮不了谁。我的一小炉火,对这个贫寒一生的人来说,显然杯水车薪。他的贫寒太巨大。当你把故乡隐藏在身后,单枪匹马去闯荡生活的时候,昔日的黄沙梁没有变成想象中的样子,却是荒芜了,它比兴旺和繁荣都要更强大,也更深远地浸透在生活中、灵魂中。所以,你告诉我:当家园废失,我知道所有回家的脚步都已踏踏实实地迈上了虚无之途。你不该向迷茫的人透露人生的真相,你不该向乐观肤浅的我透露生命的深邃与悲凉。你是在用你的灵魂印证生命的大荒芜吗?

亮程,你真聪明。你拒绝了许多诱惑。你留住了自己。你没有远走他乡。你孤独地守着一个人的村庄。

你说,风,是一种捕捉不到却实有存在的东西,它是流动的空气,它就如时间。一个人,一个农民,拿什么去抵抗流逝的东西呢?每年都有几场大风经过村庄。风能够把人刮倒,又把歪长的树刮直。风从不同方向来,人和草木,往哪边斜不由自主。能做到的就是在每一场风后,把自己扶直。亮程,我太轻飘,我会被风刮跑。像一棵草一片树叶,随风千里,飘落到一个陌生

的地方。风可以把我一扔就不见了。我也没有办法去找风的麻烦。刮风的时候，满世界都是风，风一停就只剩下空。天空若无其事，大地也像什么都没有发生。只有我自己知道，我的命运被改变了，莫名其妙地落到另一个地方。

你说，最可怕的事不是一个人站在旷野，而是无助的穿行在人群中，对四伏的危机束手无力。就如同《偷苞米的贼》，因几棒苞米伤了一条腿，却以一条拖拉的残腿，让一个少年有了一生的梦魇，不能自拔。生命的结，生存的劫，无一遗漏。

你说，你也迷失过。在一个荒野，在一个有风沙、有杂草和铃铛刺的晚上。但你最终回到了自己的家。没有人知道你已经回来，就像没有人知道你曾经离开。门静静地推开又关住。你蹑足走过梦中的家人，在大炕的一角悄悄躺下。

亮程，让我也回来吧。让我借你大炕的另一角，躺下，歇歇。我的灵魂太疲惫了。

你有黄沙梁，有一个人的村庄。你有你改变的事物。你有逃跑的马、通驴性的人、共眠的小虫。你有包谷、麦子、锄头和镰刀。还有你漂亮可爱的妻子女儿。我呢？我都有什么？其实，与你相比，我什么都不缺。缺少的可能就是发现、思想和表达。

将追求投向乡村，投向灵魂需要的深处。让我和你一起享受村庄给予的收获。生命因此显得丰盈。

今夜，让我飞吧。让我和你飞到黄沙梁茫茫的旷野里，体会朴素、沉静而博大的胸怀，享受生命的喜悦和安慰。当我的灵魂不断成长、成熟的时候，我会真诚的感谢你的，亮程！

写于 2001 年 11 月

短　　诗

喜欢诗是多年的事情了,以前偶来兴致还写两句,现在就只剩下读诗了。回忆一年来读过的诗歌,印象最深的还是几首短诗。

诗刊2002年8月号上半月号发表的小米的诗《草原》就是一例。

　　平静地摊开
　　一只小鸟摇头晃脑地
　　在花与草之间踱步
　　一只小鸟用它尖而生硬的嘴
　　啄了啄
　　草叶上露珠
　　露珠里的大草原就这么
　　摇晃起来
　　天空低到每一棵草
　　都能抚摸它的
　　高度

小鸟、小花、小露珠,闪动在小米的《草原》上,灵动的画面,足以使文字消失。

写短诗难,写好短诗更难。

我想,短诗来临时,就像小米在草原上突然瞥见的那朵野花,在眼睛里扎一下,在心底里搅一下,就旋风般地消失了。但那种刺激、那种味道却在记忆里再也挥之不去了。

我相信好短诗必定是神来之笔与诗人全部的智慧、经验、技巧、想象等综合能力的完美融合。她是可见的、清晰的、优美的,并触手可得。

短诗的构架与表达方式多种多样,她的各种形态为不同的诗人所喜爱;她的多变让我们丰富起来!她需要诗人能冶炼出精纯的语言、非凡的想象与思想眼光。

最近读《作家杂志》2002年第9期卢卫平的小诗《逆流而上》,感觉蛮新鲜的。

> 低头思故乡
> 春天的故乡常在我的眼泪里迷蒙
> 举头望明月
> 中秋夜吴刚邀我在桂花树下对酒当歌
> 疑是地上霜
> 我捂紧母亲缝制的棉袄过了一冬
> 床前明月光
> 夏夜的竹床上
> 李白喂我一口月光酿造的奶
> 让我三十多年仍打着诗嗝

吃饺子打嗝有饺子味,喝汽水打嗝有汽水味,原来诗人打嗝时就有诗味呀!"让我三十多年仍打着诗嗝",绝妙的比喻。

过完春节上班第一天,就接到2003年2月号上半月的诗刊。打开诗刊,第一页就是陈梦家的短诗《一朵野花》。陈梦家是浙江人,生于1911年,逝于1966年。我不知道《一朵野花》具体是什么时候写的,但我知道,这朵离我们40~70年左右的野花至今仍在诗人的荒原中红颜永驻,这大概就是诗的魔法。

> 一朵野花在荒原里
> 开了又落了,
> 不想到这个小生命,
> 向着太阳发笑,
> 上帝给他的聪明他
> 自己知道
> 他的欢喜,他的诗,在

风前摇晃
一朵野花在荒原里
开了又落了,
他看见青天,看不见
自己的渺小,
听惯风的温柔,听惯
风的怒号,
就连他自己的梦也
容易忘掉。

作家毕淑敏读完这首诗写到:一朵野花和一片荒原是不能相提并论的。一朵野花多么脆弱和微细呀,而荒原的浩大,我在西藏的时候,扎扎实实地领教过。无数日夜,百无聊赖,除了吃饭和睡觉,我目不转睛地盯着同一块苍茫的原野,直到熟悉每一缕风的波纹。我没有看到过荒原汗毛孔里的小花,直到若干年后,历经无数轮回,魂灵已变成寒沙。只有诗人听到了小花的笑声,看到了小花的欢喜,记住了小花的舞蹈,留下了小花的梦境……

突然想起贺海涛的短诗《木材厂印象》:

雀鸟
在
高高的圆木堆上
盘旋
电
锯
在
响

刚读的时候,不知所以然,后来看了别人的评论:此诗控诉了人类对自然环境的破坏。其建筑形式颇为讲究,有审美性质。你看,它多像一棵挺拔苍劲、枝叶稀疏的老松,雀鸟栖于树巅,而电锯之声正"响"在树脚。看来,雀鸟覆巢之危,只是旦夕的事情了。形式与内容相得益彰。

同样是短诗,萨福在公元前七世纪写下的《晚星》,情感细腻,神性十

足。

> 你,夜空中的牧羊人,
> 海斯皮鲁斯,无论如何,
> 你该把羊群赶回家了;
> 尽管黎明的曙光尚且依稀,
> 你赶着绵羊——赶着山羊
> ——赶着你的孩子们,
> 回家去见他们的妈妈。

她把星星比作羊群,要赶着他们回家,去见他们的妈妈。但是黎明尚未到来,他们还要呆在天空里,不急于离开。

读着小诗,看着雪花在窗外翻飞,四十年的光阴也就从心头慢慢流过了。

写于 2003 年 3 月

对草原的耳语

马利军在一首诗《草原》中这样写道:草原上的事情,就是一根又一根青草……草原上的事情就这样。/即使牧人把一生的爱恋公布出来/那份爱呀,那风暴、雷声或平静/和一根青草的绿,也没有什么两样。

我是在"非典"大流行时的一个午后,无意间翻开《诗刊》的扉页的。当这首短诗滑过烦躁的时光,出现在我眼前的时候,我感受到自己心内涌出的感动一点点散开,让喧嚣的午后变得清凉而静谧。和这首诗同时刊登的,是读者毕飞宇读过这首诗写的一篇短文,题目就是《对青草的耳语》。我感觉对青草的耳语比这首诗本身更有诗意。毕飞宇说:之所以喜欢草原,是因为

它简单:草原上的事情,就是一根又一根青草。……会在一个大风的日子对青草耳语,草原一传十,十传百,整个草原都波涛汹涌。

一位朋友到过青海草原参加中国书法协会组织的一次笔会,前几天,他这样向我描述的:那里蓝天白云红日,都不是我们平时看到的这些。那是真正的蓝、真正的白、真正的红,一片纯净,让人的眼睛非常舒服。高高的山峰,一半插到白云里面,剩下的都被冰雪包裹着。山脚下露出一块一块暗红色的峭壁悬崖。一望无边的草原,绿色直接山脚。草原上那些藏族、蒙古族牧民,穿着大红大绿的民族服装,骑在高头大马上,驱赶一群一群的牛羊,远远望去,也像一朵朵飘在绿色天空上的云彩。一个一个帐篷,零星散布在草原上,又让人感到这是人间,这是人们生活的地方……那个时候,人简直跟自然交融一体,令人激动。

我至今没有见过大草原,但儿时对青草的记忆还是挺深刻的。那时候,每当放学归来,总要到地里打些野草回来,草是家禽的最好食物。几十年过去,打草的事情在夜以继日的繁杂忙碌里渐渐淡忘了。是呀,谁还会记得青草的味道和少年对青草的耳语呢?我们都在追求美好的生活———我们的成功梦想,我们的度假梦想———这些足够让我们脚步匆匆、无休无止地忙碌了。我们想的是攒一笔钱,攒一个假期,去旅游,去另外的城市看花开花谢。因此,我们顾不上看楼下花园里的花何时开、草何时绿了。

在这崇尚实现自我价值的社会里,每一个有志者都忙着,忙得顾不上自己的心情,忙得顾不上亲人的感受。所以,我们习惯于不轻易感动。我们一边孜孜以求所谓的绚丽多彩生活,一边抱怨每天日子的琐碎平淡。就连阅读,也变得有功利性。希翼着能从书中找到投资的秘诀,升职的技巧,聚会的谈资……

然而,就是在这样的匆忙午后,我被草原和对青草的耳语所打动。我决定放慢自己的脚步,想一想即将到来的春天,美丽的花朵以及我们纯真的孩子,我们与未来的契约。

写于 2003 年 6 月

当一个人无家可归的时候
——和大傻一起感悟里尔克的孤独

　　Dasha(大傻)是沈阳日报时事部副主任(真名叫陈宁)。是我网络中认识的朋友。同是从事新闻工作,又同是诗歌爱好者,自然有许多话题要谈。大傻多年来专注于德语文学和魏晋研究,特别热衷于对里尔克的研究和译介。

　　也有人这样介绍大傻:"Dasha 曾经的主音吉他手,深研魏晋文学、德语文学,辞采精妙,互联网初期即创建网站,至今依然是突破网络界限的高人。Dasha 人称'懒在文化里不肯起床',日以收集整理电子文献为乐,私人东海西海电子资料贮备已超 1000G。Dasha 古典素养最深,英语、德语同样熟练,稍懂法语、丹麦语、古希腊语。Dasha 专门做过 8 年音乐,乐队吉他手,酷爱摇滚。Dasha 不屑于文字之道,述而不作而已。"

　　冬日的周末,在大傻的"德语诗人里尔克的汉译与研究"里,读到奥地利著名诗人里尔克的诗。大傻问我:"你仔细想想,当一个人无家可归的时候,到底是怎样的一种状态呢?"我想了想,说:"一个人,无家可归,那应该是一种伤感和无助,或者是一种释然和解脱吧?"大傻说你回答的很正确,但也很笼统。于是,他为我推荐了里尔克的《秋日》,希望我能从中找到答案:

　　　　谁此刻没有房屋,就不必去建筑。谁此刻孤独,就将永远孤独,就醒着,读着,写着长信,在林荫道上不安地徘徊,落叶飘零。

　　大傻解释说:《秋日》告诉我们不得不的放弃,不得不的流浪。"不必去建筑!"记住,是"不必",这个词翻译得很准确。建筑也无济于事,所以,就任凭雨水直扑眼睛,就"在林荫道上不安地徘徊",所以就将永远孤独、身不

由己。

大傻还告诉我,里尔克仅仅活了51年,足迹遍布俄罗斯、德国、奥地利、法国、意大利、西班牙、瑞典、丹麦、阿尔及利亚、突尼斯和埃及……里尔克童年寂寞而暗淡,一生无家可归,临终死得既痛苦又孤单,而在诗歌艺术的造诣上,却永远放射着穿透时空的日益高远的光辉。里尔克在爱情与婚姻上无比真诚又一次次逃避。他身上所折射出来的人类珍贵的高傲、不可言说的沉静与婉约,以及内心深处诗意的孤独,成为后世无数诗人心灵世界的宝贵营养。在《迫在眉睫》里,里尔克对死亡的追问,是绝望的:

> 此刻是谁在世界上某处哭,
> 无端端地在世界上哭,
> 哭着我。
> 此刻是谁在黑夜里某处笑,
> 无端端地在黑夜里笑,
> 在笑我。
> 此刻是谁在世界上某处走,
> 无端端地在世界上走,
> 走向我。
> 此刻是谁在世界上某处死,
> 无端端地在世界上死,
> 望着我。

没有救赎,没有永恒,只有连绵不绝的心灵空虚与恐惧。永恒与救赎终结了,剩下的只有自欺。说实话,他的诗并不好读,但一旦读懂了就会激动不已。

那么,关掉灯,一切就可以消失了吗?

感谢大傻为里尔克也为我们做了那么多事,对我来说,这是一种惠赐。里尔克一生毫不动摇地守护着人类的灵魂家园。卡夫卡曾说过:你在自己的有生之年便已经死了,但倘若你有幸饮喝了里尔克这脉清泉,便能够死而复生。他以个体面对神,打通了每个人的内心中本有的与神的通道,他把对彼岸的梦想和渴求拉回到现世,他为人类祈祷,他渴望人类在默默的承受中与生存和解,达到爱。他在《给一个年青诗人的十封信》中说:"寂寞地生存

是好的,因为寂寞是艰难的;只要是艰难的事,就有使我们更有理由为它工作。爱,很好;因为爱是艰难的。以人去爱人:这也许是给与我们的最艰难、最重大的事,是最后的实验与考试,是最高的工作,别的工作都不过是为此而做的准备。所以一切正在开始的青年们还不能爱;他们必须学习。他们必须用他们整个的生命、用一切的力量,集聚他们寂寞、痛苦和向上激动的心去学习爱。"他又说:"你必须专心一致,毫不倦怠地,将爱当成宇宙中唯一的现象。"

我和大傻共同的网友冯先生认为,文学作品,只有读原著才能去深刻体会文学的深意。翻译就是许多人对同一主题的理解和重复创作,不能真实反映原著,特别是诗歌。诗歌比其他各种文体对语言的要求都更纯粹,我们的唐诗宋词尚且难以翻译成现代汉语,何况翻译成其它语言?里尔克的诗是德文,德文翻成中文的情况肯定更糟。读过原文的人体会到译本中总会有些处理失去了原来的韵味,总有着细小的未被译本涵盖的语义。何况"诗无达诂",每一个人对同一首的理解都会各有差异,翻译者也只能按自己的理解翻译,而不能表达所有人的独特感受。从这个角度去看,诗人都是孤独的,里尔克的孤独更是独特的。他能给后世尤其是诗人们影响最大的莫过于去保护着这份孤独,去承受,去体验,保护和体验那份干净、健康和善良……正像里尔克所说的:奇迹和痛苦来自另一个地方,并非一切都像人们以为的那样。人们没有把自己哭进痛苦中,也没有把自己笑进欢乐中。你所看见和感受到的,你所喜爱和理解的,全是你正穿越的风景。

回过头再读那首《秋日》:谁此刻没有房屋,就不必去建筑。谁此刻孤独,就将永远孤独,就醒着,读着,写着长信,在林荫道上不安地徘徊,落叶飘零。孤独和寂寞没有让他沉默于世俗牢骚的泥沼中,而是让他更清醒了,让他能以更热情的笔触去歌唱,去享受这种生命意义上的孤独。孤独是一种感恩,是对蓝天、白云、大地、一阵轻风、一株小草的一种感激。

诗人大解也有类似的诗作,他在《百年之后——致妻》中这样写道:百年之后,当我们退出生活,躺在匣子里,并排着、依偎着,像新婚一样躺在一起,是多么安宁。百年之后,我们的儿子和女儿也都死了,我们的朋友和敌人也平息了恩怨。干净的云彩下面走动着新人。

大傻调侃说:"我要牡丹花下死。我喜欢虚幻的游戏世界,喜欢虚幻的传奇故事,站着死很英雄,躺着死却很舒服。可我还是更喜欢永生与不死,那怕吸血鬼也行(大傻做了一个鬼脸。)"

里尔克死于急性白血病,偏偏这病是因为被他一生所反复吟咏的玫瑰花刺扎入手指化脓感染而引起的。上帝为他设计了如此的结局!他为自己写的墓志铭为:"玫瑰,呵,纯粹的矛盾,乐意在这么多眼睑下做前无古人后无来者的睡梦"。也许这时,他真的累了,这个孤独一生,在世界上流浪,在人生边上流浪的男人真的累了。

在我们的耳边,仿佛听见了里尔克最后的呻吟——"我歌唱的一切全变得富足,唯有我自己遭到它们遗弃","有何胜利可言,挺住就是一切"。

写于 2004 年 7 月

关于大傻的后记:

大傻于 2012 年 12 月 5 日晚 20:31 离世,"喜欢永生与不死"的大傻因心脏病突发而永远离开了我们,年仅 42 岁。大傻毕业于辽宁大学,精通多国语言,学贯中西,是沈阳市十佳新闻工作者。其为人纯净热诚,待人以真。沈阳日报编委会在讣告中写到:编委会全体成员悲痛难言,呜呼哀哉!朔风野大,陈哥尚飨。

今天,翻看这篇文稿的时候,我又尝试着打开 Dasha "德语诗人里尔克的汉译与研究"网页,原来这网页还在,更新报告停留在 2012 年 7 月 31 日。在里面我读到这样一句话,应该是大傻设计网页时写下的:"里尔克的德、法语作品,正在逐步整理,Dasha 将最终检校成全集"。到此潸然泪下。Dasha 终究没能将里尔克的作品检校成全集。和里尔克一样,上帝也为他设计了如此的结局!

> 再也找不到你,你不在我心头,不在。
> 不在别人心头。也不在这岩石里面。
> 我再也找不到你。
>
> ——里尔克《橄榄园》

文中提到的那位冯先生,当得知大傻去世的消息时,曾写下"逝者如斯"四个字发到大傻喜欢去的读书社区里以致悼念。他说这四个字取自苏东坡的《赤壁赋》:"逝者如斯,而未尝往也"。后来,我们在一起再谈起大傻时,他却吟起了郑板桥的《道情》诗:

尽风流,小乞儿,数莲花,唱竹枝,千门打鼓沿街市。桥边日出犹酣睡,山外斜阳已早归,残杯冷炙饶滋味。醉倒在回廊古庙,一凭他雨打风吹。

网友 VIVO 追寻着大傻的足迹,看他在临走的那天早上,登陆书园,编辑了他在专家找书区的求书帖,又看到他在豆瓣广播:"感谢 Homestudy 兄扫描赠书。"。还找到了大傻的两首诗《琴》、《与你在死境相望》。附到这里,与大家分享并纪念:

琴

琴在怀中弦在手中
我在琴之外
我心在琴之内

手放开弦身离开琴
我在琴之外
我心在琴之内

我在土中琴在土外
弦是我的墓志铭

与你在死境相望

与你在死境相望吧,在这个冬天
雪地上可能会有一行你的足印
也许后来会被称作大自然的诗篇
也许你知道读它用怎样的声音

记于 2014 年 8 月 1 日

意 义
——读艾温·辛格《我们的迷惘》

艾温·辛格在《我们的迷惘》中指出:"我们眼下的困境,往往源于一种空无意义的感受,而幸运的人们又总是比那些仅仅为生存而斗争的人们,更容易陷入这种困境"。

海啸、地震、战争,接连不断的灾难,亲人、朋友突然去世或发生变故,促使人们对人生的意义作一次又一次的思考。人生的意义是伟大的,而人和人的生活却不值得一提。这显然是一种精神病态。这个世界上,有人活得很轻松,有人活得很累。活得累的大多是聪明人,活得轻松的则有两类。一是孩子,二是智者。艾温·辛格应该是后者。

生命的意义是什么?辛格认为应该换种问法,你自己认为意义是什么,才能决定你的生命意义是什么。书尾,作者给出了自己的答案,但声明,这并不意味着这个答案是普适的。他尊重不同的选择,甚至认为百无聊赖地度过一生也未尝不是生命价值的一种。

甘地说:"不是战争、就是准备战争,和平永远不会来。和平是一种欺骗。"人的思想也是一样,不是无意义,就是有意义。骚动不安不是浮现出来,就是准备要浮现出来,准备的时刻不是平静的时刻。不往内走,只抉择一边,挫折是自然的。这也是我们感到迷茫的主要原因。

太多的人际关系、太少的假期,没有自己的空间、深陷事务、失去自己、讲求物质、忽视心灵……这是一面倒的生活方式。我们能否从思考与沉思当中解放出来,不再思考生命有无意义,既有能力到集市上去,到生活中去,与人互动,去爱人,去进入许许多多的关系当中,丰富我们生命;又有能力关上我们的门,从所有关系中挪出一个空间与自己连结,与他人连结。爱别人,也爱自己。有人来敲门,就无畏地去开门。没什么可以失去,每件事都可以成为收获。自然饮食、自然劳动、自然睡眠。这是生命之爱,是生命的

基础。这也是禅宗说的"踩在河流当中,但不让河水沾湿脚。"活在世界里,但不属于世界;活在世界里,但世界不在你里面。当你回到了家,世界已不存在。

想笑,就得学会哭。快乐的人是宁静的,狂喜的人归于中心。这是平衡。

我们已经习惯了把获得有意义的人生当做自己的精神追求。失落的人们突然被告知人生是无意义的,难免会感到无所适从。丹麦哲学家齐克果讲了他生命的经验,他永远无法决定任何事情。决定要这么做时,另一做法总似乎是对的,决定采用另一做法了,原先的做法看上去也没错。那些发现人生无意义的人自然有一种说不出的畅快,因为他们戳破了谎言。他们为自己的勇气和胆量而打动,他们甚至不由得可怜那些蒙在鼓中的人:他们活得那般有滋有味,原来只是去赴一个虚妄的目标!

艾温·辛格将幸福与富有意义区别开来,他注意到,农民生活艰辛,他们的生命却健康活泼,他们不去想生活是无意义的。而那些取得了很大成就的人却在辉煌的那一刻崩溃了,他们感到这一切都极其乏味,他们弄不明白,自己通过艰苦奋斗所获得难道只是内心的无比空虚。晚年的托尔斯泰发现自己越来越爱那些贫穷而单纯的人们,因为他们从来不用那些虚荣的精神外衣来包裹自己。

辛格罗列了无数对于生命、死亡的观念。论述了海德格尔的"死的焦虑"和萨特的"荒谬的死亡"等等之后,宣称:对死亡的思考,本身就是对生命意义的肯定和探索。爱能战胜死亡,爱是对所爱者的一种保证,保证在自己心中给所爱者一个直到永远的重要位置。这地位如此之高,即使爱人死了,也依然留在他心中。一位诗人这样写道:"即使你明天死了,你也会继续活在世上,因为我们的爱已经是生命中一个实实在在不可动摇的成果。"所以不要怕探究死亡。柴可夫斯基的《第六悲怆交响曲》就是音乐领域中对死亡领域探索得最具冲击力的作品。俄罗斯指挥大师捷吉耶夫断言,每次指挥这部"死亡交响曲",所体会到的,却是更强烈的生命之爱,让他记住死亡之前还有热烈的生命。对死亡的言说,其实是对生命言说的一种。所有发生的,是一切能够发生的。觉察使你看得清晰、彻底,将自己放开,让存在透过你决定。无须去想什么对错,让存在牵着你的手,放松地跟着动。完整地活在每个片刻,仿佛下一刻不会来临,不需要意义的存在。死亡随时可能降临,这或许是你最后的时刻,自然而然,是美丽、优雅、单纯、谦卑。

一旦意义成为一种生存模式,人就会完全处于被动状态,被意义所牵引,最终走向自由的反面。意义不是与生俱来的。底尔菲城的祭司宣布苏格拉底是全世界最有智慧的人,有几人冲去告诉苏格拉底。苏格拉底说:"那是胡说八道,我只知道一件事,就是我什么事都不懂。"

爱的感受是你对神的体验。当你进入了绝对里,你就进入了爱里。在每一瞬,每个片刻,每个环境,纵使当他们被人杀害时,他们也爱他们的谋害者。经由所有人类经由的长廊,这个真理在回响不停:爱就是答案。

我们再来看看辛格的最后"药方":爱万事万物之爱。珍视所有生命的体验,哪怕是最最悲惨的体验。这样我们才不会在生命的阴暗面里跌倒。

写于 2005 年 6 月

最后一堂人生课
——读《相约星期二》

不管你看没看过这本书,都希望能把这篇文章认真看完。

一个将死的老人,一个健康的年轻人,一堂人生课,仅仅是这三样,就已经是一个审美的圣殿了。

第一次看到《相约星期二》这本书,我颇不以为然,只随手翻了翻。就是这随手的一翻,让我品读到了一本真正的好书,上了五堂深刻的人生课。

本书的作者是当今的作家、记者米奇·阿尔博姆。他在一个偶尔的机会看到了正接受电视采访的大学时代的教授莫里·施瓦茨,得知他得了绝症。米奇赶往看望不久于人世的老师。而老师则决定给他这位学生上最后一门课程,每星期一次,时间定在星期二,因为大学的时候他们总是在星期二的时候聚会。于是,每周二,这位学生坐飞机飞行七百英里,赶到病床前去上课。这门课讲授了十四个星期,毕业典礼就是葬礼。老师去世后,学生把听课笔记整理出版,书名就叫《相约星期二》。此书一经出版就引起了轰

动。

米奇在大学毕业十六年后,第一次见到莫里,见到带病菌的莫里,他感到非常尴尬,但莫里却一如十六年前热情地拥抱了他。如此,他便更内疚、自责了。他想起十六年前毕业典礼上莫里含泪的目光,想起曾许诺会与莫里保持联络。而他的承诺竟在十六年以后才实现。只因为他——很忙。这个人人都会找的借口。莫里老人亦看出了米奇的不安,因此向米奇提出了连串的问题:"你有没有知心朋友""你为社会贡献过什么吗?""你对自己心安理得吗?""你想不想做一个富有人情味的人?"而实际上友情、贡献、人情味都是米奇所或缺的,他唯一拥有的就是豪华的汽车、半山腰的别墅,而这些是他日以继夜的劳碌工作换来的。

莫里老人认为,人类的文化和教育造成了一种错误的惯性,什么错误呢?我们的文化不鼓励人们思考真正的大问题,反而吸引人们关注一大堆实得琐事。人们不思考人生,只思考权利、利益。每一个真实的需要都被掩盖,人们只知道左顾右盼地与别人攀比。明明保证营养就够了,但日益膨胀的饮食文化却把这种实际需要推向几近豪华的地步;明明只要舒适安居,但日益繁盛的装潢文化却把这种需要变成奢侈的追求……人们忙忙碌碌,气喘吁吁,到头来才发现自己一无所获。莫里认为,这些都是我们的文化教育灌输的结果。他说:"拥有越多越好。钱越多越好。财富越多越好。商业行为也是越多越好。越多越好。越多越好。我们反复地对别人这么说——别人又反复地对我们这么说。一遍又一遍,直到人人都认为这是真理。大多数人会受它迷惑而失去自己的判断能力。简单来说,我们总落入'他人的圈套'。"

他说:"我们过多地追求物质需要,可它们并不能使我们满足。我们忽视了人与人之间相互关爱的关系;我们忽视了周围的世界。"

莫里以他最后的虚弱的声音呼吁人们从这种错误中走出来。而走出这种错误的唯一办法就是不要相信这种文化,我们应该为建立自己的文化而努力,而不应该落入他人设置的"舞台闹剧"里面。

在临终的前几天,莫里思考了人的最低需要和最高需要。他与米奇讨论,如果只有一天的生命他会做什么。他只稍稍想了一会,说:

"早晨起床,进行晨练,吃一顿可口的、有甜面包卷和茶的早餐。然后去游泳,请朋友们共进午餐,我一次只请两个,于是我们可以谈他们的家庭,谈他们的问题,谈彼此的友情。

然后,我们会去公园散步,看看自然的色彩,看看美丽的小鸟,尽情地享受久违的大自然。

晚上,我们一起去饭店享用上好的意大利面食,也可能是鸭子,剩下的时间就来跳舞。我会跟所有的人跳,直跳到精疲力竭。然后回家,美美地睡上一觉。"

就这些?也许你会觉得太普通了。这生命中仅剩的完美的一天,他居然在极普通的生活中结束了。也许你会觉得他应该"飞去与意大利总统共进午餐,或去海边,或想方设法去享受奇异、奢侈的生活。"实际上,就人的欲望来讲,这些仍然是不能满足的。意大利总统套餐奇异而奢侈,却仍不能满足人的欲望啊!愈是享受人愈是贪婪,愈是贪婪在面对死亡的时候就愈是痛苦。莫里认为我们唯有用一颗闲适的、充满爱的心来面对世界,面对生老病死,才能真正超脱。

莫里说爱是唯一的理性行为,没有爱我们便成了折断了翅膀小鸟。人生最重要的是学会如何施爱于人,并去接受爱。

也许你没有办法相信这竟是出自一个将死的老人之口。这个老人被他的病折磨着,四肢僵硬,必须别人替他擦屁股,洗身子,他只能吃流质食物,因为他不能咀嚼,他甚至不能完整地说一句话,而非得别人在他的后背一拳一拳地拍打。如果你意识到这一点,如果你意识到这每一个字都是硬生生地从他的身体里拍出来的,你便能感知它的份量,他的爱的份量。是的,即使将离开这个人世,但莫里依然在爱着。他甚至为这个地球之外的人流泪,因为他深信"爱是永远的感情"。

莫里一遍一遍地发出对爱的呼唤:

"要有同情心,要有责任感。只要我们学会了这两点,这个世界就会美好得多。

给予他们你应该给予的东西。

把自己奉献给爱,把自己奉献给社区,把自己奉献给能给予你目标和意义的创造。"

这些话莫里是说给我们听的,但同时也是说给米奇听的。米奇低头记着笔记,他的眼神很慌乱,因为他一直在追求的东西都是老人摒弃的,而老人呼吁的,他却一直都漠然。他突然觉得自己这些年的生活像小丑一样地跳来蹦去,他"感到既困惑又沮丧。"老人当然也看出米奇的心理,于是他说:"如果你想对社会的上层炫耀自己,那就打消这个念头,他们照样看不

起你,如果你想对社会的底层炫耀你自己,也请打消这个念头,他们只会忌妒你。身份和地位往往使你感到无所适从。唯有一颗坦诚的心方能使你悠然地面对整个社会。"

说到这里,老人停顿了一下,问米奇:"我就要死了不是吗?那我为什么还要去关心别人的问题?难道我自己没在受罪?"

是啊,其实莫里完全可以让他这仅有的日子过得更安逸的。他可以拒绝电台的采访,他可以不必回别人的来信,他可以让他的妻子儿子都放下手中的工作,而一门心思地守着他,照顾他。可是他没有。因为他不希望自己所爱的人被自己的病拖垮,所以他说:

"我当然在受罪,但给予他人能使我感到自己还活着,汽车和房子不能给你这种感觉,镜子里照出的模样也不能给你这种感觉。只有当我们奉献出了时间,当我们使那些悲伤的人重又露出笑脸,我才感情以我仍像以前一样健康!"

读到这里,也许你要开始怀疑老人的真诚。因为你不相信一个人可以无视于自己的死亡。实际上,面对自己日渐枯萎的身体,莫里仍会感到悲哀。可是,他不让自己有更多的自哀自怜,他只让自己掉几滴眼泪。因为他知道,除了自怜还有更多的感情值得他去体现。同时他也极会安慰自己,他说:"看着自己的躯体慢慢地萎谢的确可怕,但它也有幸运的一面,因为我可以跟人说再见。"

不能站立、不能洗澡、不能自己穿裤子,这是幸运?他真是在说幸运。他甚至说要享受这一切,"就像重新回到婴儿期。"对他而言,这只是重新回忆起那份乐趣罢了。他试图说明什么?他想让他的学生明白:拒绝衰老和病痛,一个人就不会幸福。因为衰老和病痛终究会来。这种心态强大得足以化解人生所有的悲剧。因此,莫里感到:

"当我应该是个孩子时,我乐于做个孩子;当我应该是个聪明的老头时,我也乐于做个聪明的老头。乐于接受自然赋予我的一切权力。我不会羡慕你的人生阶段——因为我也有过这个人生阶段。"

这种对年龄的超脱精神,实在值得每一个人去细细品味。我们身边的人或者炫耀年轻,或者倚老卖老,实则是对年龄问题的认识过于肤浅了。不仅仅是在普通大众身上,就连最擅长研究人生的学者也不能坦然面对。我们不能躲避这一最质朴,最自然的人生课题。北雁长鸣,年迈的帝王和年迈的乞丐一起都听到了。如果谁固执地以为自己会永久地保有这生命,他终将会走向绝望。

好在莫里领悟到了这一点,虽然他此时已来日无多,但他仍要把他这意外的发现讲给大家听,他到处张罗着他的课堂。这大概是他做为一个老师的本能吧。他无时无刻地在想着他的学生们。那么他究竟领悟到什么了呢?"这是我们都在寻找的:平静的面对死亡。如果我们知道我们可以这样面对死亡的话,那么我们就能应付人生最困难的事情了。"

"什么是人生最困难的事情?"学生问。

"与生活讲和。"

仅仅是这五个字,这五个字组合在一起却震撼了我,感动了我。在死亡面前真正学会与生活讲和,这是怎样一个净化心灵的世界啊!

"我们之所以对死亡大惊小怪,是因为我们没有把自己视为自然的一部分。"莫里觉得死亡只能终结生命,却不能终结人的灵魂,终结感情的联系。只要你曾经爱过,你创造的爱就会替你活着。"你仍然活着——活在每一个你触摸爱抚过的人的心中。"

"千万别把我烧过了头。"这就是教授死亡前设想被火化时的话语。最后一堂课,他希望学生有空时能去去墓地,还有什么问题尽管问。学生说:"我会去,但到时候听不见你的说话了。"恩师说:"到时候,你说,我听。说说你遇到的一切麻烦问题,我已作过提示,答案由你自己去寻找,这是课外作业……"听一听这幽默的对话吧,死亡也可以这样的有诗意。

是的,现在莫里已经离开了。死亡带给莫里的不是痛苦,而是安详。高明的是,莫里不仅可以把悲剧变成喜剧,甚至可以将这一切升华为课程。十四堂课的旅程,不就是我们人生的主题吗? 亨利·亚当斯说:教师追求的是永恒,他的影响将永无止境。莫里墓碑上的碑文就是:"一个终生的教师",相信他的影响也将永无止境。在莫里的葬礼上,他的儿子罗布在朗诵着一首诗:

> 父亲走过我们面前
> 唱着树上长出的新叶
> 孩子们相信那到来的春天
> 也在和着父亲起舞翩翩……

写于 2007 年 12 月

从"酒神精神"到"日神精神"
——由刘金涛长篇小说《漯河滩》所想到的

与金涛相识于八十年代泰山路北段的一家酒馆里,那时,我是漯河日报文艺版编辑,他是一位写传奇故事的高手。印象中的金涛,才华横溢,豪气冲天,大块吃肉,大碗喝酒。酒对于金涛,是一斤两斤不醉的。

以后的多少年,没有了金涛的音信,不过,偶尔想起,金涛多才而豪爽的形象就留在了记忆里。

2010年5月的一天,当好友卢子璋把厚厚的一本小说《漯河滩》递到我手里的时候,我大吃一惊:金涛用厚厚的一本书,面见他的新朋老友。

让我吃惊的不光是他作品的厚重,更有他人生的坎坷:失去工资,打官司,酒后摔伤,左眼失明,双侧股骨头坏死……

2010年6月6日,在泰山路南段的一家酒店里,我又见到了金涛:豪情万丈,狂放不羁的青年变成了一瘸一拐平和沉静的中年。金涛向我讲述了他创作《漯河滩》前后的心路历程以及对"酒"的爱恨情仇。

他说,为了搜集素材,我用了一年的时间进行采风走访,到档案馆、图书馆查资料,到广场、到乡村听野史。那段时间,漯河的很多地方留下了我的足迹。望着我早出晚归的身影,父母、妻儿根本不知道我是在为一个写作计划"备课",还以为我在为了改善生活在外面兼职挣外快,其实,我不但没有家人挣来一分钱外快,反倒在采风过程中花掉了自己仅有的积蓄……小时候,站在我家门口就能看见沙河里往来穿梭的货船,不时能听到汽船的鸣笛声,至今,那一块块高高升起的白帆深深印在我的脑海里……我充满了创作的冲动,梳理了一遍自己采风所得的素材,打开电脑,麻利地敲下三个字:漯河滩。接下来的一个多月里,我开始设计人物……

自古道:得中原者得天下。

又有语云:得漯河者得中原。漯河在哪里?

……

这就是《漯河滩》的开篇。"拿起这本书,我基本上没有放下。"读过《漯河滩》的漯河人大都这样说。一部小说,能用一个惊心动魄的故事把一个地方的人文地理、风土人情写得如此全面详细,在漯河金涛还是第一人。

金涛接着说,按说《漯河滩》应该写写酒和酒文化的,特别是专家对贾湖遗址研究已经证明,9000年前贾湖人已经掌握了酒的酿造方法。但是,金涛对酒是爱到极致,也恨到极致。他说,一个人一生对什么事可能都有一个平衡,该吃多少饭,该喝多少酒都是有个定量的。年轻时候最爱的是酒,到后来最伤害我的还是酒。酒改变了他的生活和命运。金涛写了删,删了写,写了再删……他说:"我不想让酒再去伤害任何人!有应酬的时候,我几乎不再敬酒。"

金涛对生命的思考是深刻的。他说,第一次坐飞机,透过机窗俯视大地的时候,心灵会受到前所未有的震撼:地球上的人类很渺小,一个个鲜活的个体人简直抵不上宇宙中的一粒尘埃。这是在空间概念上的感觉,而在时间概念上,则会意识到人的一生在历史长河中太过短暂,就像流星在夜空划过一样,稍纵即逝。

能够绵延延续的只有文化载体传承的精神;并且,这种精神必须是符合人类主流价值观、富有神圣不可侵犯的正义感。也只有这样,一个人的肉体消失了,他的精神还能活着。金涛赞美着生活,接受生命的反复无常,既不放弃人生的欢乐,也不回避人生的痛苦。

金涛知道时间对于他是何等重要,股骨头坏死他要进行髋关节移植手术。目前,只做了一条腿,他说要等等再做另一条;他要动着,一边求医,一边写作;《漯河滩》才是第一部,第二部《风云再起》正在紧张创作之中。

人类社会历史似乎总是受制于两种基本的冲动:一是风风火火走向世界的物质性渴望,即尼采所说的"酒神精神";一是清清爽爽走向内心的精神性追求,即尼采所说的"日神精神"。这两种冲动代表着两种基本的人生哲学观:走向世界,故追求成功;走向内心,故期望超越。我在想,金涛是不是正从"酒神精神"向"日神精神"转化呢!

写于 2010 年 6 月

第六辑　音乐随笔

守 月 亮

一

第一次听到《守月亮》这首歌是 2003 年 5 月 26 日早晨 7 点。那天我打开计算机，朋友发过来一个吴涤清演唱的 flash。

"潮涨潮落江河流水长又长，缘聚缘散痴情一片有点忧伤，那颗想你念你的心天天都一样，风风雨雨依然真真切切守望。飘飘荡荡人间烟云多苍茫，冷冷清清梦里好像有你歌唱，哪怕前世今生注定走不进天堂，痴痴迷迷不信等不来那月亮。我把一生守成一道道山梁，等着妹妹那个高高的月亮，我要让你靠在肩上平静又安详，不让长夜漫漫冷了你的脸庞……"

flash 画面很漂亮，月亮和山梁，野渡和红荷，身着传统服装的女子，手握着横笛在吹。那怅然若失的旋律，空蒙缈远的节奏，说不尽道不完的离愁与别绪，从耳麦里缓缓流淌出来，柳烟一样弥漫在瘦月下的江边，浸入心扉。久久听下去，就喜欢上了里面执着的守候和守候的苍凉。

一年多了，反复听《守月亮》。听的时候，就觉得这样的声音，该是那些俯仰天地的文人内心的低吟和泣诉。在漫长的历史中，有太多的文人，头顶着寥落的星辰，独守着一弯瘦月，而围裹着他们生命的，大都是命运之秋的潇潇落木。他们或许是穷途潦倒，或许是隐迹市井，或许是独行天涯。在这样的时候，在心中"等着妹妹那个高高的月亮"，独守着一个美好的梦想，就成了他们生命中挥之不去的火苗和希望。这应该与孤独、寂寞、忧郁有关，与绵绵乡愁的悲剧氛围有关。

悲伤止于恋歌。苍凉和忧伤也许也是一种美丽，一种动力，一种催促生命、激发情感意志的动力。这种动力并不是每个人都能遇到，一个人一生也许能遇上一次。我想，只要遇上，就能使人的一生都放出光芒。真正的思绪、心事、期待是很难用这首曲子淋漓尽致地表达的。男人和女人，独自抚摸着自己的胸口，感知着对方的守望和等待。即有执着的守候和守候的苍凉，又有靠在肩上的平静又安详。

听歌的女人总是把自己想象成一轮月亮，把《守月亮》这首歌视为对自己心灵的低语。正因为灵魂深处潜伏着这样一种梦思，所以，已经点燃，就会着迷。口里说出相爱的话语是何其容易，心里真正相知与疼惜是多么艰难。谁能体会内心维持的这份坚定和忍耐、宁静与喜悦呢？思绪沉浸在情感的缺憾、苍凉和忧伤中，甚至有一种怆然出世的感觉。

二

这正好与大法师李叔同的《送别》相反："长亭外，古道边，芳草碧连天。晚风拂，柳笛残，夕阳山外山。天之涯，地之角，知交半零落；一杯浊酒尽余欢，今宵别梦寒。"

大法师在他将要圆寂的弥留之际，留给这个世界最后四个苍劲的大字："悲欣交集"。悲欣交集，囊括了两千多年的历史风云，更总结出了所有人的一生。这四个字，不知道李叔同思量了多久才得出，也许这是他看尽了天下人和事后的总结，也许是他临终前的猛然顿悟。

据说，在李叔同圆寂那天，天空中回荡着洞箫的声音，袅袅渺渺，似乎是缭绕在云端，又似乎是回旋于山水间。还据说，那洞箫吹奏的曲子，正是他的《送别》。

我想，在《守月亮》和《送别》的"守"与"送"之间，是人们对两端的执着，又是人的两难困境。在"送"里发现对生命本原的体验，在"守"里发现对生命过程的强调。这都是对生命本身的侧面把握。

大地在清冷的空气中，安静而简单。万物都在安睡：那弯月亮、葱茏的花草、河边的树木以及水中的倒影。今夜，我一个人，干干净净，看守着月亮，看守着我们的家，看守着整个北方平原。我是世界上最幸福的女人，因为你去了远方，而我正在等你。

几多无奈，几番离合，长路漫漫，等待无果。理想在血液里飞奔，大雪在发际飞奔。在"守"与"送"中，我们打磨着生活之剑，慢慢斩断飞奔的翅膀，逐渐恢复一轮月亮的宁静。

《守月亮》是静静夜晚的倾听、诉说和守候，小桥流水，野渡红荷，茫茫

山野,漫天萤火……

写于 2005 年 2 月

抵 抗
——聆听张维良的萧声

在一个文艺论坛看到有人提到张维良的《天幻箫音》,轻易就搜索到了。

沉寂午夜,箫声呜咽,有灵魂出窍的灵异感受。

《天幻箫音》的曲目分别为索、卜、怆、幻、寞、玄、真。他把万物都纳入自己的内心,好像在另一个世界里沉浸、漫步、指点江山、呼唤一个人的名字。他沉默着、不亮出内心的刀剑。

《天幻箫音》也像中国的写意画,简单的线条底下有无尽的意蕴,真正是"大音稀声"。作家苏童说:箫是一种有苦难言的乐器。

有人说,《天幻箫音》除了《真》以外,似乎其它几首不大容易取悦女性。因为作品里多的是男人的思考,而少了些缠绵悱恻的情感。我想,这是男性对女性的误读。一部具有永恒魅力的经典,应该是没有性别的。于是,我找出张维良作品以及相关评论,反复聆听,一一品读。

索。《索》曲是寻寻觅觅的李清照,秋风萧瑟之中抚琴独立,吟唱着悲苦的人生,思索着生命的真谛。是李清照身经国破、家亡、夫死、遇人不淑等不幸遭遇,以及颠沛流离、孤苦无告的经历。是李清照的《声声慢》,是"寻寻觅觅,冷冷清清,凄凄惨惨戚戚"。《索》曲更是屈原,贯穿于《离骚》长诗中的一股忠怨之情。一个"忠而被谤",爱国获罪,眼看着国家濒临险境而又"救国无门"的人,该是有怎样的一种激怨之情啊!是诗人的心路历程,也是一种求索精神:每一个有相同经历的苦闷灵魂,是都能上天入地的。求索、探索,人生一辈子都是在索。《索》曲刻画了人类探索生命内涵的深远意境。

卜。当你升入云端之时,听到的《卜》是一曲灵肉和谐,天人合一的颂歌。那是一个无风的早晨,烟雾升腾,一群虔诚的祈愿者匍伏在大地上,凝结着人们内心祈愿的神秘能量,成就一切,普度众生。箫和埙的重叠,造就了一种天人合一的庄严境界。说是祭祀求愿场面,倒不如说是原始世界对宇宙的礼赞。没有任何东西是单独的,所有的东西都连接在一起。所以,不管星星距离我们有多远,当它变动时,我们的心跳也会受到改变。而且不管太阳有多远,当它受到打扰时,我们的血液循环也会受到打扰。一片小小的叶片在太阳上有它的作用,太阳也在这片叶子上有它的作用。这片叶子并非微小到太阳会说:我不在乎你。也不会因为太阳的巨大而说:这片小叶子能为我做什么呢?生命是互相连结的。在这里没有任何东西是大的或小的;每一样东西都属于一个有几的统合体。

怆。是有泪不轻弹的男儿,难掩的那份哽咽。《怆》曲画面感很强,开始就有北风的呼啸声,箫远远地吹来,仿佛一片很萧瑟的场景,突然有一下让人跳起来的声音,就好像是晴天霹雳,然后箫就如泣如诉地吹出一种哀怨的心情,后来有一段快板,是古筝和箫的对句:北海边的苏武,手持旌节,饮雪吞膻,忠心不改,漫天飞雪之中,是苏武对天的指控。"风萧萧兮易水寒,壮士一去兮不复还",又是"前不见古人,后不见来者,独立苍茫,怆然泪下",是男儿的苍凉与悲壮。

凤凰涅槃,浴火重生。庄周化蝶,羽化登仙。孤雁哀唳,红狐飞窜。面对鬼斧神工的自然,面对人生中的重大变故,感受到人世间的苍凉与悲壮,怪唳与阴鸷……所有这些,深深触及心灵时,我们才真正忘记俗世凡尘中的烦恼与悲伤,在自己心里营造一个美丽的浪漫,譬如远离故土,譬如放逐身心,譬如在自然中消释疲倦、荡涤灵魂。生命匆匆,白马过隙,何不让它充满激情与活力,充满浪漫与奥秘?何不在苍凉与悲壮中升华我们的灵魂呢?

幻。适合月夜,适合月光下的散步。那幽幽的不太明亮的光,让人产生幻觉。"何夜无月?何处无竹柏?但少闲人如吾两人者耳。"除了宦海沉浮的苏轼与他的朋友张怀民外,恐怕在月下散步的人就不多了。飘逸,将人们引入一种神奇美丽的魔幻境界:空明澄澈、疏影摇曳、似真似幻。

寞。似默默无语的凝视,似思绪万千的冥想。这是另一种形式的静心,超然的、不带任何偏见的观看。无需做什么事情,你只是带着内在的宁静坐着、听着、感觉着、观看着所发生的一切,这种宁静就像广阔而空明的天空,

但却是带着生命的震颤。看着它,没有判断,没有责备,没有好,也没有坏。

也有人说《冥》是一首怨曲,无奈,令人落泪。当一些乐器一起哀怨的和箫对话时,就像一群怨女在互诉心曲。

玄。诵经,吟唱和箫融为一体,是先知先觉的智者在向人们解释着大千世界,还是芸芸众生在超度自己的灵魂?"道可道,非常道。"道,可以意会,但不可以言述,能用语言讲出来的,就不是永恒的道。老子是最终的灵性,超出他之外就没有什么了。就老子而言,第一步就是最后一步,事实上,并没有哪一步是最后一步.没有开始,也没有结束。臣服和意志都会把你带到老子开始的点。所有的终点就是起点,他的路是无路之路。《玄》曲辩证的哲理,是东方智者对大千世界的感知。曲前和曲末都有诵经,曲中表达了现代人的情感和古老宗教情绪的相互渗透,渺渺箫音之中,让你领悟"玄之又玄,众妙之门"的意境。

真。真、善、美的世界,以真为最。滚滚红尘之中,《真》诉说了人们对真的向往,纯朴、纯真,抱朴守一。"夕阳下、古道边,芳草碧连天。"是一位上了岁数的老人回忆他的童年时代。犹如枯树,面对春风,他的心温润了,融化了。少年合唱团和黑鸭子的纯朴和音,配合祥和欢快的箫,带出和谐的欢愉相聚场面。缓缓进入生活,慢慢让人忘记伤痛,慢慢让人告别冰冷。如果说《索》是一种天上的情感,而《真》让我们又回到了人间。冲破孤独,纵情恣意,在温婉与飘逸间更多展示了悲怆与激越!

呆坐在夜色里,专心听张维良吹箫,阅读一些相关资料,内心的抵抗越来越多,又越来越少。没有欢乐,亦无忧伤,不是痴迷,亦非沉醉。曲终良久,似有一滴夜露,伴一缕箫魂,在心头滴落。电视剧《西游记》有这样的画面:孙悟空回去请求菩提祖师帮助,而祖师避而不见,唯见断梁蛛网,孙悟空凄怆地喊了一声"师父……"。无奈、无助,孤独无告。这样的音乐和这样的画面,让人内心沉浸,乐句里含着的那份悲凉,让人万念俱灰。

可是,谁能说孙悟空的求助和张维良的萧声不是另一种抵抗呢?抵抗着自己的内心,自己奔腾不听使唤的血液,抵抗着世俗的生活,抵抗着庸俗和无聊。或者说是一种歇斯底里,深深掩埋在自己内心里的歇斯底里。同时又是一种转化,转化成了天空、大地,以及存活在它们之间的花草树木、鱼虫鸟兽、来往的人群、清晨的薄雾、黄昏的残阳……,在不同的心境下聆听,可以抚平或共鸣我们的情绪。

萧声太孤独了,好像是一个人远远地走在了前面,或者远远地落在了后面。箫声让我们进入内在,进入无法透过语言来传达的内在,它存在于话语与话语之间的空隙,穿透并进入那个空隙,那里有个真相:奇迹随时都有可能发生,千万不要轻易放弃。奥修说:"你的内在本性就是内在的天空,云来来去去,星球诞生又消失,星星升起又殒落,而内在的天空却依然如此,不曾被触及、没有被玷污、没留下痕迹,那就是静心的全部目标"。进入,享受内在的天空。无论你能看见什么,你不是它;你能看见思想,你不是思想;你能看见你的感觉,你不是你的感觉;你能看见你的梦、欲望、记忆、想象、投射,你不是它们……听箫,让所有看见的消逝,只留看者,看者就是那空明的天空。

这是张维良的《天幻箫音》对万念俱灰的人的一种感化,也是对听者最好的施与和馈赠:天地厚德,垂怜万物,不嫌弃我们的渺小。

写于 2005 年 4 月

孤独悲情的狼
——听马修·连恩的《布列瑟农》

背景:

《布列瑟农》选自马修·连恩专辑《狼》。1992 年加拿大育空地方政府施行了一项名为"驯鹿增量"计划,为达到目的,却必须大量捕杀狼群。为此,30 多位音乐工作者以 2 年多的时间,完成了《狼》这张专辑:它以最直接的感情,最沉痛的呼声,敲击着人们的心。这是以音乐与人性写下的动人史诗。这是以美国育空河流域狼群为主题的音乐史诗。制作人兼作曲者、歌手马修·连恩,他生于 1965 年,7 岁就来到了育空。他的作品,流露着对育空深深的感情。马修·连恩的声音带着一丝哀伤,略有些沙哑,不声嘶力竭,却充满力量,歌词流露出宁静安详的意境……。《布列瑟农》为奥斯卡金曲。

聆听:

好吧,现在,请你坐下来,给自己倒一杯茶,让我们一起聆听。自然也在聆听。我们不必有过多的感慨,《布列瑟农》一下子就能把你从安静的斗室拽进苍凉的荒野。透过音乐,你可以游走于旷野,游走于人与狼之间,你将发现你和狼的距离是那么的近,甚至能感受得到彼此的呼吸。那是在音乐旷野里发出的空灵而又厚重的寂静之声。

孤寂的狼,孤寂的原野,黄昏日落,夜幕即将笼罩这片广袤的大地。微风吹拂着原野上那肥沃的碧草,在夕阳下也照得金黄。一个黑色的生灵,站在山崖顶端,仰望着天际。睁大的眼睛望着天的最远处,那灵炯而深邃的眼神中充满了幽怨与哀愁。眸子眨了眨,随着夕阳日落而失去了光彩。星空依旧那么璀璨,圆月当空,它不禁伸直了脖子,发出了绝望的一声哀嚎,"呜"——。

闭上眼听着《布列瑟农》,在这漫漫长夜里,一个又一个画面如影片般在脑海中闪过。

画面一:

远离家乡,他一个人站在等待火车的站台。广播里放着《布列瑟农》,那是他第一次听到这首歌,心中尽已被那苍凉悲怆的音乐所占据。那温馨的故乡已要离我远去,往昔的人,往昔的事,也深深埋入心底。望着站台上那一幕幕送行的情景,那些被送的人脸上带着不舍,可我知道他们心里仍充满温暖。

他,一个人,寒冬的时节,孤寂。不知何时,火车开动了。一匹狼,离开深爱的原野,逃离猎枪,踏着同伴的尸体与鲜血,忍着心中的痛,流着不舍的泪,四处流浪。

"我站在布列瑟农的星空下,而星星,也在天的另一边照着布列瑟农。请你温柔的放手,因我必须走。"离开那天,说了分手,既然要走就不要任何牵挂。难道真的就没牵挂吗?

"虽然,火车将带走我的人,但我的心不会片刻相离。看着身边白云浮掠,日落日升。我将星辰抛在身后,让他们点亮你的天空。"

想起那千丝万缕的情怀,他不知要说什么。

北风呼呼地刮着,他看见了狼,那只从原野中逃生出来的狼。虽然四处流浪,但它依旧没有失去狼的尊严。

画面二:

还是那所乡村小学。小学就坐落在一所庙宇的旧址上,学校用的钟就是以前庙里和尚使用过的。夕阳西下,钟声敲响,那声音遥远却清晰,在记忆中回响。狼低下头,闭上双眼,舍不下这片原野,这片生长育养的母地。圆月之时的那一声声哀嚎,让我们感触到了它的孤寂。狼的残忍是为了生存,它们内心却是异常的孤寂,如我一般。

画面三:

你说:故乡总是在梦里——故乡的春天是黄色的,油菜一大块连着一大块。故乡的河水很清澈,河是弯弯的,很和缓的河床。可以用苇叶卷成悠长的芦哨,也可以用岸柳的嫩枝做成悠扬的柳笛。夏日里摸鱼虾、捉蜻蜓……你还说:你工作的那个城市的商城里,下班前都要放《回家》,每次听到,都很感动。和《回家》一样伤感的《布列瑟农》响起来来了,马修·连恩浑厚的男声在舒缓讲述着你无奈的离乡曲,带着怀念的声音,一颗流浪的心是怎样怀想着故乡? 狼群目睹着同伴断气在人类枪下的身影,它们的眼神中没有恐惧,只露出一股沉静:那是原野上的傲气,天生的野性。随风而去吧,在原野还能奔跑,血液尚未流尽之时,回首凝望,原野仍在风中摇曳,只是越来越模糊了。它无法舔舐同伴的鲜血,就带着它的灵魂浪迹天涯……

画面四:

那还是一个黄昏,离别的时刻就要到了。害怕离别,却注定离别。他们相互拥抱着,安慰着对方。火车上,一个在车里一个在车外,他们就这样站着。他流了很多汗,她隔窗把毛巾递给他,她想让他闻到她的气息。当火车启动的那一刹那,那是多么单调而又蕴涵无限韵味的声音呀! 火车上,只有她一个人,半夜孤零零醒来,望着窗外,黑幽幽的,她对他说:有星星吗? 即便有也是孤单的吧? 我的心却不会片刻相离。他对她说:你走就走了,为何还带走我的心,让我空留一个躯壳,孤独漂泊在异乡的风里……这个时候,《布列瑟农》吟唱着的,是离别的无奈与不舍。曾经的美丽,曾经触手可及的幸福,片片洒落。

听着《布列瑟农》,一股莫名感伤袭卷心头。这首歌陪我度过了一个又一个寂寥的夜晚。那悲凉的曲风,凄美的意境,绕絮在脑海里,久久不能平息。

回响:

音乐它代表了什么呢? 它是我们的潜意识吗? 它可以改变我们的思想

吗? 或者说,音乐就是我们不同时期灵魂的缩影。

马修·连恩的《布列瑟农》是天堂而来的忧伤,在我们心中回响,仿佛一抹极淡的墨色从宣纸上洇过,只那么淡淡的一缕,然而却透着燃烧过的激情和悲伤,在梦中回到过去的缘份。给人安慰、安静、祥和、纯洁,让人感到震撼的不是高亢的音调,却恰恰是他的平静、柔和以及亲切。这可能就是最原始的感受。现在的我们,到底还保存多少最初的感动,以赤子之心去相信不测的造化呢? 是否还有一种状态,可以没有责任,没有罪恶,只留下美丽与真爱呢?

那肯定是一种想哭的温柔。

《布列瑟农》是最直接的感情、最沉痛的呼吁,敲击人心,若隐若现,孤独而悲情。《布列瑟农》传达出对"自然"和"生命"的爱。

泉水淙淙,鸟鸣啁啾,野生狼群站在布列瑟农的星空下,这曾经是那样桀骜不驯的灵性生命,正在无奈地诉说着自己和种群无处栖身的悲伤。钢琴、民谣、吉他和高音萨克斯管,控诉着贪婪之人对野生狼群的蓄意谋杀。真实的音符忠实地记录了人类对自然的摧残。面对全部武装的人类,狼是弱者,是生命无从着落的弱者,是黯然神伤的异族。它们此刻在星光月夜里,悲情地凝望厮守缠绵过的故园,在搜寻的感伤里,作别为了生命、为了生存、为了延续,选择死亡或者选择离去。

突然想起不久前读到的这样一个故事:在火车站的自助餐厅里,斯·伊·维特凯维奇独自吃着晚餐。他的服饰、举止使他区别于周围的环境,他显然属于战前俄国知识界。他引起了坐在餐厅的几个流氓的注意。他们走到他的桌子边,开始嘲笑他,最后还向他的汤里吐了口痰。维特凯维奇根本没有反抗,也没想把那几个闹事者赶走,场面持续了很长时间。突然,他从兜里掏出一把左轮手枪,把枪管插进了嘴里,开枪打死了自己。

诗人米沃什在他晚年的《米沃什词典》里回顾了维特凯维奇自杀这样一个悲剧事件:"他自杀的原因中有恐惧的成分,但更多是出于他对他知道将要发生的事情的厌恶。""我们最好想一想,在人类的生存中有什么是无法忍受的,而在某些情况下,这些无法忍受的因素全汇集到一起。这样一想我们便会得出结论:有必要保护人类,需要的话,甚至应该用幻想的蚕茧将人类裹在其中。"

维特凯维奇的死是一个寓言。一个诗人、作家,在遭遇荒谬时,以一种特殊的反抗来维护生命的纯洁和高贵。厌恶,既躲不开,又不能妥协和忍

耐。怎么办？老舍先生在太平湖边的最后那个晚上，一定也痛苦地思想过。

孤独而悲情狼该怎么办呢？

荒野上奔跑的狼群，面对人类的枪口，流露出的可能也不是恐惧，只是一种深沉的悲伤；茫茫人海中的我们，面对无法改变的现实生活，流露出的更也应该是感恩和反思。无论是人类还是动物，当活下来，意味着不尽的屈辱和羞耻的时候，生命还怎样继续呢？

《狼》bressanon 布列瑟农中英文对照歌词：

HereIstandinBressanone	我站在布列瑟侬的夜色里
Withthestarsupinthesky	满天的星星在天上闪耀
AretheyshiningoverBrenner	远在布雷纳的你
Anduponthe otherside	是不是也能看到它们的眼睛
Youwouldbeasweetsurrender	如果你心甘情愿放弃
Imustgotheotherway	我只有走上另一条路
Andmytrainwillcarrymeonward	火车将载着我继续旅行
Thoughmyheartwouldsurelystay	可我的心却会留下
Womyheartwouldsurelystay	哦，我的心一定会留下
Nowthecloudsareflyingbyme	流云从我的身边飘飞而去
Andthemoonisontherise	那一轮月亮正在升起
Ihaveleftstarsbehindme	所有的星星我都留在身后
Theywerediamondsinyoursky	如钻石般点缀你的夜空
Youwouldbeasweetsurrender	如果你心甘情愿放弃
Imustgotheotherway	我只有走上另一条路
Andmytrainwillcarrymeonward	火车将载着我继续旅行
Thoughmyheartwouldsurelystay	可我的心却会留下
Womyheartwouldsurelystay	哦，我的心一定会留下

写于 2006 年 4 月

第七辑 人物

黑马夜行

徘徊夜都市

"黑马夜行"是我见到的网名中比较喜欢的一个。第一次看见这个名字是在一个寒冷冬天的夜里。

在"徘徊夜都市"里,"黑马夜行"的名字排到"沉默的色狼"、"一夜深情"等几个名字后面。

黑马夜行!

一匹黑马徘徊在冬天的夜都市里,完成的是怎样撼人的艺术审美呢?首先,夜行的黑马唤起了我的母性,使我想起刚刚看的一篇文章,文章是一位母亲写的,她十三岁的孩子泡吧已经两天没有回家了,她找了半个城市的十几家网吧,却没有找到。这位母亲发出撕心裂肺的呼喊:宝贝,快回家!于是,我把夜行的黑马想像成那个被母亲寻找的孩子。我动情地对他说:"孩子,回家吧,你的妈妈在找你。风那么大,夜的都市太冷了。"

我眼前出现一个幻象:一个迷茫的孩子,一个孤独的行者。

他很冷静,淡淡地说:"谢谢你,葵花,我不是个孩子,我想再走一会儿。我习惯了黑夜里的行走。"

我坚持着:"你看,远处霓虹闪烁,万家灯火,你的亲人在等你回家!"

他好像很怀疑我的话,辩解道:"等待?没有什么人等待我,也没有什么人让我等待的了。"

我刚写的一篇随笔就叫《等待》,我用文章的片段继续对他说:"等待就像是你在漫长黑夜里行走,没有星星和月亮,只有自己的脚步声相伴。但机会常常是在你看不见的黑夜里生根发芽,然后破土而出。这种情形也许在你放弃之前,也许在你离开之后。"

他很真诚地说:"你说得真好,葵花,像散文诗似的,但今天太晚了,你也该早点休息了,改天我们再聊吧。"

凌晨两点,我们留下各自的 E-mail,分手了。

第二天,就收到了黑马发来的电子邮件,他简单介绍了自己的情况:1966 年生,属马;老家在湖南一个偏远的山区,父母都是农民;历史学研究生毕业,现在在中央某机关工作。我立即回信,介绍我的情况,并对他的真诚表示感谢。

曾经沧海

再次见到黑马是一周之后的一个周末。在搜狐聊天室的"曾经沧海"里,黑马向我讲述了他曾经沧海的故事。

"我和她都是湖南人,大学毕业之后我们分到同一个城市的不同学校,那时我们并不认识。1993 年,我们同时来到北京一所高校教书。我们在一个系里,我教历史,她教英语。我从老家来到这样的大都市,没有朋友和亲人,那时的我很自卑。而她比我自信,各种条件也比我优越。她曾经谈过几个男朋友,但最终也没有找到最适合她的。她累了,不想再寻找,于是我成了她短暂的港湾。我清楚地记得那是十二月的一天,北京刮起了很大的风,沙尘暴来了。那天,我们隔着紧闭的玻璃窗户向外看,沙尘使劲拍打着室外光秃秃的树枝,拍打着每个低头艰难路过的行人。我们坐在一起聊天,聊到很晚。我们住到了一起。

"在一起的日子,对我来说,快乐并不多。对她的迷恋,是我没有预料到的。我很内向,天性忧郁,一种随时会失去她的恐惧加剧了我的忧郁。于是猜测、不安吞噬着我的心。我预感到,对我们来说,分手是迟早的事。

"放寒假了,她给我一个电话,也给了我一个条件:在没有得到她的允许之前,不能打这个电话。我接受了这个条件。春节前,我给她寄了一个贺卡,是用特快专递发的,却被退回来了。我觉得是一种态度,一种征兆。我在担惊受怕中度过了寒假。我想去她家看她,想和她一起回北京,但为了我承诺过的条件,我还是一个人提前回到学校。情人节前的那天,她要回北京了,我去接站,她低着头走出车厢。晚上,我问她,她说要和我分手,并说是因为母亲的阻拦。于是,我和她在抱头痛哭中过完情人节。这也是我们的第一个情人节。

"但是,分手之后,我们依然过着情人的生活,那更使我感到羞辱。我只有绝望、绝望、绝望,你能理解吗?因为我爱她,因为我不想失去她……后来她又有了男朋友,但即使在他们频频约会的时候,我们还是在一起。直到中秋节,她让我亲了最后一次,并对我说她要和她的男朋友到芬兰了。我的第一次真正的恋爱才算真正结束了。"

他一口气说了20分钟,好像说得很费劲。半天我们谁也没有说话。他问我:"你累了吧?"

"不,一点不累。"

他的话又在小窗口里出现了。"从此,我不再相信爱情,不敢奢望爱情之神的光临。后来,由于我不能摆脱湖南乡音,普通话一直说得不很标准,我不得不离开学校,来到一个文献研究室。在那里,和一个图书馆员结了婚,生了孩子,过着普普通通的生活。"

罪与非罪

以后的几个月,不断看到"黑马夜行"频频出现在搜狐的"成人世界"的"罪与非罪"和"曾经沧海"里。我们只要见到,就会主动打声招呼。

网上的黑马是热情、幽默而又风趣的,这与生活中的黑马形成反差。一次聊天的时候,我说我要参加一个考试,他就主动帮我找资料,用 E - mail 发了过来。再遇到他时,我说谢谢你,黑马。他说不用谢了,什么时候我去你们那里了,你请我吃一顿饭得了。我说别说请你吃一顿,两顿都没有问题。他说别是一顿好吃,一顿猛打呀。

工作和生活中,他说他几乎没有朋友,和他一起玩的大都是刚毕业的小伙子。在单位,他和别人的关系总是相处得不很融洽。有一次,单位传达什么上级的文件,黑马一听就很反感。他把自己的脚伸到桌子上以示自己的不满。领导批评他,让他放下,他很不情愿地放下脚之后,掏出自己的手机玩打起了游戏。黑马说,我就是想让手机那嘀嘀的响声掩盖那虚假的声音。

黑马得知我喜欢诗歌,就主动把自己以前写的一首诗发过来了。他在信中写到:《这一天》是我以前写的一首算不诗的小诗,很久不接触诗,也不知道诗发展到什么样了,看后请指点一下,可不要嘲笑!

这一天\迟早要来\是在柳芽微吐的初春\是在麦浪涛涛的六月\是在你独倚窗前\让嘴角的微笑,泛起甜蜜的往日\是你行走在拥挤的人

群\心头的冷意,孤独成空旷的荒原\是你精心准备好了一个姿势,犹如飞天\是你正奋力前行,汗水流成了疲惫\这一天\终究要来

再在聊天室碰到的时候,他问我:你知道我在诗中表达的是一种怎样的心情吗?我说:"我想,应该是一种期待吧?期待着'这一天'的到来。"他说:"错了,你完全理解错了,我是在拒绝,我不希望'这一天'的到来。"

拒绝?"这一天"是拒绝得了的吗?于是,我写了一首《飞瀑》,发给了黑马。

溪水,在没有期待时\才款款而来\从容,皆因无奈\曾幻想的一切\随茫茫岁月\泯灭\所有的希望\或者拒绝,以及\最深处的隐痛\都被命运之神\大肆掠夺,又温柔占领\掩盖\旧时恋情\这一天,扑崖而出\失足而下\在粉碎时获得\表达的圆满

我万万没有想到,这首诗竟被黑马引用,而引用的地方,却是他想跳楼的时候。

5月中旬的一天,我突然收到黑马的来信,他说,他对自己的工作(给政治类图书注释)毫无兴趣,而他自己搞的中国近代史研究却没有任何进展;他今年该申报副高级职称了,但由于没有成果(发表的学术论文和出版的著作)而可能泡汤;他妻子反对他上网,说他不务正业,整天数落、监视着他;他4岁的儿子每天早晨起床后不愿意去幼儿园,睁开眼就哭。黑马说:"孩子一哭我就想揍他,为此和妻子经常吵嘴……"他越来越感到对社会对家庭没有什么益处:对社会没有什么贡献,对家庭负不了责任。他说如果这样下去,他很可能离开家庭自己生活;他说真想一个人找个偏僻的地方,静静呆上几天。他最后说:"有好几次,我站在顶楼上,想跳下去,像你《飞瀑》中写的:扑崖而出,失足而下,在粉碎时获得表达的圆满。"

黑马是他们村出来的第一个研究生,也是唯一一个在北京工作的人。他是亲人特别是母亲的自豪和骄傲。他的母亲总是对人说:我这个孩子从小就听话,爱读书。黑马在信中写道:"其实,我真想回到从前,回到我的山村,回到日出而作,日落而息,自己种地自己吃的状态。"

收到这封信后,我立即写了回信,写到如何正确对待人生中的不如意,还谈了自己教育孩子的几点体会,告诉他"一个人到个偏僻的地方,静静呆

上几天"是个不错的主意,又建议让他去见见心理医生等等。但写了三封,也没有见到黑马的回音。我知道,我的劝说是苍白无力的,因为现在的他,不可能听进去一个网络中虚无的声音。

我多次到聊天室,没有再见到他的影子。

后来,我按照他给我的姓名、地址,通过114查号找到他的单位。和他一个办公室工作的一曹姓老同志说:"你是他的同学吧?他出车祸了,是个意外,腿部受伤了,没有生命危险,现在还住在医院里……"

走过时间

6月,我随一个培训班到上海参加为期3个月的培训。我离开了家,离开了计算机,也离开了网络。怕给黑马和他的家人带来不必要的误会,我一直没有和他电话联系。尽管很牵挂,对他的伤势,我还是一无所知。

9月回来的时候,搜狐聊天室改版,变得面目全非。我又一个聊天室一个聊天室转,很想看到黑马的名字,但转了将近一个小时,连一个熟悉的人也没有看到,正准备下,一个叫"走过时间"的人向我问好:"葵花,你好,好久没有见到你了,忙什么呢?"我很纳闷,问道:"你是谁呀?"他说:"我是黑马呀。"

黑马!

听说是黑马,我的眼泪一下子就流了出来。我说:"哦,黑马,是你吗?"

他说:"是的。我改网名了。"

看着"走过时间"这个名字,我感到很欣慰也很陌生,心想:从"黑马夜行"到"走过时间",经受了一场意外车祸的这个36岁的历史学研究生,这匹网络中的"黑马",到底感悟了怎样的人生,经历了怎样的心理磨难呢?

他说:桃花开了,桃花谢了,心中的三月过去了,永远的过去了……

写于2003年12月

(《黑马夜行》获河南省新闻工作者协会、副刊协会年度优秀文艺作品二等奖。)

漂亮女科长

改 名

2003年年初的一天晚上，10点左右，我用网名"秋天的葵花"进入搜狐聊天室。

不到十分钟，一个叫"漂亮女科长"人问我："有人和你聊天吗？"我说："刚来，还没有呢。"

她接着说："肯定很少人愿意和你聊，你的名字太土气了，改名字去吧。"

我问她："改什么呢？你帮我想个。"她说："叫'漂亮女秘书'吧？这个名字肯定会有不少人找你。"

我抗议道："你想得倒美，你当科长，让我当秘书。要改我就改成'漂亮女局长'，管住你。"

她说："不行，不行，这样人家容易把你看成女强人，会害怕你的，人家会躲开你。如果不喜欢叫秘书，就叫'漂亮女干部'也行。"

我说："我长得一点不漂亮，我不想欺骗人家。"

她连打三个"哈哈哈"之后说：在聊天室里，谁看见你长得什么样的？不就是聊个天吗，还那么当真？你上网不久吧？哦，三个月呀？我上三年多了。叫我姐姐吧，以后我教你……

她打字很快，我只顾看，手便跟不上了。我连忙说："姐姐，请多赐教。"

她又"嘿嘿"一笑说："乡下妹子，嘴还挺甜，以后就当我的秘书吧？"

红尘有爱

以后再见面的时候，她总叫我"女秘书"，我就顺势叫她"科长"。深入聊天之后才知道，"漂亮女科长"比我这"乡下妹子"还小两岁，而且"漂亮女科长"不是科长，是江苏省一个地级市里的副县级干部。据"科长"介绍，她的丈夫文气、忠厚,是当地一家报社的副总编,儿子8岁,聪明又淘气。看她的照片才知道,她不但脸蛋漂亮,还擅长穿衣打扮,风衣、裙子、丝巾,搭配得当,风韵十足,小巧玲珑的样子,标标准准的江南美女。

"女秘书"向"科长"请教了不少网络中的问题和生活中的困惑,"科长"也向"女秘书"讲述了许多生活中和网络中的精彩故事。

生活中的"漂亮女科长"是一位非常聪明能干的女人。她所在的那个城市第一次公选县处级干部的时候,她以全市第一名的成绩成为那个市最年轻的副县级女干部。公选的成功给这位本来就很自信的女人增添了新的激情,她投入极大的热情兢兢业业的工作着,决心在仕途一展精干女人的飒爽风采。可6年过去了,她一点没有感觉到自己有被提拔任用的迹象,感觉到的却是身边两个不如自己努力人却平步青云……

我劝她:"这些都是身外之物,顺其自然吧。"她却说:"创造机会的人是勇者,等待机会的人是愚者。相信我是勇者,不是愚者。"

有一天,再去搜狐聊天室的时候,一个叫"红尖有爱"的人和我打招呼:"女秘书,是我。"我知道这是"漂亮女科长",就连忙问她:"科长,怎么叫起这样怪怪的名字?"

没想到她回答到:"骗人玩呢。"

原来,"漂亮女科长"有个要好的女友也上网,女友的网名叫"红尘有爱"。最近她在网上遇到一位西部城市的一个"大干部""西部白沙"。"漂亮女科长"了解到:"西部白沙最少是个地厅级干部,他成功又孤独。"

"漂亮女科长"在她的这位女友出差不能上网的时候,悄悄把名字改成"红尖有爱"。她决定会一会这个西部成功又孤独的"大干部"。

工夫不负有心人。在搜狐聊天室的"胭脂扣"里,"红尖有爱"终于看到了"西部白沙"。她并不急着点他,她想他会主动和她说话的。果然不出所料,在僵持半个小时后,他点她了。

"你的名字和我一个网友的名字很相像。"

"是吗?"

"是的。她叫'红尘有爱'。"

"'红尘有爱'?哈哈哈,红尘之上的爱是凡俗的爱,红尖上的爱才是经典的爱。"

"哦,原来一个字有这样的区别呀?我倒想请教:你的红尖之上到底有什么样的经典的爱呢?"

"不是有这样的诗句吗?'小荷才露尖尖角,早有蜻蜓立上头。'小荷出淤泥而不染,等待着那一只蜻蜓的光顾。对小荷来说,短暂的花季时光,能遇到那一只蜻蜓是她的幸运,若遇不到,她宁愿孤独地死去,不再去招蜂引蝶,因为她要等待的就是那一只,那一只!那一只命中注定的蜻蜓。"

"哦,看来你是一个追求完美的女人。可是,我想,你那红尘之上的爱只是一个女人的美梦而已,很难实现的。"

"是的。这是我今生今世的梦。遇到是我的幸运,遇不到,也宁缺毋滥,况且孤独寂寞已经变成一种习惯,我正慢慢品味。你呢,西部白沙?能说说你吗?"

"我呀,我只是一个粗人,而且长期有一种孤独压抑之感,对于人生、对于社会的看法都有一些悲观灰暗的情绪。我可是在沙漠里远行几十年了,看不到绿色,看不到温柔。"

……

今宵共此时

连她自己都没有料到,骗人玩的"红尘有爱"和与她同样孤独寂寞的"西部白沙"一下子就爱上了。他们相见恨晚,如此如醉。这让两个人感到措手不及。

"西部白沙"生长在河南偏僻的农村,儿时贫穷的阴影一直伴随着他的大半生,不愿走父亲面朝黄土背朝天的老路,读书,上学,走入仕途。他从不敢对自己有半分松懈,所有的才情都用在仕途上了。为了仕途,他时常需要喝酒应酬,可都是一丝不苟地遵循着永远不醉的原则。连爱情都是不敢醉一次的,放弃了初恋,选的妻子是端庄雍容绝对温柔的女子。那天,突然从屏幕上传来这样的句子:"则为你,如花美眷,似水流年。"

以后的两个月,在搜狐聊天室见"漂亮女科长"的机会明显少了。两个月后的一天,她对我说:"我真的爱上你那个老乡了。他是我的。这种感觉,让我觉得是一种归宿。我们彼此已经离不开了。"

半年之后,"西部白沙"带队来到"漂亮女科长"所在的城市考察,两个网络中相爱的人终于走入现实。午夜的宾馆里,两个人抱头痛哭,悱恻缠绵。

以后,我就再也没有见过"漂亮女科长"在聊天室出现过。

后记：

2004年8月1日，是星期日，在QQ里，我看见一个叫"江南小雪"的头像一闪一闪地上来了。我犹犹豫豫点了她："请问，请问，你是？你是科长吗？"

她开口就骂："混蛋，秘书，你跑哪去了？怎么也找不到你。幸亏记得你给我过一个QQ号，昨天才在一个本上找到……"

我问她："最近忙什么呢？"

她说："买了一套房子，我和老公都在忙装修呢？孩子也放暑假了，天天闹着让带他出去玩，哪有时间呀，再说了，这天热的……"

我小心问她："我那老乡……？"我还没有说完，她就打断我的话："别提他了，生活才是最真实的。你难道没有听说过网恋六步曲吗？"

"什么网恋六步曲？"

"12个字的'聊了，爱了，见了，睡了，散了，哭了。'还有7个字的'聊、想、见、上床、完蛋。'"

……

写于2004年10月

天　鹅　梦

■"如果我是一个正常的人，我一定要善待每一位有缺陷的人。我不会给任何人制造痛苦，因为我品尝的痛苦太多太多。"

■"经过这么多挫折和磨难，风雨变迁，我才懂得人生不能没有梦想。梦想——是人的起点也是终极目标，这可以使人摆脱昔日的哀愁，可以使人的心灵变得美好，充满希望，可以使人有限的生命走向无限。"

■"我把自己的心剥得一丝不挂赤裸裸地展示到世人面前，甚至不惜暴露我全部的生活隐私，只求能通过这本书的问世，得到世人的理解和社会

的认可,让那些生活在快乐中的人们看到我们这些的悲哀,让我们这个大家庭多一份真诚,多一些友爱。"

一个女孩和一部童话

"在一个十分美丽的大池塘边,有只母鸭正在草丛中孵着蛋。

咦?这只小鸭怎么这么大,这么难看?

哀伤的丑小鸭,在严冬之中孤独地生活着。一天又一天,丑小鸭忍受着一切恶劣的环境。

春天来到了!丑小鸭长大了!

可是他简直不敢相信……水面倒映的自己的影子,怎么不是一只灰鸭子,而是一只美丽的白天鹅。

陈巧英手捧外国童话《丑小鸭》读着。她又一次哭了……

陈巧英,26岁,郾城县大刘乡唐河北村人,先天性白化病患者,眼睛几乎失明;她是1997年漯河日报报道中的一位新闻人物。多年来,陈巧英坎坷的人生经历、饱受的心理磨难、不屈的命运抗争和执著的文学创作梦想,一直被大家所关注。

开始,巧英只是根据自己的心情写一些伤感的诗歌和散文:《伤秋》、《月亮的影子》、《冬夜》、《我是个多梦的孩子》等。漯河日报记者也是通过这些文章认识巧英的,先后在报纸副刊编发了她的诗歌《流浪》、散文《老槐树》等作品。

1997年以前的巧英一直被自卑的阴影笼罩着。她对我们说:"快乐就像空中的气球,我终生都难以抓住。"巧英最喜欢的音乐是小提琴独奏曲《梁祝》,最喜欢的歌是流行歌曲《把悲伤留给自己》和《别问我是谁》。在我们的办公室里,巧英唱了那首《别问我是谁》:"别问我是谁,请与我相恋,我的真心没有人能够体会。像我这样的人不多,为何还要让我难过。别问我是谁,请与我面对,看看我的眼角流下的泪,我和你并没有不同,但我的心更容易破碎。"她唱得泪水涟涟,我们也听得泪水涟涟。

巧英喜欢童话《丑小鸭》,每读一次她都会哭一次。巧英说,哀伤的丑小鸭,能够在严冬之中孤独地生活着,忍受着一切恶劣的环境,那么,我何不试着从悲剧中走出来,去做一个超越生活的平凡者呢?她突然有了顿悟:感谢生活,更感谢生活中所经历的一切。如果说所有的磨难都是为了圆那个最美丽的梦,我还有什么不能舍弃的呢?于是,巧英就根据自身的经历,决

心创作一部《天鹅梦》的自传体小说。这可以使巧英得以对自己的人生经历进行回顾思考,对人生中的苦难和不幸有了具体的感悟。

于是,巧英开始了《天鹅梦》的创作。她都把自己关在家中,废寝忘食,夜以继日。巧英的母亲心疼她:"睡吧,写东西的事也不是一天两天的事,今天写不完明天不会再写?"巧英不,睡到半夜想起什么也要爬起来记上。初稿、二稿、三稿……前前后后经过四年的努力,2003年7月,《天鹅梦》写成。小说总共20万字,初稿、复稿,以及修改与完成,巧英手抄了四遍。

巧英说:"在4年的时间里,多少个不眠之夜,我伏在窗前,奋笔疾书,一次次在回忆的漩涡中挣扎、沉沦,苦苦找寻着梦的彼岸。小说中的许多故事情节都是从我以往所写的日记中摘抄下来的,字里行间里洒满我的泪,渗透着我的血。我把自己的心剥得一丝不挂赤裸裸地展示到世人面前,甚至不惜暴露我全部的生活隐私,只求能通过这本书的问世,得到世人的理解和社会的认可,让那些生活在快乐中的人们看到我们这些非正常人的悲哀,让我们这个大家庭多一份真诚,多一些友爱。""《天鹅梦》就是我这25年来悲苦生活的浓缩,小说中的'韩雪儿'就是一个完完全全、真真切切的我。我为这部书付出的代价是根本无法用语言描述的,也许,只有那盏孤灯记得清。"

如果《天鹅梦》再次破碎了,你能接受这样的结果吗?记者问到。

"没有比我所经历的痛苦更难以使人接受的了,既然那些痛苦我都能承受得起,那么这些也算不了什么吧?! 我想,我已经做好了充分的心理准备去迎接命运的再次挑战。"巧英信心十足的回答到。

灰色童年

医学记载:白化病是一种很罕见的先天性生理病变,无法抵御界强光的照射,另外由于瞳孔扩散,还导致视力的极度下降,有的近乎全盲。因此,白化病患者根本无法像常人一样工作和生活,根本无法通过药物和任何一种医学手段来治愈,只能任其发展……据医学专家统计,全世界可能有0.00001%的人患有这种病。

"0.00001%",多么微乎其微的数字,然而,巧英却成了这"0.00001%"中的一员。这就是她人生的最大不幸和缺憾。巧英的父母曾为此四处求医,但始终无法改变这个残酷的事实。

1977年3月27日,一个阳光明媚的春天,郾城县大刘乡唐河北村陈铁

豆家里添了一个千金,这对已有两个男孩的陈家来说无疑是件大喜事。但随着巧英年龄的一天天增长,烦恼和忧愁仿佛是成长阶段所必然的产物,褪去了天真,稚嫩的童颜,她将面对的是这个纷纭复杂的世界和新生活的挑战。

从上学起,自卑感就开始笼罩着巧英,让她摆不脱、挥不去。由于视力的极度低下根本使她无法像别人一样地学习和生活。使她遇到许多无法想象的困难。那些年幼无知的同学视她为可怕的怪物,给她取各种难听的绰号,还有老师们的忽视,无不给巧英敏感脆弱的心灵烙下深深的伤痕。

巧英在极度的自卑和伤痛中度过了八年,痛苦的精神生活磨练了她的意志,也使她的思想过早成熟了。从小学到初中,她一直发奋苦读,并未辜负父母的期望,一直品学兼优,名列前茅。巧英坚信,终有一天,自己会以优良的学习成绩跨入重点高中的校门,继而考上大学,实现自己的人生理想,让那些曾嘲笑过她的人们刮目相看。

然而,在初中毕业时,一位中学校长的话好似晴空一个霹雳,击醒了沉浸在美梦中的巧英:"像你这样的身体素质能勉强读完初中已经很不易了,我们实在不能满足你继续求知的欲望。"当时,巧英的身体随之痉挛,失去控制,她抓住校长的手拼命地摇大声地叫:"不,不,校长,不能这样……"

残酷的现实不能更改。巧英把那张闪烁着泪水和汗水的高中录取通知书撕成碎片抛向空中,向着苍茫的天空发出一声撕心裂肺的哀嚎……

"后来,我捂着哭得疼痛的胸口神经质的跑到一家眼科医院,乞求医生无论如何要医好我的病,我想上学,想上大学。当我向他们哭诉我的遭遇时,他们把我当成了疯子,赶出了医院。"

巧英绝望了。她十分清楚这种先天性的生理病变只有生命结束的时候,才能彻底摆脱。巧英买来了一把锋利的水果刀……

巧英告诉记者:"如果我是一个正常的人,我一定要善待每一位有缺陷的人。我不会给任何人制造痛苦,因为我品尝的痛苦太多太多。"

与命运抗争

"人要长大,因为他已经有义务去接受属于成年人的一切,烦恼、责任、感情、痛苦、或者欢乐。这是每个人几乎都必经的旅程,上天并不会特别苛刻谁。你已经是青年人了,从今天开始,你再也不能只活在自己的梦幻里,你要面对的是真正的生活和人生。"巧英善良的父母,流着眼泪劝解自己的

爱女。

于是,在初中毕业之后,巧英把心中的理想和苦闷悄悄写在日记中,融进歌声里,并开始编织文学的梦想。

与此同时,巧英不想再给家人增加负担,想自食其力。她说:"从小到大,正是因为这种先天的生理缺陷,我被人们嘲讽、讪笑和愚弄。许多人都误认为我是没有理想和追求,这些沉重的思想包袱压得我无力抬头,不能喘息。我想找一次思想和灵魂重新复活的机会,无论如何,我都要出去闯一闯。"

女儿"异想天开"的想法,让父母忧心不已。母亲说:"从小到大,家里人都护着你,生怕你受到委屈。这一次,不能再由着你的性子,家里不愁吃,不愁穿,有什么不好⋯⋯"父亲也用少有的严厉警告了巧英:"不管你怎么想,但有一点你要记住,我们都是为了你好。如果你是一个健全的孩子,你会和所有正常人一样快快乐乐的生活;如果你不是有这种先天性的生理缺陷,我们大家谁都不会阻拦你。巧英,像你这样的情况,出去是很难立足的,你想过没有?"

父母的劝解,巧英一点也听不进去。

火车在空旷寂寥的原野上驰骋着,偶尔发出几声撕破长空的鸣叫,如同爆发出压抑了许多的呐喊。然而,从16岁开始,巧英踏上打工之路,与命运的展开抗争时,父亲的警告还是应验了。

几年来,她先后到过大连、郑州、漯河打工,食品厂、饮料厂、玩具厂,只要人家愿意接收她,不管工资多少,也不管活脏活累她都愿意干。但由于巧英的眼病特征太明显了,用人单位都怀着异样的目光,拒绝了她的愿望。以至于巧英虽然在外打工,但还要经常接受父母和同伴的救济。

巧英说,"在打工期间,我觉得自己仿佛变成了一条没有尊严、没有情感、可以任人欺凌和愚弄的狗⋯⋯"。

爱情的甜蜜和无奈

1997年底,在饱受磨难之后,巧英又回到了家乡。没多久,她被邻村的小伙子潘建立看中,便很快组建了自己的家庭。对于潘建立,巧英非常满意,认为潘建立理解她、尊重她。

医学的记载是冰冷的,先天性白化病的母体遗传基因的概率非常高。所以,当巧英第一次发现自己怀孕的时候,她和丈夫痛苦地作出了抉择:流产手术。但是,当又一个孩子在她的身体内蠢蠢欲动的时候,她和丈夫再也不忍心去毁灭它。

巧英想和建立做一大胆的尝试。巧英说:当时,我准备以生命作赌注,去迎接这场命运的挑战,如果那唯一的一线希望真的毁灭了,我会带着世界上第二个巧英一起消失在痛苦的深渊里。

悲剧,终于又再次在巧英的人生舞台上上演……出生的女婴因是白化病患者而被偷偷遗弃。

巧英崩溃了。她说起这件事的时候,几次哽咽,浑身发抖。

是丈夫和家人贴心的爱,让巧英又活过来了!

我只有把文学当作生命的唯一。

她说:"经过这么多挫折和磨难,我才懂得人生不能没有梦想。梦想——是人的起点也是终极目标,这可以使人摆脱昔日的哀愁,可以使人的心灵变得美好,充满希望,可以使人有限的生命走向无限。"

潘建立学过无线电修理技术,前年,他去深圳打工了。巧英说,建立应该有自己生活的空间,应该拥有幸福的生活。提起目前还在深圳湘鄂大酒店当电工的爱人,巧英的感情是复杂的。她在给我们的来信中写到:我相信,在我们的共同努力下,爱会化作一缕缕阳光,在某一个清晨洒满我的小屋,我突然睁开双眼,哦!爱人归来了,我们手捧着《天鹅梦》,手捧着这份意外的惊喜,幸福地流着泪……我期待着这一时刻的到来,尽管这种期盼很渺茫,但还是感谢苍天给了我这个可等、可盼、可想、可念的机会。

援 手

陈巧英的表妹赵爱华帮助录入小说初稿,半个月时间,录入 20 万字,赵爱华瘦了两公斤,爱华说:"我理解巧英姐,有好几次,我打着小说哭着,泣不成声。"

最初,巧英托人把打印好的小说稿送到了北京某出版社,出版社说要六万元的出版费才能出。巧英说:我没有钱。自费出版对我也没什么意义,因为我一不为名,二不为利,我只想证明自身的价值与生命的意义,我怎能用金钱作铺垫换取这部书的面世呢?

2002 年 4 月,陈巧英通过报纸结识了中州大学 2001 级华工系蔡运磊。蔡运磊为巧英创作《天鹅梦》之艰辛而感动,遂于当年寒假结束后携此小说返郑寻求出版机会。2003 年 5 月,蔡运磊把小说托付给了他们学校特殊教育学院代课教师、郑州市聋人协会主席李景明。清瘦、腼腆的蔡运磊兴奋地告诉记者:"2004年1月,李景明老师突然通知我,让我马上转告陈巧英,让其火速来郑——河南省残疾人联合会主席刘兆仁先生要见她。"

1月14日,省残联主席刘兆仁在郑州约见了巧英:"刘主席对我说,我读了你的作品后,感叹不已,你能在短期内创作出这么一部二十万字的小说,实在难得。我想办法协调有关部门,为这部小说早日面世提供支持……"

巧英在她的《天鹅梦》结尾时写道:哦,一只美丽的白天鹅终于腾飞了。它披着金色的霞光,携着那个圆圆的梦,在天地间翱翔。

我们和巧英一起等待着佳音!我们为她祝福!

写于2004年12月

(《天鹅梦》获省新闻工作者协会、副刊协会年度优秀文艺作品三等奖。)

下 编
雪落平原

第八辑　诗歌

雪落平原

雪落平原的时候
我尽量回避朋友的邀请
只在小城的居所里
怀念故乡小小的油灯

我该怎样把所有的思念
溶入这白雪皑皑的冬景
让思绪飞回故乡
在房前屋后
在田间灶头
抚摸母亲渐渐变白的头发
讴歌父亲勤劳善良的美德

雪落平原的时候
乡下的鸡鸣犬吠踏雪而来
就这样轻轻唤了一声
有谁能够这样
轻易抵达我的灵魂深处

雪落平原的时候
手捧一本名为《乡情》的诗集

苦读
扬扬洒洒的雪花中
泪水打湿厚厚的冻土

故乡啊
我的誓言会在哪里安家
我的理想又会在哪里溶化

中 秋 雨

仅一朵乌云就淹没了
三百六十五个夜晚的企盼
城市的上空
只有几处霓虹在闪烁
月色很贵千金也买不起
平静却不安分的诗人
却在黑夜的凄风冷雨中
打捞月亮
寻觅诗的品质

今夜十五
在我的故乡
十五年前
我正凑着银色的月光
翻看一本奇妙的童话剧
几个要好的伙伴
正等我分配角色

圆月与往事擦肩而过
细碎的小雨痛哭失声
圆月飘浮在我的心中
如无法放飞又无法收回的风筝
心中的酒杯被温情斟满
十五的月亮十六还不圆吗

冬夜里的一小盆炉火

空气中结着流动的冰凌
闭上门,同时拒绝流光溢彩车水马龙
书房里,置一小盆炉火
几个没心没肺的女人
把温暖从一碗碗铁观音里抽出来
喧闹又宁静

笑声融入冬夜
似乎没传多远,窗帘垂着
是被风拦截了吗?是被冰冻结了吗
呜咽着听不分明

记忆中的事情,像蚯蚓划过的虚线
吃力的连着
因果错乱的手,擦拭落到尘土里的恐惧
孤独和苦难都有底线,犹如伤口

诺言成为笑柄,谎言有时也很甜蜜
不必再去细究,一切都是必然
就这样就着这盆炉火安睡吧
就这样一觉睡过去
该是何等安逸的长眠
不再惊醒

茶凉了,冬夜显出苍凉的意境
夜和女人,笑了又哭了

今夜,七月初七

这是农历七月初七的夜晚
晚风习习长河渐落
手搭在额前
搭成一团希望的火苗
成为夏夜唯一的眼睛

露水打湿星空
像是爱情打湿神经
其实爱情就是夜空中孤独的星星
或是牛郎匆匆的脚步

在天空下在今夜
在绵绵的雨中
是谁还在辗转反侧
请你破门而入

与我一起倾听牛郎织女的故事

告诉我
从一颗星到另一颗星
牛郎走了几天
从河的这边到河的那边
有多长的距离
王母的银簪闪着寒光
如一柄锃亮的斧头
砍落无数细小的情节

呼吸震碎大海
鸟飞进石头
一个个含情的精灵
被世世代代的风雨
——湮灭

只要有喜鹊在
就有桥在
365个夜晚
顿时生机勃勃

那 个 夏 天

让整个夏天都沉入黑夜
让所有的蟋蟀去亲吻最后一瓣玫瑰
让飘渺的梦之冷艳与凄美

随万斛情愁揉碎
擦拭前世今生最后的眼泪

忘了吗?时光
还有你自己?
让我想一想,我的心
蓦然回首——
茫茫海边
竟没有一根稻草

秋风渐凉

玉米挂到墙上、树上
大豆和芝麻也在场里劈啪炸响
麦种埋入土中,大地阴冷
衰败的茅草在地头沟边轻轻颤动
一场又一场秋风秋雨,打扫着落叶

偶然想起远行的人
就如昨夜孤寂的虫鸣
以及黎明前淅沥的秋雨
这样的声音纠结了一夜
犹如黯淡的油灯在风中摇曳

而在六月庭院安谧
《虫儿飞》的童谣在漫天的星辰下响起
东南西北的月光连成一片

你看你看向日葵
追着太阳,诉说永远不变的恋情

如今,瑟瑟的秋风四面埋伏
流水冰凉。万物回到大地深处
我试着不再回忆
除了异乡的灵魂在秋高气爽的时候走过楼顶
这个秋天,好像什么都没有改变

我不会死去

我每天都在诞生
我是春天花枝上的蓓蕾
我是茧子里的毛毛虫
我是怀抱瓷器的女人
我是松脂流下后
亿万年凝聚的琥珀

我听见所有的哭泣和欢笑
我醒过来
在每时每刻得到重生
黄昏降临,我看见了什么
春天的虫子从土里又钻了出来

一只蟋蟀落在我的眼前

一只蟋蟀落在我的眼前
许多情节就生动了
想起某个夜晚它的叫声
叫声撕开记忆
那种缠绕的味道
悠忽而过
用它的欢鸣覆压思念

思念的牙吞噬我的心
迷人的疼了起来我看见
你脸上痛苦的表情
刹那的迷醉
激活发梢

循着叫声寻找
别出声左手把嘴捂上
轻轻伸出右手
反掌时手心竟有烟草的味道

今夜我终于抓到了从前的叫喊
我想把这写成诗
写了一半蟋蟀飞了
它留下的叫声
钻入声音的隧道

让我慢慢写
一生的流程

雨

雨水落在离家很远的地方
落在郑州郊外的夜里
这好像是一场非常久远的雨
我记不清从什么时候开始
也不知道到什么时候结束
它就这样无端地下着
下成江河湖泊瀑布和小溪
下成华丽哀怨的辞藻恬淡空濛的意境
无语的此刻仅有雨的滴答和心的默然
一切不留无可记起

芳　香

在河以南水以北
在思念开始长草的地方
我嗅到了瓜果的芳香
自然之神洞悉了所有的苦难和煎熬

报以红花、青藤、紫云和蓝天

有一种声音"蝈蝈"

我一直在倾听
一种声音
它隐藏在时间的背后
平静安详的歌声里
隐藏在骈语骊龙诗律武库
和一本叫《本草纲目》的书里
隐藏在五月的一个夜里
月光洁白如洗

大漠夕照中
孤烟袅袅飘散成人间烟火
向日葵独自摆脱夜晚的黑暗
一只小小的生命也能化解
万斛情愁百年孤独

那天我走在大街上
听到有人这样叫了一声
猛一回头看见一只可爱的花狗
抱起它空气顿时凝固
声音却没有停息

擦肩而过的路人呀
你可听见我头发稍里流动的叫声

这 个 夏 天

这不是我一贯的姿势。在许多人面前
笑着；在一个环境里
打量着；在你的目光里
多么迷幻啊
那离弃了肉体的灵魂
在飞

这个夏天，我是多么高贵
一只精灵，混迹于孵蛋的母鸡之中
它飞翔的本性，在火山的底层醒着
没有谁没有什么能把它熄灭

就这样，坐在生活里
坐在夏天的热浪里，坐在神圣的目光里
把我曾经的诗一粒一粒倒出来
和现在柴米油盐，放在一起

把心铺成玉盘吧
听，叮叮当当
是抵达的声音

冬天的雨

河边树上的麻雀瑟瑟地叫着
等待雨停,等待冬天尽快结束
等待春天第一片绿叶和清晨第一滴露珠
我走在雨夜里,不说话

枝干伸进寒冷的天宇,藏起思念的痛
树里没有雄心,没有叶片
只有光秃秃的躯干
攀爬几声麻雀的鸣叫

黎明,雨停的时候,
让我回到设有陷阱的田野
回到顺从的大地,好吗
别让夜色突然将我吞没

徒　劳

一片小小的树叶,挂在秋天的枝头
久久不愿落地

似乎在苦苦挣扎,试图飞向天空,但终究还是
落了

一只雄鹰,钉在墙壁上
展开双翼,不能落下,也不能起飞
昂着头始终不肯
叹息

一个放羊的孩子,站在山坡上
下雨了。放羊的孩子,一脸茫然
哭了

树叶是自由的翅膀是自由的孩子是自由的
抗争,一次又一次,最后,还是
徒劳

守 望

暴风雨来了,它来了,它说来就来了
对此我无话可说。起风的时刻,是黑暗而无助的
时刻。我无法躲避这一切,我一动不动,我守望着你
把我的生命放在这里,让你远走他乡
成为笑柄,成为谎言,成为谶语
让雷过来,让闪电过来,让该我承受的都过来吧

致命邂逅

雄鹰是这样迅疾的从我瞳孔飞越
从眼睛左边掠向右边
在雄鹰漂亮羽翼消失之后
我没有过多的抱怨,因为
我没有,可供歇息的枝干。我,没有

我企图用坚定的目光支撑成大树
让你放心的歇息或者干脆不再飞走
但一颗皱巴巴的心发出来的光,在半空就开始
簌簌发抖

这个冬天,在雄鹰的背影里在鞭炮的噼啪里渐远
所有的寒冷,转身奔向我
我颤抖着从正月十五看着烟花开始构思这首诗
有时候突然就沮丧,为什么不能像烟花
像烟花那样边生边死
看着上升和落下,灿烂和燃尽
可以计算美丽,丈量直径,预知陨落

漫长的夜,折叠着黑,在黑中,我坐着
幻想温暖,幻想温暖里
丛生的誓言,和誓言里
舒展的幸福

我把黑夜一捆一捆的捆好,整整齐齐摆放在黎明的门槛
伴随背部神经的痉挛,在挣扎中睡着了——
勾勒了多种欢愉,撒娇或故意傲慢
你总是傻傻的看着我或牵着我的手
背景始终是大山、野花和木屋
《守月亮》一直悠扬
风一来,你就把我搂在怀里,怕我飞

现在,我陷在泥潭里抵抗
黑暗中我看见你,我勇敢的鹰渐飞渐远
亲爱的,我老了我荒芜了,你飞了你高飞吧
用被你看轻的轻,搓洗
被我看重的重吧
我愿意以我的一生,赎回来生的灵魂

让我虚构致命邂逅,虚构少年美梦
让我以手掌托住蒲公英,让我吹,吹,
在我将要吹去的时候
亲爱的,一阵风将白絮送入我的眼睛

我瞎了
亲爱的,我瞎了

你会来的

我知道你会来的
你踏着春天的节奏走来

那将是五月的一个黄昏
伴着晚霞的金黄和蜻蜓的红翅
我们在微风中尽情地呼吸
沉寂的小河狂热得像海一样

我知道你会来的
那是夏天的一个黎明
夜露沉重呀！楝树的小叶子翻来覆去
无法阻挡季节的潮湿
你悄悄坐到我身边
带一声叹息，一路风霜

我知道你会来的
秋阳暖暖，浮云飘过
迷路的孤鹤却在中秋的朗月之夜
叫醒中宵，叫醒天籁
我守着一轮皎洁，试着用月光
清洗你堆胸的块垒，付箫的往事

我知道你会来的
就在这个冬天，就在今天
我静静地坐着
让寒风吹我，让雪花扮我
我将我写过这首诗的手慢慢伸给你
表述我颤抖的思念和压抑的幸福

我知道你不是路过此地
骨肉般的亲呢。快用你抱完骨灰的手
抱我

一逝而过

那晚的低语,一逝而过
那晚的月光,一去不返
再没有什么语言,再也不必言说
青蛙和蟋蟀
相望于月光下的池塘。唯有此刻
是永恒的。无端的欢乐与想象

今夜,一轮弯月
无声地照着静寂的大地
它阴冷的光芒
刺痛了我的梦

趟 水

无事可做的时候,特别是在冬夜
雪花纷纷飘落
翻检照片,抚摸记忆
水一样温柔的灵魂,轻划思念
我最怀念的

不是那一去不复返的流水
而是你流着汗微笑时
那种宁静

梦里,我深一脚浅一脚
走向曾经趟水的地方
驻足。举目四望
了无踪迹

惨白的月光落在地上
哗哗水声清晰在耳
笑声消弭
水的路没有尽头,水趴在地上哭泣
水的流动有什么意义
它带走一片树叶,像带走一次突然的变故
转眼就消失得无影无踪

这哗哗的流水也会带走我
就像带走我尘世的爱
我所触及的一切
都在流走

我噙着泪,颤栗着跪在水边
听了许久的寂静

满 满 的

绿色的吊兰,暴出新枝
红色的浆果,悄悄滑落
一小片月光啊,挤进我的阳台
满满的,没有缝隙

青山还在,绿水还在
心中幽明的灯亮了
满满的……
花儿开得正艳
旁边的水仙、百合、玫瑰
还有金钱草
默默呼应着
它们把一生的好时光
满满的,都留给了我们

我慵懒地靠在门口
吃不进一粒米
说不出一句话

读朋友山水画

起初,你只用淡淡的墨色
画几棵树,几块石头
还有一个草亭
画一种简单和干净的味道,比如孤单
比如思念,比如呼唤和应答
出入每个苍凉的黄昏,和野草闲云一起
自然枯荣,随风游动

后来,你用了很多色彩
画一片树林,云遮雾绕
坚持你淡淡的味道。好似一个国度
王是一棵树,王后还是一棵树
那些花花草草,都是树的臣民和儿女
你与驼背插着发髻的士人,在桥头对话
诉说前世今生的欢乐和哀愁
山路、小亭子、渡口、乌篷船
隐约可见
好似为前来饮茶的人,做着标记

再后来,只画大山和流水
你说你不擅长也不喜欢画人物
不想让人间的烟火,熏染可怜的山水
飞鸟、船只,匆匆而过,不曾停留

最后,你茫然四顾,扔下画笔
心中沟壑,再也不愿在纸上渲染
人间冷暖,随浮云飘走
你含笑幽幽读着《心经》:
不增不减,不垢不净

立春(正月初二)

连着几天,噼啪的鞭炮
响成一片,空气点火就着
一切可燃的不可燃的都一起燃烧了
我很好,没有任何东西
会令我疼痛,除了尘世的孤单

匍匐在寒冷之上的季节
就在我们面前立起来了
并以春天的名义
沐浴,打扮,剪个苹果和西瓜
把窗帘拉开,擦拭窗台和玻璃
唱着歌,给花草浇水
沉住气,让我慢慢体会花开的过程
聆听长寿花与吊兰的细语

天地全神呀,还有我极乐中的亲人
我为你们焚香叩头
请继续护佑您尘世的儿女
蓝天白云之下,全是好时光

挖出淤泥,种植莲藕
万物安详,夜色无边——

清晨,坐在凉台上吹风

晨雾已散,麻雀在树下觅食
五颜六色的马齿菜花儿
带着露水,在微风中摇摆
坐在凉台的台阶上,吹风

没有任何东西让我忘记,也没有多少故事
让我想起
空旷的心中,时间不再流淌
生命慢慢死去,幸福慢慢来临

多 好 啊

我还可以忘掉自己
还可以顺水漂流
多好啊,这没有自我的感觉

还可以抓住你的手，没有方向和目的
那些天真、幼稚的话
我还可以随口向你说出
这多好啊

我还可以颤抖着和你说话，还可以
脸红。夜深时候
一只鸣叫的孤鹤
还可以让我心惊肉跳
妈妈的病床前
还可以听到我含泪的
琅琅的笑声

天堂里的花开了

不必惊慌，让她安静地走吧
天堂里的花就要开了

极致的爱永远和死有关
世界原本空空
我们要为她做的最后一件事
不要再打扰她
不要说话，也不要来回走动

痛苦已持续得太久
它过于沉重，没有人能够承受
让她安静地走吧

就这样拉着她的手,静默
让微笑留下,让眼泪流淌
她无私博爱
不必用情,爱的境界已达到极致
伟大与卑贱,都将流逝
时间终会成就一个结果

天堂里的花开了,这一刻是神圣的
亲爱的,极乐中安详的美人
最深的风情,就是一言不发
什么也不要留下

请 你 不 要

请你不要从我这里带走
我正慢慢学习的一切
让我沿着你的足迹,探寻
圣洁的母性的光芒;让我
守在自己的家里,读书写字
让我学着你,喊山,喊水
亲近父老和乡亲
把这片乡间的土地和天空
重新复活

一 串 红

细碎的花瓣穿起火红的等待
人流中,我看见了你高举的手
一串红是青春的信号
胸腔里血液在沸腾

一串红容得下宇宙的光辉
大地的苍茫里
雨水丰沛,草木茂盛
接过一串红
接过虫鸣,晨露,夜风
接过失散多年的火种

带着自然的气息,千里迢迢
一串红安静地在我手里燃烧

顺着月光爬到天上

顺着月光,顺着时间
顺着灵魂和夜风

爬到天上
我是月光中飞舞的鹭鸶
我是随风飘动的芦花
我是银盘中的白雪
悄然落入红炉
我是流水中的一片草叶
无声无息,托起惊涛骇浪

顺着月光爬到天上
带着大海的讯息
带着泥土的芳香
带着树木花草的期盼
带着生命永恒的渴望
带着泯灭的幻境,苦难和困厄
以及心灵上滚动的快意的风暴

顺着月光爬到天上
放弃颤栗,放弃搏斗
放弃歌颂和吟唱
用我的灵魂,接纳
来自自然的力量

顺着月光爬到天上
凭着这温柔的姿势
可以仰望遥远的天际
也可以俯瞰世界和家乡
我要俯身钟情过的生命和灵魂
我要抚摸人世间每一处伤痛和皱褶
抚慰为我颤抖过的心房

越过高山,越过云层
越过光明和黑暗的区域

我看见群星灿烂
天空降下甘露
寂静依偎着群山
河流无声
花红柳绿,大地安详

顺着月光爬到天上
虚幻的家园,泪水一样轻柔
大地即将死去
宇宙也终将粉碎
记忆无法描述
哪里还有超过时间和空间的永恒

在一个刹那
我触及到了又一个轮回

乐家堂组诗

霎　　那

我一定到过这里
青山绿水,小路野花
门口的水塘里,有小鱼吱吱吐水的声音
我记得这菜园和果树,还有闪烁的灯火
谁家的狗跑到我家塘边的柱子上
翘起一只后腿

也有一只母鸡,带一群小鸡
在水田觅食
贪恋野花的妹妹,摔坏了手中的玩具

蓦然回首——
这一切早已见过
沿着小路,回到我的童年
莫非真有前世今生
时间的流转是为了让我们再活一次
让我们穿越死亡
再次体验旧日的欢娱

我不知道时间过去了多久
村庄和田野鲜活起来
大地克制着尘土的轻浮与散漫
石磨泉底明月,鸟啄树头白云

我想留住这刹那的时刻
但这终于过去,不曾停留

写 一 写

我要写一写乐家堂
写一写竹子随风摆动的样子
写一写水塘里的鱼,塘边的石板
天上的星星和月亮

我要写一写堂屋里的饭桌
写一写那盘冒着香气的太极图
写一写门前的石桌石凳、红灯笼
那张竹椅,那只茶杯
要写一写菜园里忙碌的老姐姐,辣椒、青葱
牛膝草和紫苏

对了,我还要写一写那只带着小鸡觅食的母鸡
它多幸福呀
有那么多的草籽和青虫可以喂养孩子
写一写那对恩爱的水牛
它们忘掉了浮世的苦难,晒着太阳
互相召唤着,啃着青草

写着写着,我的心也融化了
乐家堂,仿佛是我遥远的前生
我站在乐家堂的山水里微笑
抬起头,当听到一只狗
在远处狂吠的时候,我发现乐家堂的天空
与我儿时用彩笔画它的时候
一模一样

让痛苦和折磨都过去吧
让我再写一写山后边的火车
你看你看,生锈的铁轨都磨亮了
那轰隆隆的声音好像在说
什么都没有,什么都没有
写完之后,我就睡了

一地落花

心被内在的闪电唤醒
树木捧出她的纯洁和美丽
释放香魂
花开花落多么迅速
回首之际
花如雨下

唯有蜿蜒的小路和碧绿的小草
才能承受得起这份轻盈
多少不曾表白的话
随落花铺满一地

谷雨之夜

水塘边的紫藤花滴水,掉落
无声无息
两只家狗跑来跑去,忙着到后山喂养三个狗仔
我们不慌不忙地吃着晚餐
有飞鸟偶尔从池塘上飞过

那是神派出的使者
偷偷窥视尘世的生活

谷雨之夜,夜风细雨支好了琴弦
在竹林里唱了很久很久
交织成梦景
我躺在床上,看着窗户上新采的一串紫藤花
不知什么时候,就睡着了

天　黑　了

日落之前,不再关心外面的荣辱
那都是些不要紧的事情
水墨中的乐家堂,草木枯黄

涂上暮色的村庄,越来越模糊
缕缕炊烟,轻抚苍穹
几件温暖的事情,刚回到屋檐下
就又被大风连根拔走
跳动的山水,流动的彩云
都停了
时间也一分一分慢下来
读书,低语,静默
让温暖铺满眠床

睡吧,躺在山窝里,安眠
既可在云朵里飘荡

又可沉入深山,埋入泥土
月亮从肩上升起
鹭影婆娑
莲花朵朵

十　五

我已习惯,在这个晚上
抬头仰望,将秘密深藏心中
即使十五的月亮被乌云遮掩,我却
只能选择静静地看着
回归慈悲,柔软与温情

今夜的乐家堂
一点一点消失,溶化
像寂静落进寂静,空无落进空无
没有一丝痕迹,没有一点响声

做一个顺从的人

现在我们应该静下来
数一数呼吸,安抚颤栗

那种狂热和宁静的气息
这么多年,我始终在找寻
没有来龙,没有去脉

从今往后
我要在仁慈的乐家堂缓慢生活
没有渺小和伟大,自由呼吸
想吹风就去吹风,该下雨就让它下雨

让我做一个顺从的人
让我种自己的菜园,养鸡养鱼
让我用带着泥土的手
写我喜欢的诗歌
让我和我的爱人并排坐于塘边,沉思畅想
看露珠和寂静,在荷叶或竹林间摇晃

我看到了房顶上的积雪

在干旱一个冬天的北方
我看到了乐家堂房顶上的积雪
房子是安静的,房子后边的树木是安静的
池塘是安静的,池塘边上的石板也是安静的
我知道,站在边上拍照的哥哥,更安静
他说,在大雪封山之前,只等你们平安回家
关上门,烧旺火炉……

谷　雨

播种移苗,埯瓜点豆
凉风渐起,雨意正浓
采一束野花,挂一串紫藤
满室香甜
梦之旅唱着抒情的老歌
相视而笑,岁月如此静好

风 吹 尘 世

石板桥上,我的笑瑟瑟抖动着
看不见野花烂漫,听不见流水淙淙
那个最遥远的地方,如今成了我伸手可触的窗台

紫藤花开的时候,我如期回到乡下
小虫子已经出土
青蛙开始歌唱
北方的桃花已落
南方的竹笋正愁人

风吹尘世。究其一生
我没有离开故乡半步

进入暮色

此时,直接进入暮色
让呼吸慢慢稀释,溶解
化入这浩瀚而暧昧的夜空
晚风吹过
晚风,一阵一阵
一丝一丝,轻轻吹过
我和我尘世的亲人坐在家门前的木椅上
一杯姜盐茶
几粒瓜子

脚崴了

在燥热的夏天
静静地躺着。想起乐家堂的几只狗
鱼塘,山坡,炊烟,还有满地的落花
梦里
天使和我手拉手

提一串小花,和提着小灯的萤火虫
一起,乘着凉风
飞跑

在 春 天

山中的起居变得有序
像老中医的养生训练
起床洗脸喝茶散步

菜园的辣椒青菜池塘里的小鱼小虾
一夜春雨竹笋满地
相遇和惊喜在诗里在画里
在蔷薇和紫云英里,在潺潺流水里
契合着红尘夙愿

我的笔渲染不出春天的思绪
纸和墨朝着内心的方向
开发一块属于自己的荒地
小小芥子在手里扬起又落下
就像随风撒一把浮灰
至于收成花朵和刺
都是一样的

附录　日记片段

（2003年7月——2003年12月）

●2003年7月4日

又是休息天，但我不想休息。我感到好像有许多事情要做，昨天的评报会意见要总结，策划题目要汇总；要看最近几天的报纸和最近的刊物；要看想看的书，想读的文章，特别是朋友在网上发表的文章，也想看超星读书社区里别人的发言；想赶快整理自己以前写的文章，想写新的体会和感悟；还想帮助一个残疾女孩子看一部小说《天鹅梦》……我心里感到踏实、幸福，而且也感到时间的重要。

昨天晚上不到10点，我就和女儿一起躺到了床上。我们每人拿一本书，看着看着就睡着了。

早上，一个残疾女孩子拿着她写的一部20万字的小说来找我。女孩严重的眼睛残疾，几乎失明。我是5年前做副刊编辑时候认识她的，当时为她写过一篇通讯。昨天，她来电话，想让我看她的小说，写了4年才写好的小说，我感到为难。我看小说很少，不太懂，怕帮不了她。但是，她那么信任我，听她说，费了很大劲才找到我办公室里的电话，又打了几十次才联系上我。我真的难以推脱了。我想，还是帮她看看，如果可能，我还想帮她找家赞助单位，实现她出书的梦。本来昨天说好让她的表妹给我送来的，没有想到，今天一大早，她就自己摸索着来了。

以前，每天清晨起床之后，我的惯常做法是打开电视，看新闻，吃完饭到办公室看几张报纸的头条——从早上开始，头脑里就无法躲避世界的歇斯底里。然而现在，在我看电视、读头条新闻之前，先打开计算机，记上两句——在我一头扎进烦琐的事务之前，我就开始把自己的灵性与周围紧密相连，用心灵体会神秘和威严。到晚上的时候，回到家里，再把这种体会形成文字。

这种感觉真好。

●2003年7月5日

做了家务,洗了衣服,把屋子收拾得干干净净,刚才泡了杯茶,现在又喝着咖啡。

半个月了,下班之后,除了散步外,就是在家看书,也上了网,也写了日记,也听了音乐,几乎没有另外的行踪。在日常生活中,我知道自己健康、平凡,对人微笑、礼貌。我的床上有个布娃娃,是个小熊,案头一个小狗。窗台上是我要看的书,电脑桌上是我打印出的文章和我要看的报纸、杂志。墙边有一个衣柜,里面全部是我的衣裳。墙上有一挂钟,有一圣母像,有一经常换的字画。我认为我的屋子干净、安宁,只要一到自己的屋子里,心里非常的放松。我想我不在家的时候,可能会因为这些气息和情调而变得更加完美。是的,有时候是孤独的,有时候也很受煎熬,但心里有希望,更多的是幸福和满足。幸福的秘诀原来就来自自己心灵的深处。我在这种特有的情调里,感悟着生命的滋味,迎来生命中一个又一个惊喜……

刚才看了一个朋友以前在超星读书社区发表的文章《将军肚与马绊筋》,好像是在考证一句俗语。通过这篇文章,我明白了考证一句话,其实很难。苏东坡的"不入时宜"、安禄山"唯赤心耳"及"一肚子草"的来历等等。

现在我在看书,《走进美国大报》,了解美国报纸的一些情况。而且写了读书笔记。

●2003年8月9日

一棵绿豆苗

每天我在计算机前坐得时间一长,女儿就要提醒我:妈妈,关一会儿吧,你该歇歇了,也让计算机歇歇。在女儿的心中,无论是动物、植物,还是石头、机器,都是有生命有感情的。

记得有这样四句诗:

> 被猎的兔每一声叫,
> 就撕掉脑里的一根神经;
> 云雀被伤在翅膀上,

一个天使止住了歌唱。

女儿的提醒和这四句诗,其实都表达了一种感情:看到计算机嗡嗡一上午,女儿说"它肯定该累了",看到被猎的兔子和受伤的云雀,诗人的心情也化做兔子和云雀。看了《水也有情》我才知道,这种情感绝不是悲天悯人,而是真的。

万事万物都有情感,生命与生命必然相通。

在我居住这栋楼的墙角边,竟然长出一株野花。前几天,这株野花开得煞是好看。要知道,这是全部用水泥硬化过的地面,来来回回人呀车呀,没有影响它的成长和开放。这株野花在向人们表达着一种微妙的情感、机缘和生命力。前天,也就是2003年8月5日,在我家的洗手间的水池下面,我又发现了一棵小苗。仔细查看之后,知道是一棵绿豆苗。

认真回忆了这棵小苗的来历。家里现有的绿豆有两小袋,一袋是我在超市买的,一袋是亲戚从乡下送来的。我不知道洗手间里的这棵是那一袋里洒出来,也不知道它怎么跑到洗手间的水池下的。在我们家,绿豆是用来煮粥吃的,两袋绿豆有多少粒?为什么惟有这一粒能够在这里发芽呢?

我和女儿怀着惊喜万状的心情观看这棵小苗。严格地说,它是芽,它渺小的身躯寄托着同样渺小的希望,就像蹲在旁边的我和女儿。相对于这个世界,我们都是是渺小的,但是,心中的梦幻却是生生不息的。那,也是芽,心灵的芽。

我为这种生命的机缘惊奇。一粒沉默的种子,被种植、被碾碎、被吃掉、被洒落……在人们的转念之间,要几度历经生死?在这个世界中,我们难道不就是一棵几经生死的种子吗?生存是偶然的,生活在暗示着这种种偶然性之间的联系,它让我们在每一个路口都发现它深切的存在。它是单一的,也是绝对的。突然想起前几年有人发的手机信息:前世的五百次回眸,才换来今生的擦肩而过……大自然的任何悲喜剧,无论多么微小,小到一粒绿豆发芽,小到一个果子提前坠地,小到一只虫子出世或迟归,都是惊心动魄的呀!

昨天洗澡的时候,我很小心,怕热水洒到那棵绿豆苗上。尽管我知道,不管我多么小心保护它,它的生命也是短短的几天,但我还是想让它多活一会儿。

写这些的时候,我又到卫生间看了那棵绿豆苗,它还活着。那棵小苗为

我们映照出如此绚丽的风景。我对它说:你知道我此时的想法吗?你知道我在祈祷吗?它没有一点表示,但我想它应该知道。

到 8 月 8 日,绿豆苗死了。记得刘亮程在一篇散文里这样写道:任何一株草的死亡都是人的死亡,任何一棵树的夭折都是人的夭折,任何一粒虫的鸣叫都是人的鸣叫……,我想继续了解它生死的秘密,但心里立即对自己说:不能太陷入,也不能太较真。一旦真的相信植物也有感觉,那我们在厨房里就无从下刀;一旦进入生命存在的体验和生命真相的思考,就会走进玄之又玄易进难出的死胡同,让心灵彷徨无依。我还没有能力进去再出来。

一棵绿豆苗,就是一棵绿豆苗而已,从生到死,四天时间。我对这棵绿豆苗的思考和记录就到此为止。

●2003 年 8 月 23 日

和 M 一起散步

我们一般都是电话约。M 说:散步去吧?我在家。或者说:散步去吧?我在单位。而我只说:好。或者说:不行,我再约你。反之也是。如果在家,我们就走泰山路大桥,在一棵老槐树附近碰面;如果在单位,我们就走嵩山路大桥,在一片小树林里等着。这样的约会已经好几年了。

我们各自要走二十多分钟的路才能碰头。我一般都走很快,碰面之后,笑笑,就慢下来了。没有固定的话题,想到哪说到哪。

昨天,我们说到了现实的生活、工作,说到了老人和孩子,说到年轻时候的理想。

不知道怎么就说到了潘玉良,决定潘玉良命运的一曲《卜算子》和潘赞化的"你念过书吗?"。我纳闷,没有念过书的潘玉良怎么会记住了严蕊的《卜算子》呢?——不是爱风尘,似被前缘误。花落花开自有时,总赖东君主。去也终须去,住也如何住!若得山花插满头,莫问奴归处。潘玉良为潘赞化背诵《卜算子》,潘赞化问潘玉良:"你念过书吗?"这一问,17 岁的妓女潘玉良的一生发生了翻天覆地的改变。

M 说:这也是注定的,是命。

我们接着就开始说宗教。M 喜欢佛教,她给我讲因缘和轮回的故事,我也听不太懂。对宗教,我没有研究过。我一直觉得,人可以不是什么教徒,但不能没有宗教意识,因为只有有了这种意识,才能永远不放弃自己,才

能拒绝罪恶,才能有神圣的心灵需求。

"一个人真正进步的标志是什么?"。M 说:我终于知道自己该怎么做了。她说后半生她要做的只有两件事:一是把孩子培养成让她感到骄傲的人,二是写小说,出书,念佛。我说:对我来说,什么都不重要了,我只想尊重心灵的内在规律和自然情感,只想成为我自己。我有了自己的归宿。

一个人知道自己能够做什么,应该做什么,必须做什么很难,但能够知道自己不应该做什么更难。

M 说,她小时候也做梦,做将军,做外交官,做律师,做作家……这些梦大都一个个幻灭了,就连现在仅存的作家梦,也是随意的。生活中有太多的不忍卒说的悲哀呀!

我想说,生命的过程,注定是由对激情梦想的追求,到平静安祥的守候,由渴望绚烂的春天,到接受叶落归根的秋日。我们最终要消失在那一片泥土之中。激情澎湃的岁月终会过去,五彩斑斓的日子也终会消隐。如果,我们爱生命,我们就该执着于今生今世,执着于现在,在执著的时候执著,沉迷的时候沉迷,清醒的时候清醒,不怕去体会,去感悟。

我还想说,人生的旅途中,酸甜苦辣,每个人都要亲自承受,或苦尽甜来,或五味俱全,或说得出口,或说不出口,如何体会,只有自己的一颗心最清楚。但我当时不知道该怎么描述自己的内心的活动。我好像只对 M 说:"心里有了归宿,就有了真正的宁静。"M 说希望跟一个陌生人坠入爱河,认为那肯定是很美的。我觉得她说得非常经典! 我说,应该是这样的,奥修说:爱是一道门,走进去,你会发现它的神性。有一个陌生人,突然在某一个角落里出现,与你坠入爱河,你会觉得这个世界变成一个奥秘。

我们就这样交流着,很多时候,就什么也没有说,就这样感悟着。我们都在寻找天生的个人的力量,也分担着彼此的喜悦和烦恼。十几年的生活中,幸亏有这样一个朋友。我们才不会那样孤独。

孤独,是生命最基本的感觉之一,谁都不能消除这种孤独。但是,正因为自己有这样的孤独,也就领悟到了别人的孤独,我们的内心才会对别人充满诚挚的爱。由于是同性,就少了情欲和害怕世俗议论的干扰,处在最为自然的角色之中。我们伫立在下午的阳光之下,走着,闻不到伤心和激动的气味。心中涌起无尽的享受。

往事历历在目:

16 年前的时候,我正处在新婚不久的甜蜜之中,先生的宽容和善良包容着我的浅薄和无知,我热爱着他,热爱着生活和工作。而那时的 M,正处在渴望爱情而又害怕情感伤害的矛盾之中,因而错过了最佳的恋爱年龄。M 有一种憨厚而淳朴的美。对我来说,过去很多年并没有意识到这种美丽,只是喜欢她的内敛欣赏她的人生态度。在 16 年前,刚到这个城市不久,我初见到 M 的时候,觉得她平庸而狂妄。她总是穿着深绿色的棉布长裙,总是感觉良好地把两手放进裙子的兜里,肩上挂着一个大包,姗姗和我一起到市里采访。市长的秘书是她的同学,和她很亲密地打着招呼。我就跟着她,到各个部门去。那时候,很多人分不清哪个是她哪个是我而叫错我们的名字。

而今天,16 年之后,我才终于明白,对她的印象为何那样深刻,那样浓重。原来是她挟持着一种孤独、流浪和不安,散发着温和、淳朴和华贵的气息呀。

今天的她穿紧身的蓝花上衣,黑色的裤子;我穿黑色和豆绿色色块间隔的休闲套装。我们坐在河边,显得和谐宁静。

写着的时候,一只蟋蟀就在我边上叫着,整个晚上都在叫着。它是怎样飞到我六楼的卧室呢?它叫了几万年了吧?今天的叫声特别孤单忧伤,一定是怀念着它远方的亲人和久别的新郎。在我们之外,还有多少生命在爱着,挣扎着,劳作着,歌唱着,它们用自己的表达方式撰写着生命的经历。我想帮它,把它放出房间去,然而,它躲着我,怎么找也找不到它。

● 2003 年 8 月 24 日

我打开计算机就写,就是为了刚才看的电视节目。一个英国雕塑大师叫安东尼·葛姆雷的作品《土地》在北京展出。我想把看后的感觉写下来,因为,可能几个小时之后,这些我就忘记了,这时的我还被《土地》中的泥人控制着哩。

我查了关于《土地》的报道。

20 万个只有手掌大小的泥人聚集在展览室里,排成一个大的方阵。这 20 万个泥人是广州花都像山村的村民制作的。这些村民大都是老人、孩子和妇女。葛姆雷对泥人的要求只有三个条件:必须保证有手掌大小,必须能够站立起来,并且有两只眼睛。允许合作者让作品在他们的双手之间自然而然地成形。从来没有接触过美术、雕塑的农民都找到了自己的制作方法,竟然把那些泥人做得栩栩如生。葛姆雷认为,每一个人都有潜在的艺术创

造力。

这些泥人,试图对当前人类社会面临的问题进行"图解":个人不可言说的思想、难以沟通的感情、自由和公正的价值等等。据报道,葛姆雷组织不同的人在全球不同的地方制作,以此表现不同的生命力、生命体和人文景观。葛姆雷从来也没有上过艺术院校,以前,他在工作室里关注自我,觉得孤独。他逃离了牢笼,把艺术实践的场所放到自然、田野和土地上。《土地》让某个地方的泥土被生活在这里的人们塑造成形,但在每个地方,成品的氛围、感觉和颜色又都不一样。

葛姆雷说:"我想让《土地》成为自然而然的,我并不想让它具有道德性,我不想让它成为有代表性的,我也不想让它成为复制前一个形象的结果。每一个泥人都是一块被释放了的粘土,成为制作者身体的延伸。通过留在泥人上的手印和指纹,让你想象到每个制作者行走、谈吐和思考的方式。"

小泥人稳稳地放在地上,头微微仰起,一望无际的惊恐的眼睛这样仰望着你,让你感到有一种前所未有的压力和失落。

展出结束后,这些泥人绝大部分将被销毁,回归自然,尘归尘,土归土。浇筑的混凝土所具有的牢固和分量暗示出了人类的脆弱,他想用这样的方式去体会"如何成为自己,静静地体验自己生命流逝的过程。"

真正的艺术就是这样被制作出来的。这样的实践我做过好多次,除了泥人、面人,我还用碎纸片、种子、树叶、茅草等等,在瓷片、木版上做过粘贴,用绳子、茅草等做过挂吊……在真实的空间里,用真实的材料,制作出真实的物品,赋予艺术和生命。这种真实,是不曾被现有的观念和审美标准规范过的原始材料。我喜欢这种真实,喜欢这样的自然而又巧妙的组合。

葛姆雷这个泥人展览又一次勾起了我"潜在的艺术创造力"。我想我会继续我的实践。让我们重新唤起童心,重新找到埋在心里的泪水与悲哀,并从悲哀和泪水中走过,重新获得激情,去发现欢乐的源泉。

写完了,我回读了一遍,仔细想,葛姆雷和他的泥人是次要的,我感到最快慰的还是写日记的这个过程。

晚上和单位的同事赵,领着她的女儿云、我的女儿悦以及女儿的同学帆一起散步。在河边的草地上,三个女孩子疯了一样,我和赵也疯了一样,手推着手使出全身的劲比力气,又和孩子们在草地上打斗。我把她们一个一个摔倒在地上,再故意踏上一只脚。赵帮助孩子们也想把我推倒,我前前后

后来回跑,躲,让她们抓不住……我们5个大声喊叫,边走边闹。

●2003年8月31日

女儿今天开学,刚才把她送到学校。

送走女儿,我感到了轻松。

征求她的意见,这学期,她住校。要说我家离学校很近,家里又有奶奶做饭,我还是希望孩子住在家里。问她住校原因,她说不知道,就是想住。我想,孩子想住到学校。可能是出于对家庭之外的好奇吧。

上学期,她的数学没有考好,可能与她学习不够深入有关,她已经意识到了,所以我也就没有过多过问。暑假期间,专门找了位老师给她补了课,又做了很多练习题,我想对于基本的方法她现在已经掌握了。

在提问英语单词和古文背诵的时候,我发现了她惊人的记忆力,一个单元几十个英语单词,她还没有学音标,基本不会读,但半个小时就能全部记住,这是我以前没有发现的。

这两个月中,她除了做完老师布置的作业之外,还学了绘画和游泳,绘画学的是素描,学的时候正好是天气最热的时候,开始还有兴致,后来好像有些厌烦了,就不学了。游泳,一个月中她几乎每天上午都早早去,那是整个暑假最让她感到快乐的事情。当然,每当傍晚天气凉快的时候,我和女儿就一起去散步,这也是我们最快乐的时候。我尽量给女儿空间,让她自由成长。我想给她个快乐幸福的童年,尽量保护她活泼健康的天性不被现在的教育制度损害。父母对孩子的态度,大都是根据自己的成长经历决定的。记得自己小时候,我是老大,下面两个弟弟两个妹妹,父母能让我们吃饱穿暖都很困难,根本没有时间和精力关心我们内心真正的需求和渴望。

我想,一个孩子,只要他的基本的身体和心理素质正常,只要不压制他的天性,他都能够健康成长。

孩子的许多做法更接近自然,女儿让我体验新的生命成长过程的同时,也让我发现了许多我已经失去的宝贵的品质,发现了许多简单而快乐的东西。因为她在日常生活中轻易就快乐。有时候,看着她侃侃而谈的样子,我就不禁发愣:哪里来的这个小人,才十二岁了,竟然越来越成气候!生命是多么奇妙呀!

●2003年9月2日

连着几个小时,我在静坐和沉思,无人知晓。

我发现,越自己一个人坐在家里,越能找到真正的生命价值,也越感到安慰,越跟别人在一起,越感到无聊、孤独。偶尔出去走走,也是为了活动活动身体。

前几天买了几本书,王蒙的《我的人生哲学》,英子的《倾情人生》、盛琼的《生命中的几个关键词》。

我买书、看书总喜欢和作者的经历结合在一起,之所以买《我的人生哲学》,是因为我想看看这个"十四岁加入中国共产党,十九岁写出了《青春万岁》,毛泽东亲自保护的青年作家,"流放"新疆十六年,中华人民共和国第八任文化部长"的人到底有什么样子的人生哲学。

之所以买英子的《倾情人生》,是因为她与中国诗坛两个著名诗人刘湛秋和顾城先后结下缘分。一个诗人杀死妻子后自缢,另一个诗人如醉如痴还爱着她。

而盛琼的《生命中的几个关键词》,主要是书名好,加上"等待、妥协、欲望、孤独、幻想"五个词也正是我思考的。

2003年的这个夏天,悄然进入自己真正的静思。现在夏季已经过去,蟋蟀在夜里唱它最后的歌,秋风来到我的窗前。我知道,在某一个地方,蝈蝈仍在执着地唱着,丈量夏天的温度。我想把夏季的热浪留在我的日记里,刚一抬笔,树叶就全黄了,而我也渐渐完成了情感与思想的衔接。

●2003年9月6日

今天一天大部分时间我都在上网,看新闻,读文章。眼睛和颈椎有些不适了。

下午和朋友去散了步,我们打着伞在河边走。我脚上穿一双平底皮凉鞋,淌水的时候,那凉鞋掉颜色,把脚染黄了。

雨还在下,现在是晚上11点。

我写着这些文字的时候,窗外仍是细雨滴滴,落雨之声温柔而富有诗意。我好像在写自己的所思所想,也好像在汇报此时的心灵秩序,自己竟然很感动。我的朋友,你是否正和我一同聆听夜雨的跌落之声呢?

●2003年9月7日

雨停了。

昨天回老家的时候还在下着,这一次的雨下得太久了。秋作物快不行了,严重的内涝(看电视新闻,黄河上游的渭河已经发大水了,黄河花园口的汛情也很紧急)。

今天看到了彩虹和晚霞。下午6点30分左右,我和先生还有孟一起散步,和孟在大会堂附近刚分手,一抬头,一道彩虹架在天空中,而西边的晚霞更不多见:像翻滚的浪花,像飞流的瀑布,像彩色的画卷,那美仑美奂、气势磅礴的景色让外面震惊了。

我好像没有见过如此美丽的晚霞。我给刚分手的朋友打电话,让她站到桥上看;我又给女儿打电话,让她到房顶上看……我和先生坐在大会堂草地边的躺椅上,为自然界这一神奇多变的景致激动着。没有谁来打扰我们,除了这如临仙界的绿草红花,便是彩霞和无边无际的风了。

天地如此和谐,一种宗教情怀浸入我的心中,充满禅机。它让我理解瞬间的真实和幻象、刹那和永恒。我好像看到了云彩后面还有更深更广阔的天空。平凡狭窄的生活,顿时变得开阔起来。谁能画得出苍天之苍茫,谁能把握住流云之飘渺?人生来往,生生死死,世事变幻,如天上彩虹、流云,谁能留得住呢!这一切,只是我的一种语言上的描述,是虚幻的,会不复存在,可是,这一切,又都是真实的。它在我的心中留下实实在在的图画。

这是2003年的9月7日,有雨。但我觉得心情和煦。不知不觉中,我走进夕阳的美景里了。

一直到6点50分,下了几滴雨,彩虹先消失,晚霞也慢慢隐退。我好久没有如此为自然中的景观感动过了。

心,在天地间苍茫。

我和先生相拥着回到了家中。女儿竟想起用相机在我家房顶上拍下了这个美丽的瞬间。照片上,留下了神的脚印。

●2003年9月8日

今天早上,看一个电视专访。记者问聋哑姑娘邰丽华:你听不到音乐,怎么就能够随着音乐的节拍而舞呢?那姑娘的回答非常绝妙:音乐早已在我心中,在我心中扎下了根。

音乐扎根于心中的舞者,是自在的。那自在,绝不只是表演的自在,更

在于舞者的心灵、境界和更深的内涵。花瓣一样的手指,水波一样的双臂,孔雀的美丽、纯洁与高贵,被她用舞蹈惟妙惟肖地表现了出来。她含着热泪表达着对世界的感恩,她那内敛含蓄的表情,流露出会心的微笑与吉祥的祝福。她不能用嘴说话,却用手指、用表情、用身体说话……她好像在说,所有的人,人生都是一样的,有圆有缺有满有空,这是你不能选择的。但你可以选择看人生的角度,多看看人生的圆满,然后带着一颗快乐感恩的心去面对人生的不圆满。

我也含着眼泪,感谢着生活和命运对我的眷顾,祈祷着我们的亲人都能平安快乐,让爱扎根于心中。

●2003 年 9 月 9 日

范半仙的爱情故事

今天有空闲时间,我想写一个叫范半仙的人。

范半仙的名字是与石人山的名字相随相伴的。在我的多次回想中,只要一提及石人山,总要首先想起范半仙。

范半仙出生于 1915 年鲁山县赵村乡白草坪村的一户贫困家庭,父亲给他起名"学俭"。范学俭几岁的时候,家乡发生饥荒,父母带他避难逃荒来到离家几十里远的深山老林石人山落户。在那里,一家人开荒种地,刨药猎兽,勉强度日。范学俭十几岁的时候,父母相继去世,只留下他孤苦伶仃一人。无奈,每到农忙时,他就走到山下给人家打短工,以便得到饭食和粮食;农闲时,就到深山里采药捕兔,再带到山下换钱。因此,石人山上的千峰百沟,无不留下他的足迹。

人们把范学俭称作"范半仙"主要是因为他长期住在山中,像个仙人。听说 80 年代《西游记》拍摄的时候,范学俭带领拍摄组去拍过石人,他也曾经做过孙悟空的替身演员从石头上跳过,镜头经过处理之后,人们看到范学俭一下子跳到一云朵里,那腾云驾雾的样子活脱脱就是一个神仙。范半仙的名字估计就是在那个时候叫响的。

我要写的是他的爱情故事。

故事发生在他 20 多岁在山下一个富户打工的时候。这家户主主人已经 60 多岁,娶了一个 20 岁的姑娘作妾。这姑娘出于无奈,极不情愿地与那老人过日子。范学俭在这家住久了,与那姑娘交往也多了,相互有了好感,背着主人,他们俩暗地里就好上了,并做了爱恋情事。大概是 1938 年左右,范学俭打完工临进山的时候许诺姑娘:到山里找一个合适的地方,搭好一草屋就来接她走。

范学俭进山之后,正好是抗战时期,皮定钧部队翻越石人山,要范学俭作为向导,引领部队翻越石人山。一部队的头目对他说:石人山地理位置很重要,你留下来,为后面的大军引路。要是大军一时来不到,你要耐心等待。这中间,范学俭几次下山寻找那姑娘,都没有找到,后来村人告诉他,那老人早把姑娘带走了,具体去了哪里,谁也说不清楚。范学俭一边等着姑娘,一边等着部队,一直等到鲁山解放,谢富治的部队到西山剿匪,范学俭又作了向导,消灭了盘踞深山的国民党残余,还活捉了一个叫郑大麻子的土匪头目。

土地革命期间,居住石人山的山民相继搬迁山下,可范学俭离不开石人山,这不但是因为他习惯了山里的生活,更重要的是因为姑娘知道他山里的这个居处,他还要在这里等待心中的姑娘。

再说那姑娘,自范学俭走后,她就准备好随身携带的衣服,用包袱包好,随时等着他来接她走。富人发现了姑娘的不安,加上那时候兵荒马乱,石人山土匪抢劫接连发生,他就带着全家跑到武汉附近的一个亲戚家,并在那里买了几间房子居住。解放以后,那富人被镇压了,可那女人已经是一双儿女的母亲,孩子也都十几岁了,她想回鲁山寻找范学俭,遭到儿女及家族的反对。"文革"期间,由于成份问题,这女人被五花大绑游斗于乡里,儿女看母亲实在难以承受那样的折磨,才允许她到山里寻找范学俭。那时候,他们都已经 50 多岁了。上天有眼,两个分手 30 多年的人终于团聚。

估计是 1991 年(可能两人在一起生活了 20 年左右),范半仙的老伴不幸去世,范半仙不忍妻子离他而去,便将老伴的遗体放于床侧数月,后虽入棺木,仍放于床前,直到死后三年,才将棺木移放于房侧的竹林之内。

范半仙是 1998 年 9 月 15 日离开人世的,患的是癌症。他的棺木与他的老伴放在一起,用砖石圈盖。现在,人们把他居住过的地方称之为"伴仙居",成为石人山的一个景点。

我是 1995 年见到范半仙的。

1995 年的 9 月,第二届中国曲艺节在平顶山举办,我和同事前往采访。曲艺节结束的时候,接到鲁山县政协的文友李学乾的邀请。他曾多次邀请我去石人山游玩,这次正好是个机会。于是,我第一次走进石人山赏游。

那时候,时值秋季,草木色彩丰富,加上我很少爬山,觉得石人山十分秀丽。当时那座山还没有完全开发,李学乾路熟,他带我们沿峡谷河流逆流而上,道路非常曲折,自上午入谷,至中午时才到石人山半山腰——土地垭。土地垭是石人山比较开阔的地方,方圆数亩全是大大小小的石头。那些石头是山体滑坡时冲下来的,气势雄伟,似奔涌的马群,又如翻滚的浪涛。当地群众称为跑马场。跑马场的西部和北部是个比较开阔的谷地,上面有几间草屋。这几间草屋,便是范半仙的居处。

李学乾指着那几间草屋说,来石人山应该首先去看看范半仙。于是,在范半仙居处不远的一块大石头上,在李学乾气喘吁吁的讲述中,我听到了范半仙的故事。

那天,我们走进了那老人的屋子。屋内很乱,除一个安放有床铺的房间还比较整洁外,其它两个房间吊着很多大大小小的尼龙袋子。那时候范半仙已经80岁了,身材瘦削,神情还可以,戴着一顶油腻的帽子,脚穿解放鞋。他一直端着一只大碗吃着糊状的东西,问他吃的什么,他不说;问袋子里面装的什么,他好像说:衣物、玉米、干菜、药材;问他想不想爱人,他只笑笑,指了指旁边用石头垒起的石包。李学乾告诉我们,那就是老太太的坟墓。我给他照相的时候他不愿意抬头。

李学乾说他见过那个老太太。1990年他第一次看望范半仙的时候,在厨房里,在一闪一闪的煤油灯旁,看见过老太太正在灶台旁燃火做饭,半仙看来了客人,就吩咐老太太加水添米。那天他们在他家吃的是玉米糁煮面条,还有山上采摘的臭娘叶(一种干菜)。

回来之后,我当时就想把那故事写下来,就又给李学乾打电话询问了一些情况。但真正写的时候,又不知道怎么表述了。这个故事一直在我心里记着。我后来又和先生、女儿及先生的同学一家去过一次石人山,大概就是1998年或1999年,想带他们去看看半仙,那次去没有找到他住的那个地方。不过现在想,我们那时候去的时候,他已经去世了。前几天为了写这个故事,我又给李学乾打电话了解一些半仙的其他情况。他说1993年,开发石人山景区的时候,范半仙当向导带领他们深入到各个瀑流石峰。他还曾陪伴过许多文人大家游览观光,为时任河南省委书记的李长春、著名作家穆青、李準等当过导游;还说省电视台拍过他的专题片等。

对了,我还记得1995年那天晚上,我们住在石人山山顶的一个简陋旅馆里,山下刚有秋意,可山顶却飘起了雪花。山顶风很大,我和同事躺在钢丝床上怎么也睡不着,思来想去,一直是关于范半仙的故事。同事刚结婚不久,思念着她的丈夫,也被半仙的爱情故事感动着,一直掉眼泪。后来,我们披衣走出旅馆。外面阴风怒号,雨雪点点,尽管我们在旅馆里每人买了一套秋衣,但仍觉得寒风刺骨。我们探讨着范半仙和他的女人在山林里的生存方式和生命状态,大半夜没有能入睡。

我想还没有人真正写过半仙,除了周围群众很少人知道他的故事。我在体会他的生活和心情:他们经历了几十年的等待,经历了坎坷多难的生活,终于有了自己的家,远离人类,过着自耕自食的日子。他们在一起的时候,应该是狂放恣肆,自由自在,随心所欲的,他们在大自然里无所顾及地爱着,那该是怎样的生命狂欢呀!

他们的墓还在,爱情还在,光阴会在那里永恒。

● 2003 年 9 月 11 日

今天是中秋节,晚上我们一家吃了月饼、水果之类,又和先生女儿一起听音乐。音乐流水般淌来,好似穿过时空的隧道。

年年岁岁的企盼,千年万年的祈祷,在今日,我的心中充满了真正的圆满。多少年了,这样的中秋之夜,对我们来说,该是第一次吧。我们要经历多少事,才能坚定地成为自己,认同自己,找到自己呢?在宁静中清醒自己的身心和头脑,去倾听大自然的声息,而且,更深层地,从月亮的阴晴圆缺中,体会到以前所不曾理解的生命的意义。这一地月光告诉我们,生活是一种修行,真实而强烈、痛苦而诗意的修行。面对这梦寐以求的朗朗明月,我们只有无限地感激。

等他们都睡下之后,我独坐在计算机边记日记。我坐在一派虚静的天籁中,聆取大自然不轻易吐露的心声,获得苍茫人生的"神启"。"泠泠七弦上,静听松风寒。古调虽自爱,今人多不弹。"现在,风不动,树不摇,只有远处隐约传来的鞭炮声,那是许过愿的人在向沙河边那棵老槐树还愿呢。

当一年三分之一的时间,就这样过去的时候,我想了很久。在我的生命中,能有这么长一段完整的时间,单纯不受打扰,是难得的。我除了这样记着,一段一段的记着;除了这样说着,一句一句地说着,还能做什么呢?寂静的夜里,我可以听到自己敲击计算机键盘的声音,我一边缓慢地打着字,一边默默读着。我只想记录下自己一段往事,用最宁静的语气,成熟和安详的姿态。等以后翻出来看的时候,我捧着这四个月的时间,对自己说:2003 年的某月某日，我是这样度过的。

●2003年10月1日

我的父母及小侄子来了。他们是坐火车来的，一出站台，我就看见了他们。父亲一手拉着侄子，一手提着个包，母亲打着伞，还带有她认为好吃的东西。父母上次来是春天，记得那次我带他们去按摩医院为母亲按摩，还给他们拍了很多照片。

他们说不累，下午一起到河边走了走。父母很喜欢漯河的环境，说比我们县城脏乱的街道强多了。回来之后，和父亲一起在电脑上看米芾、赵孟頫、文征明和虞世南的书法作品。这是父亲喜欢的书法家的名字。我在网络里帮他找他喜欢的作品。我向父亲提到了最近认识一个搞书法评论的朋友，他说回头写两幅字让他指导。

现在，父亲正在外面餐桌上写字，没有找到宣纸，他就在女儿练习书法的草纸上写。写到此，已经是晚上8点多了。我去给父母烧点热水，父亲每天都是要洗脚的，这是他多年以来的习惯。

●2003年10月2日

母亲有些老年痴呆的症状，迟钝、健忘。记住的事情翻来覆去唠叨，都是早些时候她吃苦受累带我们长大的事情；现在的事情过去一会儿就忘记了。今天早上起床，她说半夜起来找卫生间，找了半天也找不到。幸亏有父亲照顾她。

父亲的身体很好，他每天除了工作还写字。我们有一套房子快交工了，先生说明年让他们来漯河，搬到我们那所新房子里住。我就想，等父母来了，我就在那客厅里给他放一案子，让他写毛笔字。我一直觉得父亲的字比好多书法家写得都好。

刚才我把父亲写的几个字扫描了。我不管他写的好不好，我只知道，这是父亲写的，是在我们家的餐桌上写的，是在女儿练习的草纸上写的。我把它保存起来，一点一横之中，能近距离地触摸到他血液的流动和生命的体温。

今天逛商店，买了很多东西。给母亲和婆婆买了相同款式不同颜色的两件套，还给她们买了两件一样花色的毛衣，咖啡色，带有黑色的花，穿上很舒服的感觉。母亲和婆婆都说太贵，舍不得让我买。给父亲买了裤子和鞋，

先生买了一套西装,我也买了一双春秋天穿的鞋,还给女儿侄子买了衣服、玩具等等。

●2003 年 10 月 3 日

这几天,我一直和父母、婆婆、先生和两个孩子在一起。父母很少来,我尽量抓紧时间把工作做好,剩下的时间就去逛街,散步,拍照片,还做几样好吃的。昨天下午先生开车带我们钓鱼,7 岁的侄子钓了 3 条鲫鱼,高兴坏了。我看着他们忙来忙去快乐的样子,就在一边给他们拍照片。

在细雨霏霏的秋日午后,在这个叫十五里店的村庄前,在 5 个方方正正的池塘边,在一条叫沙河的河堤上,在我的照相机的取景框里,我依稀看见了自己过往岁月的一些片段,看见了久别的亲人和朋友……

下雨了,父亲把里面的毛衣脱出来帮侄子穿上。我把风衣脱下来给父亲,父亲说他不冷。亲人的感觉就是这样,温情暖意,平平静静,单纯而又自然。这种天伦的爱,才是生命的源头活水。

父母走了,女儿也闹着跟他们回老家了,先生开车送他们到车站,婆婆去买菜了,屋子里顿时清寂了许多。我一个人坐在计算机边发了半天呆。

中午想躺下歇歇,一直睡不着……

●2003 年 10 月 4 日

今天是农历九月初九,重阳节。上午好友来电话,她说,在看电视,看到一群六十多岁的老人在跳热情洋溢的舞蹈,看到一位 91 岁的老人思维敏捷、口齿清楚地回答问题。这些节目,以前我们都是不看的,现在不但看着,而且为老人们的精彩表现而感动。早上我散步,河边的一群老人随着音乐的节拍舞着太极剑,也是一样的闲适和洒脱……他们老了,他们或步履蹒跚,或双目浊混,但他们依然热爱生活、热爱生命。他们跳跃着,好像对我讲述着生命的意义。这就是生命中的阳光吧? 在他们挥手投足之间,我分明看到老人们的眼里闪现出亮晶晶的光芒,如秋水,似星辰。我惊诧于这光芒的闪现,一下子觉得,每一个人生命的隧道里,都会闪现亮晶晶的光芒! 否则,生命将是暗淡痛苦的。

我突然感到过去岁月的荒芜。荒芜这个词是我之前从来没有想到用于自己的。好像荒芜了几十年,可连我自己都不知道。

●2003年10月6日

我还在想那"荒芜"两个字。那荒芜的感觉是不是已经浸到灵魂里了？

下午下班之后，单位一同事T约我散步，我们同岁，她聪明灵动。我们在1997年到2000年工作上有过很好的合作。最近几年，我们不在一个部门了，互相交流的机会也就少了，彼此也陌生了不少。

今天散步的时候，有人给我们发一个叫"北岸"的咖啡吧开业的传单，看着他们的广告语"北岸咖啡吧，是你心灵靠岸的地方"，我感叹到：漯河也有像样的咖啡屋了。她听后笑我闭塞，说这样的咖啡屋早就有了，而且不止一家。她说今天就领你去一个地方。于是，她把我领到一个酒吧——梦巴黎酒吧。我说："梦巴黎名字不好，不如北岸。"她说："名字虽俗，里面的气氛却很好。"

这个酒吧的确是私密的，没有人打扰，幽静的环境，柔和的灯光，舒适雅致的桌椅，轻柔的音乐。我们简单要了两个菜：一条清蒸昌鱼，一个清炒黄瓜，又要了一壶清茶。我知道，浪漫的她是想制造一种氛围，是想和我一起享受清淡幽雅的假日夜晚了。

在这样的环境里和一个女人对坐对我来说还是第一次。T说："我来过几次了，和女朋友一起来过，也和男朋友一起来过，都是两个人。我喜欢在这里两个人能无拘无束地闲聊，喜欢这里幽静的环境和高雅的氛围。感觉真是太好了。"她接着说："你也应该喜欢。"我说："说不出喜欢不喜欢，只是觉得这里太奢华，太刻意了。"

我们默默坐着，喝着茶，很少说话。如果作一个比较的话，我可能更喜欢到河边散步，更喜欢一个人坐在家里，更欣赏"赤脚走在田埂上"的意境。

不过，今天几个小时很快过去了，我们是高兴的。大厅里有钢琴弹奏着《牧羊曲》。我们到底都说过什么话，差不多都忘记了。那动听的音乐，那幽静的灯光很快也会忘记。梦巴黎酒吧，对我来说是什么意思呢？大概是我记忆里一个小小的断片。只会记得和一个女朋友坐过一次酒吧，只会记得当时我想：如果我有好友来看望我，我是不是也会带到这样的地方？后来又想，好朋友交往，是不需要任何气氛去衬托吧？

回家的时候，快11点了。我们步行。路边有凌乱的垃圾，前后左右很少人。我说："咱们走河堤吧，清静。"T说："不行。走大路，安全。"

这夜，头顶上有一轮明月，清冷的明月。

脚步放松，秋风的确凉了。

我对着天空祈祷着,让我的亲人们都好!

● 2003 年 10 月 12 日

今天早上 6 点多,被电话吵醒了,之后就接着睡。睡得浅浅的,好象我骑个什么车回家,为了避开嘈杂,专门绕道走,结果那条路上全部是泥泞。我在泥泞里走着,车丢了,包丢了,钱丢了……感到很郁闷,很无奈。醒了。庆幸是个梦。梦和醒,也是一念之间。我连忙把梦告诉婆婆,婆婆说:梦是反的。婆婆的这个解释真好。如果梦真是反的,是不是说明我盼望的亲人今天该回来了呢?

我向窗外望去,凉台上的青藤正沐着曙光。睡梦里还出现过什么,我再也记不起了。

谁都有这样的时候,谁都回避不了对泥泞阻隔的克服和战胜。体验等待,本意就是克服并不断迎接必须克服的烦躁和寂寞。我现在正为亲人感到不安。

这种不安以前有过几次,但都被我想办法化解了,特别是接到他打来电话知道他在国外之后。但这一次,已经好几天了,非常担心。"不安"是压在心底的两个字,是我一直拒绝的。我不担心正常的聚散,我怕自己死,也怕亲人朋友死,怕死后没有人通知我。我总觉得生命里藏有太多的可能和危险。每想到这些,我就会产生飘渺无助的感觉。

我在看袁阳的《生死事大》,有几个关键词:生死、灵魂、生命超越、心灵净土……不知道什么时候,凉台上浪漫的蟋蟀声嘎然而止,四周一片沉默,秋天就这样在沉默中结束了。蟋蟀死了之后,还有"蝈蝈"、"蝈蝈"地叫声吗?

我不知道"四十而不惑"到底是什么意思。我想,对我来说,四十不动于声色犬马,不囿于荣华富贵还可以勉强做到,但要我不惑于生死我还不行,对生命中的很多东西我仍然想不明白。当拥有了一份感情,就会拥有祈盼和思念,等待和守望,就拥有了对生命余响的未知的探索。怎么能会不困惑于生命最初的源头和最终的归宿呢?

人生本来就没有什么意义,没有人会替你确定人生的意义,或者说人生的意义要多大,就有多大。人生存在于孤独中,并且必须面对死亡,这才是最真实的挑战。只有当面对死亡之时,我才知道生活中有很多无意义的事情,并通过它而做出选择。不再过于执着于外在的繁华世界,而转向内心

世界的平静安祥。并通过这样的思考,尽量平息我对亲人身处危险处境的担心。

真实和梦幻可能就是一回事。真实的生活在梦幻中都会充满无数的可能性。当我们面对真实的那一瞬间,它就变成不容更改的惟一的一种,无法回头也无法拒绝的一种,让我们的生命在不断前进、反观、探索中逐步完美。

此时环绕我的,是千万里之外秋夜的气息,我的亲人和朋友都活着,很好的活着。我要搬走心中的石头,握紧内心的宁静。

●2003 年 10 月 13 日

下午,出去散步。天气很好,蓝天白云。站在河边看天空:南面是纯蓝的,北面是白云朵朵,而西面却是红霞漫卷。太阳把空气变得不冷不热,清清爽爽的。喜欢雨天的我突然渴望阳光的照耀,就像等待播种的农人,急切排走田里的积水,晾晒潮湿的土地。

我想从蓝天白云中读到亲人的思念,也想从蓝天白云中驱除思想上粘附的尘埃。把天空推远,思念就可以无限伸展。蓝天白云让我体验通明的幸福,也感受彻骨的绝望,千里万里,雁过无影呀!

散步回来的时候,我去买了一套内衣,专门选了大红颜色。听老人们说:红色可以避邪。

晚上写稿,写一个叫田曼诗的人,是政协文史资料委员会要的。田曼诗是漯河籍的台湾人,书画家。

●2003 年 10 月 15 日

最近大家关注的是中共十六届三中全会和神舟五号载人飞船发射。神舟五号载人飞船今天 9 点升空,在空中运行 21 个小时,绕地球飞行 14 圈,明天早上 6 点多返回地面。担任飞行任务的航天员叫杨利伟。我在想:杨利伟的亲人目前的心情是什么样的呢?我没有看到报道。

晚上,和先生一起参加一个聚会。电视台一个朋友请客。他比先生小一岁,87、88 年前后,和我及先生认识并且在一起玩得很开心。最近几年,联系少了。前几天,他约先生好几次,说想在一起坐坐。去了之后,才知道他约的还有其他人,他以前的两个战友和他的一个朋友。整个晚上我们讲了很多开心的人和事,大家一起回忆了过去艰苦而又快乐的岁月。

● 2003 年 10 月 16 日

早上 6 点,我就起床看新闻。当宇航员杨利伟着陆的刹那,许多悬着的心也就跟着着陆了。我在想象杨利伟的亲人,在 21 个多小时中所承受的痛苦和折磨。我敢说,从杨利伟亲人的角度看载人航天,是残酷的、无情的,一旦出现万一,援救没有可能。抛开它投资二十亿美金值得不值得,我因此而否定它的意义。

报道说:"他的成功飞行实现了中华民族千年的飞天梦想。"当众多的人向这位航天英雄致敬的时候,当众多的人为此而骄傲和兴奋的时候,我当时的想法却是,如果让我选择,我不要我的亲人去征服自然,成为这样的英雄。我宁愿他们平安、平凡、平静。

早上吃饭的时候,我问女儿:"如果让你爸爸去飞,你愿意吗?"她非常肯定地说:"不愿意!"我接着问她:"去飞,就可能成为英雄,再说了,这也是为了科学,为了中国的航天事业。"女儿的回答和我的想法一模一样:"我不要爸爸成英雄。"

● 2003 年 10 月 21 日

从现在起,我要重新调整自己。

当我为生死担心的时候,当我苦苦思索而又无可奈何的时候,我才知道,我是那样的执着,那样的不能放下,才知道我离真正的平静安详还有多远的距离。有时候觉得已经找到了自己最透明最安定的那颗心了,可第二天一起床,遇到一点什么事情就又没有了。我斜倚在俗世别离的怀抱里,不能挣脱。

我是一个渴望永恒的人,我必须在软弱中找到坚强,找到最后归宿,宽慰自己,温暖自己。我相信因果,相信种瓜得瓜,种豆得豆。

下午,好朋友孟来了。她在我们家附近的一个酒店开会,人家都去参观了,她抽空跑到我们家里聊了两个小时。

她说最近的创作情绪非常好,刚写好一个短篇小说《并非风花雪月的故事》。她给我谈小说的构思、故事梗概等等。接着,她介绍最近看的她比较喜欢的刘庆邦、迟子建的小说。

我很少看小说,也就接不上她的话。我总觉得,目前的小说,人为的痕迹太浓,显得假。生活本身是最好的老师,它会在不知不觉中把你引向真正的人生之旅。我读过的所有小说中,让我感到最真实的是奥地利作家茨威

格写的短篇小说《一个陌生女人的来信》。

对孟来说,有饱满的创作情绪并有满意的作品,是值得自豪和欣慰的事。她看我床头放两本《诗刊》杂志,就问我:"还读吗?"我不好意思地说:"还读。""他回来了吗?"我更不好意思地说:"没有。"回答的时候,好像我还不成熟似的。她又问我:"最近干什么?"我说:"写日记,写了4万多字了。"她赶快表扬我了一句:"还不错。"

对了,我家的小狗淘淘丢了。以前它也跑丢过,过几天就自己回来了,可这次,已经快一星期了,它还没有回来。

狗丢了,在我们心里能永恒吗?

●2003年10月22日

今天看一新闻,美国30岁的魔术师戴维·布莱恩,从9月5日开始在一个密闭的空间里以不吃任何食物的状态生活44天。他是在"凭借体能、耐力,挑战身体极限"。10月19日,他出来了。报道说《44天绝食秀昨晨落幕美魔术师泪流满面》。满脸胡须、瘦削虚弱的布莱恩对在场的人群说:"我太感谢你们了。我将永远爱你们。这是我生命中最具创意的经历。我懂得了人类的能量。最重要的是,我学会了珍惜生活中一切平常的东西,比如陌生人的微笑、日出和日落(的美丽)。"

对他这种极端的做法我也不想评论什么,我只想说,只有经历过,才有自己深刻的体会。

今天累了,想早点睡。让我安静踏实地睡眠。哦,夜越来越静,远处有火车的轰鸣,我知道,多少游子,正焦急地走在归家的路上……

●2003年10月23日

今天,单位我们办公室里的一58岁的老同志要提前退休,准备到广州做事了。中午的时候,他把他负责的工作移交给我。之后,他匆忙走了,要去赶下午2点多的火车。我呆坐在办公室里一会儿,又想起了少年的梦。但我知道,我无处可走,即便能走,我也走不脱。

我坐在办公室里给亲人、朋友打了好几个电话。

晚上6点多,下班回来,看到婆婆在厨房里忙着做饭,有菜倒入滚烫油锅时的声音。"滋拉……"。恍惚间,这日复一日的声息,让人觉出生存的古老、悠远和一种痛心的虚无与真实。我连忙走进厨房,想帮她。婆婆说,

菜涨价了,面也从一块涨到一块三了。我说,是该涨了,秋季几乎绝收,麦子一直种不上。婆婆好像在叹气,我劝她,想吃什么你就只管买吧,就是再涨一些我们也吃得起。

婆婆笑了。我也笑了。

这就叫人间烟火,就叫生活。

晚上8点,我正看《广州日报》,一周的报纸摆了一地毯。我们的报纸明年也要改版了,去年,我们学习的样板报纸就是《广州日报》和《大河报》。我在看他们的版面、栏目、内容……这看起来容易,学起来真难,比葫芦画瓢,还是画不像。感觉很好笑,我们好像是邯郸学步呢。

突然想起一句话:用思念修一道栅栏,把我们的家看管。不知道是谁说的,如果想不起作者,估计就是我说的。

● 2003年10月24日

我现在多好,吃好睡好工作好感觉也好。按时上班,下班,和朋友一起吃饭、闲聊;打电话问候家里的母亲和弟弟妹妹,问候我外地的同学朋友;还读书写日记……

刚才打开计算机,先去超星读书社区看了,想看看大家都发些什么。在超星家园,看大家在发言,今天大家谈论最多的话题是"宋美龄逝世了"。这个106岁跨越三个世纪的女人,蒋介石的夫人,传奇的宋氏三姐妹的一员……当她的生命戛然而止的时候,人们在为她"盖棺定论"。她的一生与世纪风云,与蒋介石的婚姻和感情纠葛成了人们关注的热门话题。

无论多么传奇人物,死了就是死了。

那什么才是永恒呢?让我想起不久前的一次和朋友的讨论。

所谓的永恒,就是消磨一件事物的时间完了,但这件事物还在。灵魂就是一个人物资上不存在了,可是他还在影响着活着的人。这不就是灵魂的永恒吗?鬼魅生于人心,灵魂同样生于人心。全世界六十亿人,你能感觉的有几个呢?但是,每个人,都会被另外某个人或某几个人感觉,所以,每个人都是有灵魂的。这就要看这个人的影响程度。

对死了的人,这些还重要吗?

死了,当然不重要。哪怕他只让一个人记住,也跟让所有的人记住一样,没有价值,或者说有相同的价值。人们都认为上帝的能力最大。因为上帝是大家都敬仰的,他的灵魂是最伟大的灵魂。但是对于上帝本身来说,他

跟我们一样,并感觉不到这种价值。斯宾诺莎说:上帝力量的强大,正如同我的力量一样弱小。我的力量弱小到无法改变任何东西,上帝的力量强大到无法改变任何东西,包括他自己。

●2003年10月25日

到后天,也就是阴历十月初三,公公(先生的父亲)去世9周年了。过去每到周年的时候,大都是先生回去和弟弟妹妹一起到墓地烧纸。今年,婆婆说她也想回去看看。这样的话,明天我就要和他们一起回去。婆婆晕车,我要照顾她。我们去的地方就是商水县的一个叫卿河的村子,这个村也是我姥姥家所在的地方。小时候,我在卿河长大,14岁上高中的时候才离开。而先生一家,在先生上小学二年级就离开那里了。先生家离开之后很少回去,我也好多年没有回去了。那里,我的亲戚中现在只有一个舅舅在,也80多岁了。

●2003年10月26日

我想记下回老家的事情。

路上婆婆说的时候,我才知道先生的父亲已经去世11周年了。看来,我对时间的记忆是模糊不清的。

我们8点从漯河出发,到周口接上小姑子,又到商水接上小叔子,买了礼物,已经是11点了。

卿河离县城要说才十几公里,但路很不好,加上今年雨水多,把本来就坑坑洼洼的路碾压得更加难走。十几公里摇摇晃晃走了一个多小时。中午12点多,我们才到。

先生的两个堂哥领我、先生和小姑子去墓地烧纸;两个小辈的媳妇在家准备着饭菜;堂嫂带着婆婆、弟弟去串门。来的时候婆婆对我说:再和那几个老婆说说话,说不定见一面就再也见不上了。

中午吃饭的时候,听说我们回来,很多邻居和乡亲就热闹着来说话,互相拉拉手,拍拍肩膀,算是问候了。

堂哥家的狗、羊、鸡、鸭,都栓着,我很纳闷。记得小时候我们在家的时候,这些动物都是散养的。堂哥说,养狗就是为了看家,去年家里养的四只羊被人偷走了。另一位接着说,现在的人什么都偷,我北地里的几棵大树,值一千多,上个月也被人半夜锯走了。鸡、鸭为什么也栓着呢?嫂子说,刚

耩的麦种都是用农药拌过的,怕中毒。由于我在这里长到14岁,上年纪的人对我都有点印象。一个我应该叫嫂子的一直坐在我的旁边。她说:二女婿是个二流子呀,一年赌博输掉三千多块;"黄病龙"死了("黄病龙"是一个人的外号,和我母亲差不多年纪,过去和我舅舅家一个生产队)。半夜里有人看见他,身上披个被子,走着唱着。第二天上午,有人在罗堂桥边发现了他的尸体……

听她说到这里,我的脑子里轰的一下,一个曾经在我记忆中留下影像的"黄病龙"又出现在我的脑海里:个子不高,偏瘦,脸色蜡黄,总是笑着,声音嘶哑;他的父亲解放前抓壮丁,听说跑到台湾了,从此没有音信,他的妻子总爱眨眼睛……他有好几个儿女,其中一个好像是我小学里的同学,叫什么,忘记了。他们说,晚年的他很是凄凉,自己一个人生活在一个茅草庵里,有病,不到70岁,唱着(我想应该是戏,豫剧或者大调曲子,肯定不是歌曲)顶着被子半夜投河自尽……

我问嫂子:他为什么要顶着被子跳河呢?

她说:可能是害怕吧,用被子包着就不害怕了。

与婆婆关系很好的狐狸大娘在一边和婆婆说着悄悄话。她好像在说她的哮喘病经常犯,她的媳妇总是打狗骂鸡地敲打着骂她。

回来的路上,婆婆给我讲了狐狸大娘的简单经历:狐狸大爷58年前上吊自杀。那一年,罗堂商店丢了东西,"大闺女"举报说是你狐狸大爷偷的。狐狸胆小,就上吊了。那时候,你狐狸大娘正怀着你里冤哥。狐狸死不久就生了里冤,要不,怎么会叫"里冤"呢?

狐狸大娘那时候多大?

三十多了吧。

她总共几个孩子?

仨。小关,你年姐,还有里冤。

狐狸大娘今年多大?

74了,属马的。

那58年前应该是29岁,不到30呢。

哦,你狐狸大娘拉扯三个孩子不容易呀。那时候,咱两家合伙买了一辆架子车,都是她拉着挣工分。她可是个好人。

"你狐狸大娘是个好人。"婆婆经常在我们面前说这样的话。

下午,我和先生一起去看了我的大舅。大舅拄着拐杖正站在院子里。

小小的院子里满满的晒着拔下来的棉花棵,带着没有开花的棉铃。我知道是雨水太多的缘故,棉花也几乎是绝收。他的孙媳妇说,俺爷准备摘棉花哩。大舅有四个女儿,一个儿子。大姐走的远,随丈夫去了新疆,另三个都在附近。大姐前年死于肝病,唯一的一个儿子去年年初死于癌症,大妗子不知道是什么病,去年底死的。大舅看见我们来了,很激动,眼睛红红的。他对我们说:大舅现在不行了,86了,耳朵也聋了,听不见,听不见……

大舅的媳妇在一边说着自己的丈夫:你大哥就没有得过什么病,前年冬天还下河罩鱼……就那一场病,说死就死了。

大哥外号"歪脖",比我母亲小一岁。我小时候听大姨说,大哥的歪脖子,是我大妗子照护孩子不当烙下的毛病。在我的印象里,大哥是一个天资聪慧,有些神奇的人物。他能文能武,打兔子、打斑鸠百发百中;他读了很多书,记忆力也好,会讲"前三朝后五代"的故事,还会瞎编一些传奇故事、鬼故事。

大哥讲故事有一个特点:亲见亲历,有鼻子有眼,让人听后不容怀疑。

记得有一年下大雪的时候,坐在我家的床头,他给我和妹妹讲了的"人脚獾子"的故事。煤油灯下,大哥说:那也是个下大雪的冬天,半夜我起床解手,看见一个光身子的小白孩从你四舅家的院墙上跳到俺家的院子里。我吓了一跳,顺手拿了个棍子。那小白孩看见我,急忙跑了,从俺家的房顶上跳出去了。我走到墙根看,它的脚印和人的一模一样。所以呀,人家都叫它"人脚獾子"。我和妹妹好奇,就问他"人脚獾子"跑哪里去了?他接着讲:我们春天打井时候,要用路边的那个水泥管子。我用手一搬,看见那个小白孩正坐在里面。我们几个连忙用水灌呀,听见它在里面哭。最后还是把它淹死了。这个"人脚獾子"死了之后,咱村也就不丢鸡不丢狗了,平和了。(后来,我半夜一直不敢一个人出来解手,看见水泥管子也总听见有个孩子在里面哭。)

大嫂问我:你现在在哪工作?忙不忙?

我说:报社,不忙。

她说:哦,送报纸呀?

我说:不送,有人专门送。

她问:那接电话呀?

我说:是的,还接电话。

她说:这好。不累。

......

先生的小姨家在卿河附近的另一叫小河沿的村子里,我们也随便去看了看。小姨和姨夫正为小儿子小强的婚事发愁。小强25岁了,看完"好"下个月准备结婚了,可女方家突然变卦,嫌"八月十五"的时候送的礼太薄。姨夫说,小强在北京打工,几个月老板不给工资,家里为了他结婚刚盖了房子,这几年呀,钱都花到这几处房子上了;彩礼、见面礼总共花了六千多;两件酒、两条烟、两箱方便面,十几斤肉,十几斤月饼……你说,人家还嫌薄?

为了这事,家里专门打电话把小强从北京叫回来了。小强是一个非常标致、精干的小伙子,昨天回来的,还没有见他的未婚妻。我问他:只要你们俩同意不就行了吗? 他说,农村都是这样的,那闺女没有亲妈了,是后妈,也拗。

天气、物价、小偷和羊、婆媳关系、儿女婚事以及诞生、啼哭、疾病、自尽、衰老和死亡,还有开垦、播种、灌溉、收获、荒芜……日复一日,年复一年,生命和季节无声地轮回。

这个叫卿河的村庄,这个曾经给我童话的村庄,在它的河流与屋檐下,我只能回首一瞥,在我偶尔的空闲里,作一次短暂的接触和思考,记下一个轮廓和大致的印象。还乡已无路。我需要的东西已经无处可寻了。我与卿河是如此的紧密,又是如此的隔离。我离这个村庄离童话越来越远了。

这就是老家卿河村给我的全部印象。对了,他们还用柴烧地锅,烧出的饭菜很好吃,特别是那种面饼,带着黄色的锅焦,吃起来有面的香味。

我没有来得及去到周口看望我的父母。晚上8点,回到漯河。

吃完饭上网,看超星论坛里几个网友还在闹。岁月如诗"小资",小情"悲情"。是"悲情"看不惯"小资",还是"小资"讨厌"悲情"? 是小情想当斑竹,还是想用这样的无理吵闹引出一个人来? 我也没有心情去弄懂了。

面对农村和城市,现实和网络,面对那么多人内心的脆弱、情感的困挠和难以咀嚼的生活的苦涩,谁能救赎呢? 什么时候,我们才能驾驭痛苦,摆脱眼泪、死亡,摆脱悲哀、哭号和迷茫呢? 一个人有时候不论怎样努力,都无法挽回那些注定要远去的东西。衣食无着的农人关注的必然是活命和温饱,哪里知道什么是"小资"和"悲情"? 哪里知道生命的意义和爱情的困惑呀!

让平安、温暖环绕我吧。尽管我也是一粒微尘,尽管我也只是从这里经过,但我还是期待着梦想,期待着温暖和拥抱。能够拯救"我们"的,只有

"我们"自己。微笑和哭泣,对世界来说,算不了什么。

● 2003 年 10 月 28 日

早上开晨会的时候,大家说今天是"男性健康日"。说到这个话题的时候,我就首先想起先生。有关专家就预防男科疾病提出这样的建议:运动＋晒太阳＋好心情＋规律生活。我认为,良好的性格、坚定的信念和宽厚的心胸,是一个人健康的前提,比运动、饮食和规律生活更为重要。我把这些健康知识说给先生的时候,又是抽烟又是喝酒的他说:没事,没事,你放心吧。

不多说了,去看书,静静地看书。在看《罗曼．罗兰与梅森葆书信录》。他们一个 20 多岁一个 70 多岁,一个天赋极高的青年和一个修养颇深的老人之间,形成了真挚的友谊。长者以宁静的智慧鼓励罗兰,罗兰以天真和热忱来安慰老者的暮年。我为两颗互相关爱的心而感动,为他们书信往返中所展开的精神交流而赞叹。等回头手不疼了我打出来几段。他们这样交流真好。

大海是深沉的,小池是清浅的,但是他们的表面却几乎是同一状态。

● 2003 年 10 月 29 日

梅森葆:"至于你的艺术,那我对它具有不可动摇的信念。我比你对它更有信心。""假如有一天你的名字列入了法兰西伟大的名字中间,你将记起一个友人,她在你出发完成使命的黎明时向你致敬,并且卫护了你的精神权利。"

罗兰:"我一直在想到你从认识我以来为我所作的一切,对你的爱和感激是无尽的。"

罗兰写给梅森葆的结尾绝大多数都用"我一心一意爱你",而梅森葆则以"我温柔地爱你"来回应。罗兰的自传中,极为深情地称梅森葆为自己的"第二个母亲"。

任何友谊都不是单方面的。正如罗兰的知己茨威格所说的:"在相互交往的过程中,两人几乎都分不出谁受益更多。"梅森葆后来回忆说:"对于年逾古稀的我来说,最大的满足莫过于在这个年轻人身上重新发现自己曾拥有的理想,为了达到最高目标所具有的进取心,对浅薄庸俗的鄙弃,还有为了自由而奋斗的勇气。""我内心充满着感激之情,感谢天才的他出现在我的生活中。"

●2003年10月31日

整个一天除了上午开了一会儿会,我都在家。晚上6点多,先生和几个人出差刚回来,他们打电话说在桥头一个饭馆等我一起出去吃饭。

走出家门,一弯月亮正好挂在中天,显得宁静而空灵。9点多,吃完饭回来的时候,那月亮已经西沉到楼群里,转过去一栋楼,看见了,可走了几步,就又看不到了。

回到家,我拿几张白纸,学过去和女儿一起画画的样子,想把看到的那弯月亮画出来。后来,还尝试电脑绘画,以前见女儿画过……画来画去,手好像不听使唤似的,也画不出个什么名堂。画的时候,我的房间里一直弥漫着《月光下的凤尾竹》的曲子。这是最近从一个朋友《如何制作带音乐的帖子》中找到的,上面写着:月亮圆了又缺,缺了又圆,心上的人呀,你为什么还不来?对着这片淡淡的月光,我在想念你,心中充满爱……当时朋友对小情网友说:这是葫芦丝,是云南少数民族的一种特有乐器。

我坐在夜里,闭上眼睛,就会出现许多场景,轮回交替。

一个幻觉出现了:一座小房子,木头房子。带皮的原木。窗棂上蒙着一层能透光的纸,橘黄色的光,融合着松柏和野花的幽香。我坐在里面,点着烛光。爱人推开门走进去,我回过头来,变得很温柔,笑了一下,说,你回来了。

有时候,我想,是不是在我的前生,就真有这个木房子,我在里面住着,等着?

我一句话都没有说,很多东西我还想不明白。我知道,纵然现在用我最高的声音说话,也是徒然。我把画的这些"月亮"和"太阳"扫描好,已经快12点了。我去睡了,让我的小屋也在夜色中睡去。

●2003年11月2日

今天上午,女儿早早把作业做完了,我陪着她玩。她教我把字粘贴到电脑绘画上。她每周只休息一天,每次都留很多的作业。

我们在地毯上学习《健身瑜伽》,她拿着书读着给我说着动作,我做不好的时候,她就笑我笨,一边给我做示范一边说:说起来容易做起来还真难。摆钟的姿势、骆驼的姿势、犁的姿势、小鸟的姿势;吸气、呼气、悬息;单腿站、蹲下、躺下、趴下;说话,笑……出了一身的汗。

我活泼的女儿,以及所有我身边的事物,都带着它们全部的光辉和欢乐,自由自在地展现在我们的面前。我有足够的时间和兴趣和她一起玩耍。能够享受这样一个下午,正如同享受生命中最美的刹那。吃晚饭的时候,下了雨。不一会儿雨停了。

晚上,我们去逛超市,买了日用的东西和她爱吃的零食。去超市的路上,手机响了,上面出现一个陌生的外地电话号码,我连忙接,以为是久别的亲人,接完之后才知道原来是有人"打错了"。

刚才我按照女儿教我的办法,又做了两幅电脑绘画,和前天的贴在一起。今天听的歌是孙楠的《你快回来》。

● 2003年11月3日

晚上,我在QQ里给一个叫解耕的人留言:"我想就报纸改版的趋势以及栏目设置等问题求教于你",他回复了我并且就改版问题给了我提了具体的意见。与"报纸观察网"和"牧哥工作室"以及"紫金网"的版主进行交流,他们给了我很多建议,很受启发。网络真好。

● 2003年11月6日

天气突然变化,降温了。

11月8日是记者节,这两天参加了两个座谈会,吃饭、应酬,真累。

晚上去盲人按摩诊所按摩,顺便给安徽来的一个孩子送了件棉衣。他是个学徒,没有工资,21岁,又瘦又低。跟着盲人学习按摩两个月了,只见他两件淡薄的衣服轮换穿,几乎再没有换过。我感觉他家境不是太好,几次想把先生以前的衣服拿几件给他,但怕伤了他的自尊。今天,突然变化的天气,让我不能再考虑那么多了。当我和先生把棉衣送到他手里的时候,他给我们鞠躬并说谢谢。说实话,对我来说,在这个突然降温的初冬里,一件旧衣服就像一片树叶没有多少意义。我的给予,是想通过这个出门在外的孩子,抚慰我的怜悯和忧伤。我是想用这种方式,表达对这个世界的认同和理解。尽管目前的我很疲惫,经受着煎熬,但我把它留给自己。

● 2003年11月7日

今天早上,女儿早自习回来吃饭(7点20分左右)的时候,我才睡醒。她说:妈妈,下雨了,外面特别冷,你要多穿些衣服。

真冷,还下着雨,今天我们这里的温度是 1—5 度。这个时候,是我们最冷的时候,因为,再等几天,就供暖了。

又是周末了,我怎么过得去这个雨雪交加的夜晚呢?我想给谁说说我对"无语凝噎"的理解。

"周末,风雨,冷,头疼,无语凝噎。"这是我目前的全部吗?写完《冬天的雨》我就去睡觉,估计明天就好了。

● 2003 年 11 月 8 日

今天立冬。0—4 度。感觉好多了。

今天记者节,单位几个人昨天去海南玩了。我在家,感觉累。这几天一直在思考报纸如何增强服务性的问题,想把那个方案做得更完善。

下雪了。我喜欢的季节来了。我爱这雪,这茫然中的颤栗;这是冬天呼出的最动人的气息。我泡了一杯咖啡。我不想再去关心世界,咖啡的香味,是唯一的安慰。

"妈妈,快来看雪!"我随着女儿的叫声跑到阳台上。

一场空前的大雪呀。只见漫天的鹅毛大雪,纷纷扬扬。这是今年冬天的第一场雪,似乎比往年都大,也比往年来得早。

谢谢天,我的大雪来了。

雪落无声。

雪落无声吗?

雪落下的声音,都被我用心收藏着,我想把它放进我写的这些文字里,等以后有机会一打开就能听见。

我和朋友赵走进河边的雪地里。

● 2003 年 11 月 12 日

虽然上网 3 年了,我只是在看,没有到过任何论坛,其实除了以前和几人聊过天,网络对于我来说还是挺陌生的。我在里面发了一首短诗《天堂里的美人蕉开了》。

天堂里的美人蕉开了

今夜很好

整个城市都在睡觉

梦里找到一段时光
一双鞋一双赤裸的脚
和你一起走着

一个叫"自然"的网友说:哦,要是能改上一个字,我感觉,或许会更好:一只赤裸的脚(梦里估计把两只鞋子蹭掉的机率不高嘛)。写实中能带给别人几分的遐想也是不错的。我继续写《一只赤裸的脚》,自己感觉挺好的。

一只赤裸的脚
一只赤裸的脚
踩在暗夜的雪上
一个影子在说话
他说,黑,瞎了万物的眼睛
白,亮了宇宙的记忆
这样的夜里
谁能分辨出是黑是白?

●2003年11月18日

刚才我的同事在论坛里发表散文《负重的毛驴》。我跟了她的贴:

总想着到一个安宁的地方,去过一种自己种地自己吃的生活;总想着有一个属于自己的依山傍水的小木屋,木屋的周围是一圈篱笆,开着好看的野花,边上还种了几棵向日葵。可是,我没有,就像毛驴没有自己的自由一样。在纷扰和凌乱的生活中,我等待着,以平静安详的心态。我看到希望在黑夜里生根发芽,然后破土而出。而毛驴看到了什么呢?它看到的,是空中挥动的鞭子和手……

在这寒冷的冬季,三月雨,你知道同情那跪倒的毛驴,知道欣赏它美丽、温顺、灵气的眼睛,以及它磨难之后的恬淡和平静。你真好。可你知道我吗?你知道我的等待我的困惑我的渴望吗?你知道同情那不堪重负,呻吟着挪动沉重脚步的赶驴人吗?你知道他的家里正有嗷嗷待哺的孩子和病榻上躺着的老人吗?

你知道。

因为你说:"毛驴拉着驴车,就像我们拉着生活,一路上都是艰辛和苦难。"

三月雨,因为这一句话我把你引为知己。

好了,计算机一直嘀咚嘀咚地响,估计是出什么故障了。我去睡了。

●2003年11月27日

我们在论坛谈诗。兼程行者说,诗言志,诗言情,诗言理趣。他在回复我"诗言志"的时候说:"在心为志,发言为诗。""在心为志",从字面看,志好像有一种"默"的性质。理想心存人不见,和光同尘自默行。"情动乎中而形于言,言之不足,故嗟叹之;嗟叹之不足,故咏歌之;咏歌之不足,不知手之舞之足之蹈之也"。志、诗、歌、舞,其关系若此。志有"默"的性质,诗则属于"显",歌属"泄",舞属"狂"。"狂"之不足而何?重新再"默"起来,斯可矣。

我不知道他之乎者也些什么。我其实不喜欢他这样,好像有些故做深沉。我忍不住,写了以下问题。我哭了。

> 智者,请你告诉我
> 在瓜籽里,在果壳中,
> 在云层之上,在大地的深处
> 是谁,把伟大的生命和我们守望的理由
> 描绘成灿烂的霞光?是谁,轻易把生命的法则
> 记录在风雨里,霜雪里,万物的吟唱里
> 是谁,把冬日的寒冷和春天的细语
> 交给黑夜,交给月光,交给一道道无望的山梁
> 以及那个吐露梵音的老和尚的唇上?
> 智者,请你告诉我
> 我为什么经常看见他在绝望中微笑着挣扎
> 我为什么经常看见他在愤怒中驻足歌唱
> 我为什么经常看见他匆匆行走在荒漠上
> 我为什么经常看见他锐利的语言如同闪亮的银针
> 刺透寒冷冬天的心房?
> 智者,我在等他,请你告诉我

他能平安回来吗？他真的能平安回来吗？

在死亡的恫吓中，在绝望的守侯里

百灵鸟的歌唱还有其美丽的意义吗？

他还能带着我，回到那烛光摇曳的木屋吗？

智者，请你告诉我。我在等他。

智者，请你一定告诉他，我在等他。

●2003年11月27日

刚才我把上面这首诗贴到论坛里了，兼程行者评价说：

1. 此言情诗也；2. 有哲思韵味；3. 空灵可佳；4. 我昨在一网站看到一句话，说：凡用心写出的文字都值得一读。此应是用心之作。

其实，我不想把我写的这些东西贴到那里让别人评论。但这一首，是那人的话，引出我的那些问题，就只管贴上了。昨天写完之后，当我反复读的时候，突然意识到，自己竟然哭了。是一串无声的哭，哽咽得读不下去。

我早就远离了诗，远离了诗的语言、意境，也远离了诗的心情。偶尔会翻看一些诗作，只是看看他们在写什么；偶尔也会告诉自己，那不过是年轻时期的一段爱好而已。我甘于静默，甘于等待。我知道，平凡的世界需要醒目的诗作，更需要意味深长的等待。有意识地练习写东西二十多年了，除了在我们报纸上，我几乎没有拿出去发表过，也不愿意贴到论坛里，认为自己水平不高是原因之一，另一个重要的原因就是不想凑热闹。我想，凡是热闹的地方，就会有一些没有根据的妄想和拼凑，时过境迁之后，会落下笑柄的。

●2003年11月28日

总觉得有一个不可知的绝对力量，蛇一样盘踞在心灵的深处。这个曾经连到我床头的地方，"嘀嘀"的叫声一直响在耳边。谁能知道，我是从哪里来，要到哪里去？谁能知道我们每个人心里发生过什么样翻天覆地的变化？生命没有固定的游戏规则，时间对我们是一种阻隔一种拒绝。我只能悄然无语，倾听着遥远的微弱的风声。

很多时候，我们把亲人的外出看得隆重浪漫。特别是古人，没有通讯，没有消息，每天只能默默祈祷，甚至把眼泪，把痛楚和煎熬也当做幸福去体验，去感悟。当预定的归期已过，亲人死生未卜。这样无奈的分离和刻骨的思念，是会让人绝望的。

突然想起接海的故事,女人们来到海边迎接归帆,一旦归帆无着,不祥之兆马上浮上心头。她们冲着海潮哭喊,在海滩上狂奔,捶胸顿足,面朝大海哭诉。天风浩浩,海涛沉沉,迅疾地把哭诉吞没。女人总是这样凄凉带着孤独无助。人面对大海,细若尘埃,人面对茫茫宇宙,估计连尘埃都算不上了。

当那古老的惩罚落在头上,我竟觉得这也是一种人生的完成。

●2003年11月29日

昨天,妹妹带着她的小儿子来了。忙完工作就陪他们玩。给妹妹的儿子买了衣服、鞋子和文具。

妹妹比我小两岁,是我童年的主要玩伴。我21岁离开家之后,我们家里里外外的很多杂活都是她做的。妹妹的最大特点就是勤劳、热爱生活。为了生活,她总是不厌其烦地劳动着,在别人眼里单调而枯燥的家务活,她却做得有滋有味,花样百出。她总是不服输,把希望寄托到未来。她爱找人算卦,爱和人说话……

妹妹小时候的脾气非常执拗,她认准的事谁都别想改变,为此经常遭到大人的训斥;她开朗活泼,渴望幸福的生活。

上初中的时候,妹妹有一个要好的女同学,她的父亲在部队服役。她给妹妹讲了一件事情,她说:爸爸部队一对军官夫妇没有儿女,你如果愿意去做他们的女儿,马上就可以到部队当兵……,当妹妹把自己想去做别人家女儿的想法告诉父亲的时候,父亲没有怪她,而是首先检讨了自己:以前是爸爸妈妈没有照顾好你们几个,以后我会尽量让你们吃好穿好……

父亲偷偷对母亲说:是我没有本事,连自己的儿女都不想跟着我们了。我是在另一间屋子,听到这句话的。也就是这句话,我才知道父母生活负担的沉重,也就是在那个时候,我才暗暗下定决心,帮助父母承担义务。

我把听来的父母的话对妹妹说了。我最后对她说:不管发生什么事情,我们谁都不能离开这个家。妹妹懂事地点了点头。从那之后,妹妹和我都长大了。

妹妹在我参加工作之后不到一年也参加工作了,她20岁,在一个乡粮管所当出纳。

后来她和单位接班的"苗"很快结婚了。1989年,妹妹和"苗"有了个儿子。大概是儿子两岁的时候,有一天,妹妹突然发现她保管的一个二十多

万公斤的粮食存条丢了。妹妹很着急,这可是一个会计的大错误呀。她没有汇报给领导,她认为是自己忘记放哪里了,她希望那一天能够找到……

县城粮管所妹妹的一个朋友打来电话:"苗"正准备提取那些粮食,你知道不知道这个事情?

妹妹彻底绝望了,尽管遭到过他的威胁,她还是又一次提出了离婚。两年之后,他们离了。如果不是因为他另一个骗局被别人识破,他没有办法在那个环境里生存的话,如果不是妹妹同意把家里仅剩的两千元钱都给他的话,他是不会同意和妹妹离婚的。

妹妹带着儿子生活了2年之后的一天,她给我打来一个电话,语气兴奋:"大姐,我找好了。"听完这句话,我心里"咯噔"一下,好像抽掉了堵在胸口的一块砖……"这个人在部队当兵十几年,离婚了,有个儿子跟女方,人很实在。他愿意对我好,对孩子好……"

没有多久,那人转业回来,他们就结婚了。妹妹从粮管所调到县城里的一个厂做销售科长,妹夫分到乡武装部工作。两年之后,他们又生了一个聪明而又漂亮的儿子。

我以为,妹妹新的生活开始了,我以为,妹妹从此可以过上有人疼爱的幸福生活了。谁知道,我又想错了。再婚的时候,妹妹又走了极端,只顾强调他的老实实在,却忽视了他的狭隘和懦弱。他们俩同时失去工作,妹妹工厂倒闭,妹夫单位精简人员。

"有苗的消息吗?"

"没有,自从离婚后再没有见过他。听说他死在外地了。"

"怎么会死了呢?"

"不知道。"

"孩子怎么样?"

"我越来越觉得对不起孩子……"

此时的妹妹已经下岗三年,在厦门与人合伙买过一辆出租,赔了;在周口与人合伙开过饭店,又赔了;妹夫回到农村老家养鸽子,也没有成功,现在又开个电焊铺,生意还是不好。幸亏今年粮食涨价的时候,妹妹和人一起贩卖粮食赚了一万多元钱,才勉强维持生活。

不写了,妹妹在外面拖地擦桌子,我去和她说说话。

●2003年11月30日

今天,我们两家5人去钓鱼。我们一起这样玩玩,我很高兴。一来和大家在一起很快乐,二来出去晒晒太阳,活动活动,透透气,对身体也好。

我们还是选择上次去过的那个鱼塘。记得那次是10月2日,雨中,和爸爸一起。当时我照了风景照。今天我又拍了,想看看两个月之后沙河边的变化。

女儿首先钓了两条,接着弟弟王一卜也钓了一条。弟弟兴奋得蹦起来了,女儿没有像弟弟一样高兴。先生是最后才钓到的,但最后清点的时候,他钓得最多,五条。

钓了两条鱼之后,女儿把鱼竿收了,手里拿着鱼饵坐到了一边。我问她为什么这样,她说:鱼太可怜,不想钓了。她把鱼饵一点一点扔到水里喂鱼。她说要把鱼都吸引过来,不让它上钩。女儿看见鱼被钓,一脸的痛苦。我想,这是她与生俱来的本性。我为此高兴,也为此担心。

我带妹妹在河边照相。我们好久没有这样亲密地在一起玩了。

整个过程一直很融洽的。但是,在我们钓完回来的时候,女儿和弟弟抢着坐车前面的座位,我知道他们是抢着玩的,也就没有过分管他们,让他们俩都坐前面了。但我听见女儿对他的弟弟说:"不要靠我身上。"就在后面拍了拍她,想提醒她。说实话,当时,我认为她的这句话太苛刻了,心想:本来弟弟来我们家是客人,你不让着他就算了,还不让弟弟靠在身上。

但女儿生气了,气哼哼从前面座位上下来,坐到了我们后面,哭了。

她哭了,她二姨很不安,吵儿子王一卜,非要让王一卜向姐姐说对不起。看妹妹不安,我心里也别扭,我一别扭,先生也不自在……呵呵,你看,这就是连锁反应。车突然熄火了,这可能是巧合,和我们的别扭无关,但我知道,不好的情绪是会影响开车的。本来兴高采烈的玩着,弄得大家都难受。

产生矛盾的前因可能是很小很小的事情,可造成的后果却是想不到的。好在,我们都是性格开朗的人,过一会就又好了。我把这些想法写在了女儿学校发的"师长联系本"上,想通过这个方法告诉女儿:一个人的情绪是需要控制的,不能因为自己的好恶而影响大家的情绪,良好的氛围要靠大家共同营造。还告诉她如何处理人际交往中的矛盾。

●2003年12月12日

周末了,刚才去看《禅刊》,在那里看见一个佛教聊天室,我就用"秋天

的果壳"注册,然后进去了。一个叫"明崆居士"的人说我聪明,我问他为什么,他说是从名字上看出来的。我说空空的果壳而已。他说空的果壳是种子熟落出来了,是收获的时节。可喜可贺!

他问我:"你有什么烦恼?说出来吧。"我说:"我真的不知道说什么,只想听你说说人生的道理。"他让我到佛法论坛上看他的发言。

一个叫"知行不二"的人给我讲幸福。

幸 福 静 思

幸福是心中的感觉,她需要用我们的心去细细品尝。我们不是没有经历过可幸福的事,而是我们当时没有用心或没有心情用心品尝。幸福无处不在无时不有,她属于那些能好好细心品尝快乐光明的人们。当然苦恼也无处不在无时不有,她属于那些时时处处自寻烦恼的人们。不是某件事让我们快乐或苦恼,而是我们自己赋予某件事以快乐或苦恼的意义。我们才是真正的主人。

幸福只不过是心中的感觉而已。

然而,当天已经拥有过的和现在拥有的有什么不同?原来幸福就在起点,起点又有哪里?幸福是可以把握的吗?当天拥有过的和现在拥有的没有本质上的不同。已经错过的成了我们的借鉴,她告诉我们不要再错过现在,她告诉我们可以更好的展望未来。幸福就在起点,起点就在我们的脚下,不在过去也不在未来,她在我们此时此刻的心中。此时此刻我们脚踏在实地上,向东向西向南向北,由我自己做主。品味一下,拥有选择权的自己能不幸福吗?幸福是可以把握的吗?我们无须把握幸福,但须得把握能幸福的心。我们不想要点石成金的金,我们想要能点石成金的手,我们不想要点石成金的手,我们想要能点石成金的心。

这些道理我都知道,但我可没有点石成金的手,更没有点石成金的心。

我两次看到了月亮,都是和朋友散步的时候,有空灵宁静的感觉。

> 这几天冷了许多
> 突然,我清楚地看见
> 一轮干净的月亮
> 在树梢上悄悄行走

●2003年12月13日

昨天上午参加全市一个考试,考完之后只记得有这样一道题:(XXX)说:"素质就是把你所学的知识统统忘光以后剩下的东西。"他们给四个名字让选择:牛顿、爱因斯坦、劳厄和培根。四个名字中其中三个我听说过,觉得牛顿、爱因斯坦说不出这样的话,我于是选择了培根。下来听他们一说答案呀,原来就是那个我从来没有听说过的人劳厄说的。回来查资料才知道,劳厄是德国实验物理学家。呵呵,总算没有白考。知道有个劳厄,知道了他的"素质"。

考完之后,又参加报社举办的一个发行摇奖活动。在亚西亚商场门前,寒冷中,我看了一圈,看见时装模特化很浓的妆,穿很少的衣服;看我们单位的人胸前戴着红花,整齐地站着;看见周围的看客,带着茫然的表情……觉得有趣。突然看见一位同事嘴上起着很大的泡,心里想:不知道他又为什么上火呢。站了一会,没有看完摇奖,也没有参加他们中午的宴会,就一个人到电信局予交完话费,回来了……

一个上午,冻了个透心凉。外面真冷。

昨天有人送来一些野菊花茶,我泡了一壶,又加了些枸杞,整个房间顿时弥漫着淡淡的药草味道的清香。

●2003年12月15日

今天的大事:我女儿的生日;晚上在QQ里和"非空"说话;萨达姆被抓。我分别记下这三件事。

给女儿做了很多好吃的,还买了衣服。女儿13岁了。女儿班主任老师昨天给我留名,说学校让每班推荐一名家长参加"家长委员会",她推荐了我。今天,我在那个联系本上告诉她:我尽量按照学校的要求履行"家长委员会"应该承担的责任和义务。

"非空"就是报纸观察网上的"兼程行者",是我1985年开始在郑州工作时候一直到现在的同事。

他说:我今天夜班,喝酒不少,但很清醒。我每天都处于清醒状态,因而才能冷眼旁观,保持自己的某种东西,可惜的是无人理解。好在,我已不求谁的理解了,只求问心无愧而已。知我者,谓我心忧,不知我者,谓我何求?我说:你下班早些回家休息吧,别在这电脑里发感叹了。

他说:我可以说天天处于无话可说的状态,天天无话找话。不喝酒不想

说话,喝点酒只想找人聊聊,别无它求,仅此而已。你在网上转发的那几张新闻摄影比赛获奖照片,我配了几首诗。写其中一首时,我泪如雨下,擦不干。谁解得?

我说:我已经感觉到你写得很投入,看的时候,也一直哽咽着……

所以直到现在我还没有轻易跟帖说话。他说:谢了。舍此,一无所求。

……

听到萨达姆被捕的时候,我正在家里写日记。

女儿在客厅叫我:妈妈快来看,萨达姆被捕了。

我还是愣了,觉得像一个玩笑,尽管我不太关心政治和时事,我还是感觉到这是个大事。我立刻打电话给先生,我知道他关心,我想他可能在饭店吃饭。没有想到他说他已经知道了,他说他在洗澡,休息间有电视,正在看着。他说萨达姆不"人物",他不应该让美国活捉。

萨达姆被捕了,一个盛大的,邪恶的游戏就要结束了。

● 2003 年 12 月 15 日

现在是半夜了,将近 12 点。刚才接到一个离异朋友的电话,她说她想结婚,她说冬天太冷了,一个人太孤寂,太无聊;她说人生很失败,看不到希望……我说,很多人有婚姻,但也同样的孤寂和无聊。我说你到佛教论坛来吧,让我们看看老尼姑、老和尚给我们说些什么……

"ericl"一边悠然自得地弹着小曲,一边轻轻对着"万里独行"低吟道:"堤边柳,到秋天,叶乱飘,叶落尽,只剩得细枝条。想当日绿荫荫,春光好;今日里冷清清,秋色老。风凄凄,雨凄凄,君不见眼前景已全非。一思量,一回首,不胜悲!""ericl"摆出一张琴,伴着流泻出来的柔和的琴声对着"万里独行"唱道:"一切有为法,如梦幻泡影,如露亦如电,应作如是观。"

夜明珠合十:"阿弥陀佛"

……

夜明珠告诉我这是李叔同编曲填词的《秋柳》,夜明珠发来弘一大师歌词汇辑。莲莲说你既然来到这里,就说明与佛有缘,先听听这些歌曲吧。

"万里独行"说他就是一个行脚僧,托一瓦钵万里独行的行脚僧。他说,天上白云,地上青山,走到那儿享受到那儿。若论财产,宽袍大袖,都是清风;若夸豪富,天地宇宙均是自家庭院。都不是我的与都是我的,中间的界限有还是没有?

● 2003年12月17日

今天收到一本《禅刊》杂志,里面收录《黄龙慧南禅师语录》。看到一例,觉得有好意境。上堂:"千般说,万般喻,只要教君早回去。去何处?"良久曰:"夜来风起满庭香,吹落桃花三五树。"

又看到"吃茶去"公案,一个和尚是这样理解的:佛法说不出,说再多也代替不了修行和亲身体验,说出的不是真正的佛法。所谓禅,本身就是"心悟",没有道理的。真正的佛法只有通过修行去体悟。

读完之后,我知道我们很多时候,无法用语言表达的道理了。亲身的感悟是最重要的,很多信息来自心灵,来自实践,来自亲身独特的体验——心灵和身体是智慧的源泉,不是别人的经验,也不是理性,惟有心灵和亲身的体验才能让我们做出正确的选择。就如我们听很多故事,我们相信多少呢?只有你自己经历了,才知道期中的滋味。那茶,那水,那喝的人,都是能够反映我们心情的。茶把天地万物的精华吸收来了,都收到眼前我们这一杯中。

世界上的事物,都有一定的道理,最后都归于一理。世界上最微妙、最复杂也最动人心弦的也许就是这种感情。

理智上,我不想去接受一切宗教,宗教所瞩望的精神未来都建立在虚无之中,同时也拒绝着宗教对人行为的约束和精神的控制。是的,拒绝着。但是,是谁告诉我的:瞎子看不见亮光,聋子听不到声响,精神不健全的人,怎么会知道有神?

难道我在接受吗?

在宗教出现以前,有谁来引领超度我们呢?生命通过死亡摆平人世的所有不平。在这一严格的生命法律面前,无人幸免。茫然四顾,我仍然感到,自己更接近那个心怀梦想,执著守候的女人。我希望,通过反思,能消解自己的茫然和不安,整合两个分裂的自我。

读了一遍《金刚经》。

反复读《金刚经》中的四句偈语:"一切有为法,如梦幻泡影,如露亦如电,应作如是观。"

● 2003年12月18日

最近一直在读奥修的书,我喜欢他的书。只要是他的书,见着就买。《生活智慧》、《上帝唇边的长笛》、《死亡的艺术》、《放轻松些——一休禅诗》等,还买了几本奥修喜欢的书。奥修喜欢中国的老子和庄子。

在《死亡的艺术》中,奥修这样写道:

生命已经在你的身上。你只能在你的身上接触它。庙宇并不在外面,你就是生命的神殿。所以如果你想要知道生命是什么,第一件要记住的事就是:永远不要向外寻找、永远不要试着从别人那里寻找。生命的意义无法由那种方式被传递。最伟大的师父永远不会谈论生命的意义——他们总是把问题丢还给你。

死亡与生命是相同能量、相同现象的两极——是潮起与潮落、日与夜、夏天与冬天。它们不是分开的也不是相反的;它们是互补的。死亡不是生命的结束;事实上,它是这一世的完成、这一世的最高潮。一旦你了解了生命的过程,那么你也会了解死亡。

如果你了解生命,你就会也了解死亡。生命是对于源头的遗忘,而死亡则是再次回想起来。生命是离开源头,死亡则是回到家。死亡不是丑陋的,死亡是美丽的。但是唯有对那些已经不受阻碍的、不被约束的、不被压抑的活过了他们生命的人来说,死亡才是美丽的。唯有对那些美丽地活过了他们的生命的人、那些不曾害怕去活的人、那些有足够勇气去活的人,死亡才是美丽的——他们爱过、舞过、欢庆过。

● 2003 年 12 月 19 日

人终究会死的,这是不言自明的真理。可是,我却在 4 天前也就是 2003 年 12 月 16 日才突然省悟。那天晚上,我和朋友散步。我们从东往西走,正好走到市委门前的路上,我轻易就说出"人终究会死的"。说完之后,我把自己吓一跳:摆在我面前的,只有一个现实,那就是我,我自己的人生。它仅仅属于我自己,我必须把它贴到我的心里,好好照看它。

半年来,我默默和自己说话,听雨、听风、蟋蟀、蜻蜓……安慰着自己,也折磨着自己。不可抗拒。刹那间,我明白了自我放弃的欣喜,领教了消融自己的陶醉感,这是一种狂喜,仿佛有一个动力推着我,拉着我,让我走到佛的门前。可是,我感到,我必须站在门口,必须抓紧门框,以免自己降服于这种诱惑。

这一强烈的瞬间,发生在 12 月 14 日的半夜,我第二次到佛教聊天室听完"三宝歌"之后。这种体验,是更加孤独的体验,是一种更困难的茫然的状态。

●2003年12月20日

读《心经》，翻阅网络上关于《心经》的解读。偶尔摘录只言片语。

"心无挂碍。无挂碍故，无有恐怖，远离颠倒梦想，究竟涅槃。"

●2003年12月22日

继续读奥修的书。读他的书，感觉最强烈的两个字是"透彻"。有一种清新的感觉。

不像过去读尼采，动不动就《上帝死了》，就《权力意志》、《悲剧的诞生》，看得人即豪气冲天，又胆战心惊，感觉就要粉身碎骨似的。"你要从我这里得到温暖吗？我劝你不要靠得太近，不然会灼伤你的双手。看哪！我的热情已超过了极限，我几乎无法抑制正从我体内喷出的火焰！"尼采表达的是极端的、无条件的人类渴望，是野性智慧，激发疯狂的希望。他用"血"写作，体验他，就意味着倾注体验者的生命。读奥修，则就像顺水漂流，自然而然，不抵抗、不纠结。他像一位长者向我们透露出隐藏在宇宙自然和生命背后的秘密与和谐，平和淡定，洒脱自由，娓娓道来。

奥修不厌其烦，剥开一层又一层迷雾，直接把一个新鲜生动的存在，陡然放在我们面前。在他的书里，你的身体内部变成了空，就像一支竹子做的笛子，呼吸从中经过，就像风从中流过。你可以突然听到花开的声音，看到父亲找到失踪孩子时候脸上的泪珠，看到流水中的磐石在起舞……你会深切体会到生命、爱与欢笑。

也看到有人说奥修是邪教，我不这样认为。我只能凭着自己的感觉去阅读，无论是宣泄还是压抑，都是魔障，和谐快意才舒服。

路还是要自己走，生活还是要自己过。

"放一只手，你的左手，在一个冰块上，你的右手临近一堆火。让右手变热，左手变冷。然后把两只手放入一桶水中，告诉我它是冷的或热的。你将处于困境，因为一只手说它是热的，一只手将说它是凉的，它是冷的。它是什么？冷或热？它们是同一种能量的温度。"

"请记住，那是一扇门……不要继续去敲墙壁，否则，没有门会向你打开。而事实上，当你敲门时，当你真正接近门时，你将会发现门总是开着的，它总是已经在等着你了。一扇门就是一种等待，一扇门就是一种欢迎，一扇门就是一种款待，它已经在等着你了，而你却在敲墙壁。什么是墙壁？当你

开始经过知识,而不是经过存在,你便是正在敲着墙壁。"

"花朵没有任何努力地盛开,因为它的能量没有被任何目标所挥霍。花朵不计划将来,花朵是现在和当下。像一朵花,像一只鸟,像一棵树,像一条河或像一片汪洋——但不要像人,因为人不知哪里出了毛病。自然,之所以为自然,是因为不作努力,自发地,这就是庄子的精华所在。"

……

想起了很早以前在《读者》上看到的一个故事:一个国王深爱着他美貌聪明的王妃,但不幸的是王妃不久患病而亡,国王心下大恸,茶饭不思,尽废朝政,为了纪念逝去的王妃,国王不计代价一心一意要造一座前所未有、金碧辉煌的陵墓来安葬她。这个庞大的计划整整耗费了国王十年的光阴。在完工的时候,国王亲自来巡视陵墓,只见一片壮丽巍峨、美轮美奂,心下甚为欣慰。突然国王在陵墓中间看到一件黑乎乎的东西,非常奇怪,就问随员:"这是什么?"随员答曰:"王妃的棺材啊。"国王沉默了一会,然后说:"来人,把它搬走!"

在读书社区,看见网友 VIVO 在说:没有爱,只有爱的想象。生命的许多情况也是如此,我们常常并不是真正爱着事物本身,而是爱着对事物的美好想象。

VIVO 说:午夜梦回,幕布沉落,你,我,各自站在孤单空旷的舞台,此际,阒寂无声,黯淡无光。明天的阳光是否依然光临大地?

● 2003 年 12 月 24 日

平安夜,我还是不想说话。

我又重复了过去的错误。昨天删文件的时候把我的文档里的保存了几年的"电话号码"全部删除了,我知道桌面上有一个一模一样的"电话号码"。今天点击这个"电话号码"的时候,我才知道永远没有了。我在那里记录的朋友的 QQ 和电子邮件地址也没有了。冥冥之中,是在告诉我:和外界切断不必要的联系,好好修行吧!

史铁生说:生命就是这样一个过程,一个不断超越自身局限的过程,这就是命运。任何人都是一样,在这过程中,我们遭遇痛苦,超越局限,从而感受幸福。

在那文摘杂志上正好看到佛眼和尚在禅宗的公案里留下的两句:"水自竹边流出冷,风从花里过来香。"人的一切心灵活动都是抽象的,宜于联

想的。

幸福是一种习惯。

● 2003 年 12 月 25 日

今天是圣诞节。刚才看圣诞节的来历的时候看到这样的话：今天，只要你悔改自己的罪，相信他，接受他做你个人的救主，你的罪就被赦免了，你与上帝就恢复了那起初和睦的关系，你就得了永远的生命。今天你接受耶稣在你的心里，今天就是你的圣诞节，愿上帝今年赐给你一个特别的圣诞节！上帝既然是慈爱的主，他赐给世人自己的独生子——耶稣基督，成为人的样式，作我们的救赎主，他要将自己的百姓从罪恶里救出来。他代替了我们的软弱，担当了我们的罪的刑罚。上帝使我们众人的罪孽都归到他身上，为我们的罪钉死在十字架上。

● 2003 年 12 月 29 日

昨天和朋友约好今天晚上到福顺火锅店吃火锅。下午快 5 点的时候，朋友突然打来电话，说琴从北京回来了。我说那正好，我们一起去吧，我也好久没有见过她了。

琴是我们共同的朋友，在电台工作，加上工作和年龄的关系，我自然也就对她比较关注。我们几个好像同岁。印象最深的是我怀着女儿的时候去市里参加一个座谈会，我和琴挨着坐，而她正好也怀着孕。

1990 年的阴历 11 月初 1，琴生了一个儿子；同年同月的 21，我生了我的女儿。半年之后，我的女儿会招手，会拿玩具的时候，琴的儿子不会；一年之后，我的女儿会走路的时候，琴的儿子还是什么都拿不起，不能坐，更不会走。6 个月大的时候，琴开始走上了为儿子求医治病的道路。几家大医院的医生告诉她：先天性重症肌无力，在普通人群中的发病率为 8—10/10 万，患这种病的孩子一般活不过 3 岁。

琴的孩子已经过完 13 岁生日，已经写了 10 本日记。当琴在我们吃火锅的时候笑着提起她的儿子以及发生在母子之间的故事的时候，我热泪盈眶。小小的孩子以口述的形式让他的保姆记录了他对生活的理解和感悟。一次能说出 1000 字的文章。他详细描写了一只蚊子，如何叮咬他，他努力打死蚊子的全部细节；他记录了凉台上一棵玉米成长和死亡的过程……他是个天才，他能背百科全书，他记住了中外历史上所有的大型战争。

作为母亲,每到春天,琴总要折一柳枝拿到儿子的床头,告诉他柳树就要发芽;冬天,琴把雪抟成团放到儿子手里让它慢慢融化……

琴说,白天的我和晚上的我是两个不同的人。白天想着为儿子为生活而不懈奋斗,而到了晚上,感到自己掉进了万丈深渊。我深更半夜被噩梦惊醒,就跑到儿子床头忏悔,自己是不是失去了给儿子治疗的最佳机会?儿子平静地对我说:"妈,难道我们已经走到悬崖峭壁边了吗?还没有,你不是还有工作吗?我们还有自己的一片自己的土地可以自给自足。即便是走到了悬崖峭壁,我们也要转个身,也要抠着岩石走到谷底,我们不能跳下去摔死……"

这就是一个与我女儿同岁的 13 岁的疾病少年对我们大人说的话。而他的妈妈对我们说:命运给我这样的困难,总会给我解决困难的办法。琴相信因果,相信菩萨能够保佑自己并且能够改变自己的命运。她原谅着生活中的困苦,原谅着自己的丈夫:"尽管他少了点耐心,但他还没有抛弃我们娘俩。"

我眼含热泪,在心里说:我们所谓的痛苦和折磨与他们母子 13 年的苦难相比算得了什么呢?

● 2003 年 12 月 31 日

2003 年马上就要去了。今天,我的手机接几个朋友的元旦祝福,我也把这些祝福送给了亲朋好友。

上午,我和单位的同事赵,领着我们的女儿,拿上照相机,沿着沙河照相,两个孩子花枝招展,唱着跳着。一瞬间,我竟有满城飞花的错觉。

我知道,阴暗和寒冷的日子并没有过去,但是阳光很好。当感激的热泪和着新的一年到来的时候,我唯有亲吻大地、河流和泥土。我用照相机拍摄孩子、朋友和我自己,拍摄一棵枯草,一段枯枝,一片树林……行人们匆匆拥向广场、街口,在路边梦想着来年的幸福生活。

命运高悬,让我忍住,忍住这喜气洋洋和黑色泥泞的扑打,忍住更长久难耐的孤独,甚至忍住死。

中午参加一个聚会,4 个人在一个阳光充足的小屋里吃重庆小吃。下午,到单位转了一圈就回来了,跪在地毯上对着计算机看了很久,补写了日记。

这是 2003 年最后一天,要说这一天和往日没什么不同,生活还要继续下去。岁末回首,我想,这半年来,应当珍藏的,不仅是一段生活,更是精神和心灵的独特感受。在黑夜里奔跑一样的感受。

夜晚里的奔跑

在农村长大的孩子惯于奔跑。在通往田野、邻村、河边的土路上,在一片林子到另一片林子之间,在家到场院,到牛屋,在村东头到村西头以及南头到北头……

多少年过去了,我无数次地想起那样一个夜晚,我跟在大姨的背后,到几公里以外的另一个村子听盲人说书。散场的时候,感到很痛苦:披着头发,深一脚浅一脚地跑。大鼓书里"且听下回分解"的悬念吊着我,眼睛酸涩,短短的腿急急地加在大人们的长腿中间。那时候,不想跑,只想睡,想躺在路边或麦地的边上倒头就睡。我边跑边睡,不知道怎样跑到家的,也不知怎样躺到了床上。

关于黑夜中的奔跑,还有另一次记忆。放学之后不回家,直接就和同学到一个村子里看电影,电影里好像有特务,有鬼子,有枪,有血……等电影散场与同学分手后,自己一个人还要走将近200米的路才能到家。路边有树林和庄稼。那时,也是跑着的。仿佛有一个幽灵紧跟着,挟裹着神经,头发稍竖立,喘息,血流加速,听得见自己的脚步声,树叶被风吹动……,一只乌鸦"啊"的一声刺伤了我全部神经,毛骨悚然,心折骨惊。那将近200米的路,让我在记忆里几乎颤抖了一辈子。

生命虽然懵懂,但骨子里是有信念的,对生活充满着好奇和向往。此后多少年,这些奔跑着的场景一次又一次清晰地出现在我散漫的时光里,出现在或松弛,或无聊的生活场景里,对比是如此地强烈。

回顾着自己的来路,我不知道在什么地方拐了弯。《春光里的老人》中,有这样一句话:"年华老去,人生豁然清晰。那些轻易的别离,如烟的往事,终于认清却再也无法实现的梦想,还有为了梦想而丢失的自己……"。人生的路原来是一条会漏的路,在琳琅满目的诱惑里,茫然奔跑。茫然奔跑中,黄昏已收紧阳光的最后一段网线。立于静谧的午夜,当月光铺开之后,茫然奔跑的我能否从会漏的路上转回来?已经很久远了,我的眼睛已经看不见那一端了。关于理想,关于奋斗,关于激情和梦幻,我不曾提起已有很多年了吧?臣服于时间,臣服于生活,夜深时让人害怕。月下披发狂奔的少年,已成沧桑老妪,大段大段激情澎湃的岁月,去向不明。

生命的过程是不断奔跑的过程。奔跑是为什么？不外乎两个原因：躲避、追逐。我们不停的躲避又不停的追逐，只有当你的心足已抵消外在恐惧的时候，你才能成为真正的勇者，这个过程几乎延续了每个人的一生。我的人生，难道就如同这夜晚里的奔跑吗？

  记得有一首歌就叫《在黑夜里奔跑》，歌词有这样的句子：于是，我的身体在黑夜里奔跑，于是，我的灵魂选择了夜色茫茫……黎明前，披裹起艳羽霓裳，将一道道伤痕统统掩藏，擦拭掉眼角最后一颗泪滴，用微笑向你诉说我的一夜安详。

  ……2003年最后一天，就这样过去了。